CELFIE

UND DIE UNVOLLKOMMENEN

CELFIE

und die Unvollkommenen

von

Boris Pfeiffer

KOSMOS

Umschlaggestaltung Agentur artmos4, Offenbach unter der Verwendung von Illustrationen von Marcus Dörr

Unser gesamtes lieferbares Programm und viele weitere Informationen zu unseren Büchern, Spielen, Experimentierkästen, DVDs, Autoren und Aktivitäten findest du unter kosmos.de

MIX
Papier aus verantwortungsvollen Quellen
FSC® C014496
FSC
www.fsc.org

Gedruckt auf chlorfrei gebleichtem Papier

ISBN 978-3-440-15194-5
Redaktion: Ina Lutterbüse, Anja Herre
Produktion: Verena Schmynec
Innenlayout und Satz: DOPPELPUNKT, Stuttgart
Druck und Bindung: GGP Media GmbH, Pößneck
Printed in Germany/Imprimé en Allemagne

INHALT

EINSAM IM REGEN

Celfie rang nach Luft. Sie stand in einem mit schwarzen Marmorplatten ausgekleideten Eingang eines Wolkenkratzers und stützte die Hände auf ihre Knie. Ihr war speiübel vom Rennen. Mühsam richtete sie sich auf und sah die Straße entlang.

Es half alles nichts. Das war ihre Gegenwart – hier auf der Erde. Hier musste sie überleben. Jedenfalls so lange, bis sie wusste, was Glenn Despott vorhatte und wie sie den Weg zurück nach Hause fand.

Noch immer nahm sie in ihrer Nähe keine Bewegung wahr außer dem Regen. Für einen Moment blieb ihr Blick an den Tropfen hängen. Sobald sie am Boden ankamen, vereinigten sie sich zu einem grauen Fluss über den Bürgersteig, der von dort rasch in die Rinnsteine lief und schließlich gurgelnd durch das eckige Metallgitter eines Gullys in die Tiefe stürzte.

Wasser, kaltes Wasser, es war überall. Von den Bildern der Erdbewohner aus Farbek wusste sie, dass man sich hier erkälten und krank werden konnte. Die Vorstellung machte ihr Angst. Schon wieder. In so vielen Dingen lauerte diese Angst.

Suchend sah sie sich um. Sie brauchte einen trockenen und sicheren Ort, wo sie zur Ruhe kommen konnte. Ob sie einen Menschen um Hilfe bitten sollte?

Bisher hatte sie nur zwei Menschen kennengelernt. Neben

Glenn Despott war es ein kleiner, dicker Mann mit Glatze gewesen, der immer um Glenn herumwieselte.

Sein Name war Hugo Gelbstift. Angeblich war Hugo ein freier Maler. Aber Celfie hielt ihn eher für einen Sklaven von Glenn.

Als sie den kleinen Glatzkopf das erste Mal gesehen hatte, war er ihr noch sympathisch vorgekommen. Das mochte daran gelegen haben, dass Celfie es nicht gewohnt war, andere nach ihrem Äußeren zu beurteilen.

In ihrer Welt gab es so etwas nicht. Im Gegenteil, je verrückter und verrenkter die Wesen in Farbek aussahen, umso lustiger und freier bewegten sie sich. Meist lag ihr Schwerpunkt nämlich irgendwo, aber ganz sicher nicht in der Körpermitte. Das hatte zur Folge, dass sie wild umhertrudelten, schwankten und durch die Welt gondelten, sobald sie sich von der Stelle rührten.

Ein Körper mit drei ungleich langen Armen, einem rechteckigen Kopf, einem Bein aus Eisen und einem aus einem Bündel Tentakeln, von denen zwei noch dazu in raketenangetriebenen Rollschuhen steckten, verhielt sich natürlich anders als ein ausbalancierter Seilartist in völligem Gleichgewicht. Doch genau deshalb waren diese Wesen wiederum oft die besten Akrobaten. Viele von ihnen waren lustige Gesellen und liefen so umwerfend komisch, dass man bei ihrem Anblick aus dem Lachen nicht mehr herauskam.

Auch Hugo Gelbstift sah lustig aus. Er wirkte wie ein rundliches Nagetier mit kräftigen, kurzen Beinen. Auf seinen schmalen, etwas hängenden Schultern saß ein eiförmiger haarloser Kopf. Hinzu kamen eine riesige Nase und Segelohren, die im Gegenlicht rötlich aufschienen, denn sie waren so dünn wie Fledermausflügel. Seine Augen hingegen waren klein und verkniffen und lagen fast verborgen in großen blauen Ringen und noch dickeren Tränensäcken darunter.

Doch obwohl er, all dies zusammengenommen, doch wirklich eher wie ein sehr fröhliches Wesen aussah, hatte Celfie erkennen müssen, dass das nicht zutraf. In der Menschenwelt konnten verkniffene Augen tatsächlich auf einen engen Geist hinweisen. Und ein kaltes Lächeln auf eine kalte Seele.

In Farbek waren die Wesen so, wie sie schienen. Erdenwesen aber konnten Masken tragen oder Lügengesichter.

Hugo Gelbstift hatte die ganze Zeit versucht, Glenn Despott zu gefallen. Der kleine Maler schwänzelte, so häufig er nur konnte, um seinen Chef herum. Celfie hatte schließlich verstanden, dass er sich nach nichts mehr sehnte als nach Glenns Anerkennung.

Wenn Glenn ihm diese verweigerte, zogen sich Hugos Augen zu schmalen, böse funkelnden Schlitzen zusammen. Wenn Glenn ihn aber anlächelte, glänzten Hugos Wangen sofort.

Hier in der Menschenwelt schienen wenige Mächtige den Ton anzugeben. Und außerdem schienen die weniger Mächtigen danach zu trachten, diesen Mächtigen zu gefallen. Denn sie fürchteten sie und hatten Angst, weil sie ihnen gehorchen mussten.

In Farbek gab es natürlich auch Gesellen, mit denen nicht gut Kirschen essen war. Das war normal in einer Welt, in der jedes Wesen der Fantasie eines anderen Wesens irgendwo aus dem Universum entstammte.

Es gab zum Beispiel Gestalten, die ununterbrochen jemanden schubsen wollten. Doch da es so etwas wie Schubsen in Farbek nicht gab, schubsten sie nichts weiter als die Luft vor sich her und taten niemandem weh. Andere Wesen waren lieb. Aber man war nie lieb, ohne es wirklich zu meinen.

In Farbek gab es keine Lügen!

Hugo Gelbstift allerdings wirkte nicht nur wegen seiner unterwürfigen Beflissenheit unangenehm. Er strahlte noch dazu den übermäßigen Wunsch aus, geliebt werden zu wollen. So sehr, dass er wahrscheinlich bereit war, alles dafür zu tun – auch eine wirklich böse Tat.

Das ließ Celfie einen kalten Schauer den Rücken herunterlaufen. So eine Beziehung von Gehorsam und Macht war ihr fremd und machte ihr Angst.

Angst war noch so etwas, was sie vorher noch nie empfunden hatte. Doch Glenn hatte sie das Fürchten gelehrt, mit einem einfachen Mittel. Er hatte sie mit einer Nadel in den Finger gestochen und ihr damit gezeigt, was Schmerz ist. Und dass er hier auf der Erde in der Lage war, diesen jedem anderen zuzufügen. Weil er es wollte.

Und plötzlich hatte sie es gefühlt – dieses beklemmende Gefühl in der Brust, als ob sich etwas Dunkles in ihrem Inneren ausbreitete und sie dabei in sich hineinsog.

Celfie schüttelte den Kopf, um nicht schon wieder von den Erinnerungen an ihre Gefangenschaft und den unangenehmen Erkenntnissen über das irdische Leben bedrängt zu werden.

Sie trat aus dem dunklen Hauseingang und setzte sich in Bewegung. Sofort trommelte der Regen heftig auf sie ein. Auch das ließ sich nicht ändern. Sie musste nach Antworten und nach Hilfe suchen.

Glenns Liste

Als Glenn Celfie loslaufen sah, wandte er den Blick vom Bildschirm, lehnte sich in seinem mit Hirschleder bespannten Sessel zurück und genoss die Abgeschiedenheit seines Büros. Hier oben im Moonson Tower war es angenehm ruhig und trocken.

Niemand störte ihn.

Eine gewaltige Tür aus reinem Gold hielt jeden unerwünschten Besucher fern. Sie trug gewundene Ornamente am Rand, die aussahen wie ineinanderverschlungene Flügel, und hatte, wie das gesamte Mauer- und Stahlbetonwerk auch, einen Kern aus weichem, jeden Ton abfangendem Mammutbaumholz, umhüllt von einer unzerstörbaren Schicht Titan.

Auf ihrer Innenseite prangte das Relief des ersten Moonson Towers, des Turmes, den sein Ziehvater errichtet und leider am Ende verloren hatte. Über dem Relief prangte in goldenen Buchstaben:

OMNES PERCURRUNT SECRETUM, NEC ANIMADVERTUNT

‚Jeder geht durch das Geheimnis hindurch, ohne es zu bemerken.'

Niemand würde jemals wirklich begreifen, was dieser Satz bedeutete!

Zufrieden atmete er ein. Nichts und niemand drang in diese

Räume ein, das Glenn hier nicht haben wollte. Kein Laut und kein Lebewesen. Und niemand würde das Geheimnis seiner Macht auch nur im Ansatz erahnen.

Sein Blick glitt auf den großen Bogen weißen Büttenpapiers, den Glenn mit einer einfachen Stecknadel mit einem roten Plastikkopf an die Wand gepinnt hatte. Es war dieselbe Stecknadel, mit der er Celfie in den Finger gestochen hatte. Er nannte sie seitdem seine Schmerznadel.

Glenn musterte das Papier:

1. Erschaffung
2. Entführung
3. Augenschein
4. Glenns Schule
5. Todestunnel III
6. Blick ins Licht

Hinter jedem Punkt standen Vorhaben, gegen die die ersten Schritte eines Menschen auf dem Mond sich ausnahmen wie die Hüpfer einer betrunkenen Grille. Gleichzeitig aber beruhte sein Vorgehen auf einer einfachen Idee. Ein klarer Gedanke, dessen Umsetzung Zeit brauchte und absolute Unerbittlichkeit.

Glenn Single Despott hatte Zeit. Alle Zeit der Erde und alle Zeit Farbeks dazu, selbst wenn es dort keine gab.

Und Glenn hatte auch die Zeit des Todes, wie er seit wenigen Monaten wusste. Und weil er das wusste, war er ruhigen Herzens und absolut unerbittlich.

Am Ende war es wirklich so simpel.

Er wollte und er würde der Herr der Welt werden.

Glenn beugte sich vor, nahm seinen Federhalter mit nachtschwarzer Tinte von seinem Schreibtisch, erhob sich und trat dann vor das Büttenpapier.

Dort strich er den zweiten Punkt aus. Er war ebenfalls erledigt.

Nun blieben nur noch vier Schritte zu gehen.

Glenn Single Despott seufzte wohlig. Alles verlief so, wie er es wollte. Nichts blieb dem Zufall überlassen. Er würde der Herr der Welt sein, weil er die Gedanken aller Wesen beherrschen würde, wie es sonst nur das Wetter tat. Oder der Hunger. Oder die Frage nach der Zukunft.

Alle würden nur eins wollen: Glenn!

Ein Lächeln huschte über sein Gesicht.

ER war die Zukunft.

Und das war doch ein wirklich schöner Gedanke.

Er blickte wieder auf seinen Bildschirm. Jetzt musste seine kleine Celfie nur tun, was er von ihr erwartete.

* * *

Celfie lief und lief und lief.

Sie hielt den Blick gesenkt, um nicht aufzufallen. Denn so dunkel ihre Augen in den vergangenen Wochen auch geworden waren, sie waren immer noch heller und strahlender als Menschenaugen.

Rechts und links ragten Hochhäuser auf und der Regen prasselte weiter auf Celfie ein, auch wenn er schwächer zu werden schien.

Sie musste ruhig bleiben. Selbst, wenn sie noch nicht wusste wie, irgendwann würde sie einen Weg zurück nach Farbek finden. Sie musste jemanden finden, der ihr half. Es gab so viele gute Wesen in Farbek, also musste es auch gute Menschen hier auf der Erde geben. Außerdem war alles besser, als vollkommen allein in einer Welt zu bleiben, in die sie nicht gehörte.

Ein Stück die Straße hinunter, bewegte sich etwas. Vorsichtig sah Celfie auf.

Ihre gletscherfarbenen Augen warfen einen bläulichen Widerschein in die Regentropfen vor ihrem Gesicht. Durch ihr Schimmern hindurch nahm sie einige Menschen wahr, die offenbar in einer Hoteleinfahrt Schutz vor dem Regen gesucht hatten, sich nun aber wieder in alle Himmelsrichtungen verstreuten. Schirme wurden aufgespannt und Hände ins Freie gehalten. Sie waren jedoch weit genug entfernt, um Celfie nicht zu beachten.

Schnell senkte sie den Blick wieder. Durch das Fenster ihres Gefängnisses hatte sie schon vor ein paar Tagen heftige Regenschauer niedergehen sehen. Und jedes Mal hatte sie beobachtet, dass die Menschen sich vor dem Wasser zurückzogen.

Daher war sie dankbar gewesen, nach ihrer Flucht festzustellen, dass es regnete und sie dadurch einen möglichen Verfolger leicht hätte ausmachen können.

Sie schaute in einen der unter ihrem Blick bläulich aufleuchtenden Regentropfen. Das war neu. Diesen seltsamen Widerschein ihrer Augen in anderen Dingen kannte sie aus Farbek nicht.

Lag das daran, dass es dort kein Wasser gab? Oder verhielt es sich mit allen Menschenaugen so? Glenns und Hugos Augen hatten keinen Glanz in den Dingen um sie herum erzeugt. Womöglich lag es dann daran, dass sie aus Farbek kam?

Celfie schaute kurz in die Straße hinter sich. Sie war weiterhin frei, niemand folgte ihr. Vorsichtig sah sie in den nächsten Regentropfen, der türkisblau aufblitzte. Celfie lächelte dem Regentropfen zu, der dicht an der nächsten Hauswand zu Boden fiel und dort zerplatzte.

Als sie sich wieder umdrehte, fiel ihr Blick auf eine schwarze und glatte, vom Regenwasser spiegelnde Hochhauswand neben ihr. Für einen Moment blitzte in der wie poliert wirkenden Fläche ihr Gesicht auf. Darin leuchteten ihre Augen wie zwei blaue Sonnen in schwarzem Eis. Celfie erstarrte. Ein Spiegelbild hatte sie in Farbek nicht gehabt! Hier auf der Erde aber war es gar nicht zu vermeiden, und einmal hatte sie Hugo Gelbstift dabei beobachtet, wie er sich selbst angestarrt hatte, sich dabei mit der Hand über seinen Kopf gestrichen und dann mit den Fingern seine Augenbauen geglättet hatte.

Celfie schaute sich zum ersten Mal in ihrem Leben richtig an. Sie hatte mandelförmige, große und türkisfarbene, wie Gletscher leuchtende Augen. Celfie spürte, dass sie in Farbek noch heller gewesen waren als hier auf der Erde. Das musste mit dem Schmerz und der Angst zu tun haben. Dennoch leuchteten ihre Augen heller als alles um sie herum. Ein kristallklares Feuerblau, das einen blendete.

Ihr Haar war schwarz und glatt und hing rechts und links von ihrem Kopf herunter. Die Spitzen waren ziemlich zottelig, wie wildes Gras. Celfie lächelte und das Licht ihrer Augen wurde heller. Der traurige Zug, der bis eben in ihrem Gesicht gelegen hatte, war verschwunden und einem freundlichen Leuchten gewichen. Vereinzelte Regentropfen rannen ihr Spiegelbild hinunter. Celfie folgt ihnen mit dem Blick und nahm plötzlich aus dem Augenwinkel etwas wahr, das nicht zum Rest der kühlen Fassade passte. Einen kleinen, grünlich schimmernden Fleck. Unwillkürlich beugte sich vor und im nächsten Augenblick begannen ihre Augen zu strahlen …

ZUR QUELLE DER HERRSCHAFT

Zufrieden drückte Glenn auf die Fernbedienung, mit der er die Drohne steuerte, die Celfie verfolgte. Ihre Augen strahlten. Endlich! Denn das hieß, er kam seinem Ziel näher.

Glenn hatte Celfie geschaffen. Dafür hatte er sich Hugo geholt, der ihm das Malen beigebracht hatte und sich als der perfekte Diener herausgestellt hatte. Die Augen des Mädchens hatte er aus kostbarstem, staubfeinem Diamant- und Türkismehl und einem Hauch frisch geschlagenen Kristalls gemalt. Ein einziges Gramm dieser einzigartigen Spezialfarbe kostete mehr, als ein normaler Mensch in einem Jahr verdiente. Dafür leuchteten ihre Augen wie kein zweites Augenpaar auf dem ganzen Planeten. Es waren Leben spendende Augen, dachte Glenn. Doch davon wusste Celfie ja noch nichts.

Es ging dabei um den dritten Punkt auf Glenns Liste: Augenschein. Celfies Augen würden Dinge erwecken, die in die Gedanken der Menschen Einzug halten würden. Und von den Gedanken zu Taten war es dann nur noch ein winziger Schritt, dem sich niemand mehr würde entgegenstellen können.

Er lächelte der kleinen Celfie im schimmernden Monitor seines Computers zu.

Ja, geh nur weiter, trage meinen Plan in die Welt, dachte Glenn zufrieden. Tu, wozu ich dich geschaffen habe.

In diesem Moment klopfte es an die Tür.

„Wer da?", rief Glenn, obwohl er genau wusste, dass nur einer es wagte, ihn zu stören.

„Ich bin's, Hugo. Ich habe eine wichtige Neuigkeit für dich!"

Glenn Despott zögerte. Seit Celfie da war, klopfte Hugo jeden Abend an die Tür von Glenns Privatgemächern. Angeblich, um irgendetwas Wichtiges zu berichten.

Ihre Anwesenheit schien ihn zu verunsichern. Vermutlich trieb ihn aber bloß die Angst um seine Mutter um. Glenn hatte sich nämlich Hugos Mutter angenommen und ließ den kleinen Maler im Unklaren, wo diese sich aufhielt. Angst machte Menschen so nützlich. Es war so einfach. Diese Einfachheit gefiel ihm.

Mit einem Knopfdruck ließ er die goldene Tür aufschwingen.

„Hugo, mein Lieber", begrüßte er ihn überschwänglich. „Ich vermute, es ist sehr dringend?"

„Ja, aber ja! Ja, ja, ja!", stieß Hugo hervor, während er eintrat und gleichzeitig versuchte, einen Blick auf Glenns Kontrollanzeigen zu erhaschen. Glenn beobachtete den kleinen Maler, während er mit seinem Hirschlederstuhl ein Stück vom Schreibtisch wegrollte, sodass Hugo freie Sicht erhielt. Dazu murmelte er scheinbar nachdenklich: „Hast du Fortschritte in der Nanoschrift erzielt?"

Hugo schluckte hörbar. „Ich komme voran, Glenn! Sehr gut sogar! Die in den Bildern versteckten Nanobuchstaben werden immer kleiner und dringen auch schon fast wie von selbst von dort in die Gehirne vor, um ihre Botschaften zu verbreiten. Es wird ein Meisterwerk. Ein Meis-ter-werk!"

Glenn verzog keine Miene. Wahrscheinlich merkte der feiste

Maler nicht einmal, dass er seit Monaten dasselbe erzählte. Aber das war Glenn jetzt egal. Denn wenn Celfie Madison tat, was er sich erhoffte, dann war das gesamte Projekt mit der Nanoschrift bald auch offiziell hinfällig.

„Die kleinen Buchstaben", wiederholte Glenn deswegen jetzt, als würde er sehr intensiv nachdenken. „Wie klein sind sie denn jetzt? Wie viele passen auf einen Quadratzentimeter?"

„Siebzehn!", verkündete Hugo und strahlte dabei tatsächlich, während er begierig auf Glenns Monitor schielte.

„Das heißt, du hast Fortschritte gemacht."

„Natürlich! Aber natürlich fehlt da auch noch etwas", nickte Hugo, während er in winzigen Schritten versuchte, dem Monitor näher zu kommen. „Aber nicht mehr viel! Wenn ich die Buchstaben erst kleiner habe, dann schaffe ich es ja bald, 100 auf der Fläche eines Streichholzkopfes unterzubringen. Und dann steht da: Glenn Single Despotts Supersonderangebot! Einmalige Chance!"

Hugo strahlte über beide Wangen. Er kniff die Augen zusammen und versuchte zu erkennen, was auf dem Bildschirm zu sehen war. Gleichzeitig sprach er weiter: „Und die Leute werden es lesen, ohne es wirklich zu bemerken. Sie werden deine Botschaften lesen, als würden sie es träumen."

Hugo Gelbstift hüpfte fast bei seinen Worten, die Glenn schon tausendmal zuvor von ihm gehört hatte. Natürlich würde der kleine Maler es nicht schaffen, die Nanoschrift zu vervollkommnen. Aber das war egal, denn Glenns Absichten zielten sowieso in eine ganz andere Richtung.

Plötzlich deutete Hugo auf den Monitor. „Ist das nicht deine Gefangene da?"

„Ja“, murmelte Glenn lässig. „Sie ist mir abgehauen. Aber hör mal …“ Glenn lächelte aufmunternd und zugleich bedrohlich. „Die Nanoschrift ist kostbar, Hugo! Steck deine ganze Kraft da rein. Stell dir vor, deine 101 kleinen Buchstaben, die du eines Tages in einem einzigen kleinen Punkt unterbringen wirst, fliegen dem Leser von selbst ins Auge. Mithilfe der Nanoschrift werden die Menschen gar nicht merken, dass sie mit Werbung gefüttert werden!“

„Ja, äh, sicher …“ Hugo wischte sich über die Augen, die ihm seit Monaten tränten. Die mikroskopische Arbeit machte ihm zu schaffen. Dann holte er rasch Luft. „Aber deine Gefangene?! Sie ist wirklich entkommen? Aus dem Moonson Tower? Weggelaufen? Einfach so? Wie geht das?“

„Sie ist eben weggerannt. Wie, weiß ich auch nicht“, sagte Glenn so leise, dass Hugo sich noch weiter vorbeugen musste, um ihn besser verstehen zu können. Jetzt machte er fast einen Knicks vor Glenn.

„Aber du beobachtest sie doch! Wie kann sie da abgehauen sein?“, rief der kleine dicke Maler.

Glenn lächelte. Er hatte Hugo genau da, wo er ihn haben wollte.

„Sie war nicht wichtig, Hugo. Bei wirklich wichtigen Dingen würde mir so etwas nie passieren.“ Er sah Hugo in die Augen und kostete die Angst aus, die darin aufleuchtete. „Außerdem hat eine meiner automatischen Drohnen sofort die Verfolgung aufgenommen. So, wie bei jedem, der den Moonson Tower unerlaubt verlässt.“ Er blickte Hugo direkt in die Augen, der den Blick sofort senkte. „Übrigens lässt deine Mutter dich herzlich grüßen.“

Hugo erbleichte. „Meine Mutter. Ja, wo ist sie denn? Immer noch in dem Heim?"

„Natürlich", nickte Glenn. „Im besten Heim, das es gibt. Genau, wie ich es dir versprochen habe. In guter Obhut."

„Und wo ist das? Ich meine, wann darf ich sie dort besuchen?" Hugo wirkte jetzt wie ein Fisch auf dem Trockenen, der um Wasser bettelte.

„Natürlich wenn du mit deiner Arbeit fertig bist", lächelte Glenn. „Das findet deine Mutter auch, erst sollst du deine Arbeit machen."

„Findet sie das?", rief der kleine Maler.

„Das hat sie mir gestern noch gesagt, ja", nickte Glenn sanft. „Am Telefon."

„Und mit mir wollte sie nicht sprechen?" Hugo klang weinerlich.

Langsam und mitleidig schüttelte Glenn den Kopf. „Ich habe ihr gesagt, dass du wirklich zu beschäftigt bist. Aber sie denkt an dich!" Glenn schenkte Hugo ein Lächeln. „Außerdem brauche ich dich jetzt hier. Hättest du Lust, dir mit mir gemeinsam anzusehen, was die kleine Celfie unternimmt? Ich dachte, sie würde uns nützlich sein können, aber in diesem Fall, tja …" Glenn schnalzte mit der Zunge.

Hugo zog sich einen zweiten Stuhl heran. „Ja, natürlich gucke ich zu. Und ich dachte schon, du hättest sie hergebracht, um mich bei der Arbeit zu überprüfen."

„Aber Hugo!", rief Glenn. „Die Nanoschrift kann niemand außer dir in die Welt bringen. Du bist ihr Erfinder, du hattest die Idee – du bist ihr Meister! Wie kommst du nur darauf, ich würde dich von einem kleinen Mädchen aus Farbek überprüfen lassen?"

Hugo starrte auf den Monitor. „Tja, ich, also …" Schließlich sagte er: „Grüß bitte meine Mutter von mir, Glenn! Ja? Und … Farbek? Den Namen habe ich noch nie gehört. Auf welchem Kontinent liegt das Land eigentlich noch mal?"

Glenn hatte schon Angst gehabt, Hugo hätte das Wort Farbek überhört. Aber irgendwie musste Glenn den Maler schließlich auf das vorbereiten, was hoffentlich gleich eintreten würde.

„Farbek ist ein Landstrich im hinteren Asien, in dem die Leute mit alten Giften und Tränken operieren", erklärte er. „So gut wie unbekannt."

„Ach so, aha, verstehe", Hugo nickte und tat so, als ob er irgendwas verstünde.

Jetzt sah Glenn Hugo fragend an. „Hast du wirklich gedacht, ich hätte sie zu deiner Kontrolle geholt?"

Der kleine Mann erstarrte. „Nein", murmelte er untertänig. „Natürlich nicht. Ich hatte nur nicht verstanden, warum sie hier ist, und war mir etwas unsicher."

„Darüber bin ich aber wirklich froh", entgegnete Glenn. „Denn pass auf! Du sollst dir niemals unsicher sein. Tu einfach nur, was ich sage, und glaube daran. Was hältst du von einem kleine Spiel unter Freunden? Wir beobachten Celfie zusammen. Und wenn sie etwas Ungewöhnliches tut, darf derjenige von uns, der es zuerst bemerkt, ihr einen Streich spielen."

„Einen Streich?", wiederholte Hugo.

„Hm, hm!", machte Glenn. „Einen Streich. Du weißt doch, was das ist?

Hugo räusperte sich. „Natürlich, Glenn. Natürlich kenne ich so was.“

„Sehr gut!“ Glenn Single Despott schob seinen Hirschlederstuhl wieder näher an den Monitor und drängte Hugo zur Seite. „Dann schauen wir jetzt mal, was passiert. Und wer zuerst etwas bemerkt, darf den Streich spielen.“

FLUSCHFUMMEL

Celfie näherte sich vorsichtig dem Fleck.

Hinter einem grauen Regenrohr, nah bei seinem Ende, leuchtete ein feucht schimmerndes moosgrünes kleines Graffiti. Celfie riss die Augen auf. So etwas Schönes hatte sie auf dieser Welt noch nicht gesehen.

Es war eindeutig ein Bild. Und es war genau wie in Farbek.

Unwillkürlich musste Celfie lächeln. Das Wesen sah aus wie eine grüne Spraymaus, die sich hinter dem Regenrohr versteckt hatte. Sie saß auf einem sehr langen, schwarzen Schwanz und lugte um das Rohr herum aus kupferfarbenen Augen vorsichtig in die Welt. Die kleinen Ohren sahen ganz so aus, als wäre der Spraydose am Ende die Farbe ausgegangen. Genauso war es mit der Schnauze des Bildes. Sie wurde zur Spitze hin ebenfalls immer dünner und farbloser, sodass der Untergrund durchschimmerte.

„Niedlich!“, murmelte Celfie. Sie sah sich die Schnauze genauer an. Auf ihrer Spitze saß ein kleiner rosa Klecks, der hell leuchtete.

„Knallrosa!“, rief Celfie. „Cooles Pink!“

Der Rest des Wesens glitzerte moosgrün, auch, wenn die Farbe an einigen Stellen vom vielen Regen, der an der Hauswand entlang über das Bild gelaufen sein musste, hier und da etwas verwaschen aussah.

Celfie sah die Augen der Spraymaus an und seufzte. Es waren wunderschöne kupferfarbene, tiefe Punkte, deren Blick, wenn die Spraymaus lebendig gewesen wäre, sicher von durchdringender Kraft hätten sein können.

Celfie spürte einen Stich im Herzen. Was hätte sie dafür gegeben, mit dem Bild sprechen zu können, wie zu Hause in Farbek! Vielleicht wusste es etwas über diese Welt und konnte Celfie einen Rat geben.

Aber anders als in Farbek schienen sich Bilder auf der Erde nie vom Fleck zu rühren. Celfie seufzte und ließ ihren Blick auf der grünen Maus ruhen. Wie das Bild wohl in Farbek gewesen wäre? Leider hatte sie es dort nie getroffen.

Im selben Moment zuckte die Schnauze.

Überrascht beugte sich Celfie vor. Sie hatte sich geirrt, das Bild lebte doch! Wahrscheinlich hatte es nur geschlafen.

„He, hallo?“, flüsterte Celfie.

„Was?“ Die grüne Maus kam hinter dem Regenrohr hervor und plumpste etwas unsanft auf die Straße.

„Was ist los?“ Das Graffiti blinzelte ungläubig und sah Celfie merkwürdig an.

„Wer bist du?“, fragte Celfie.

Die grüne Spraymaus machte einen etwas unsicheren Schritt. „Ich bin …“ Ein Zittern fuhr durch ihren Körper. „Ich wusste bis eben nicht mal, dass es mich überhaupt gibt. Also, ich meine, ich war gar nicht da.“

„Doch“, sagte Celfie ernsthaft. Offenbar hatte das Bild sehr lange oder sehr tief geschlafen. „Du warst da. Ich habe dich gesehen. Und darüber habe ich mich sehr gefreut.“

Die Spraymaus holte Luft. „Und wer bin ich?"

„Na, du natürlich. Weißt du das etwa nicht?"

„Du natürlich …", wiederholte das Graffiti und schüttelte sich. Aus seinem schimmernden Fell flogen Wassertropfen und ein paar Farbkleckse.

Celfie kicherte. „Du bist ein Farbspritzer!"

„Was?"

„Du schleuderst Farbtropfen … Es gibt viele Farbspritzer in Farbek."

Die grüne Spraymaus hob die Nasenspitze. „Bin ich in Farbek?"

„Aber nein!", rief Celfie. Das kleine Wesen schien wirklich etwas langsam zu verstehen. „Farbek, das ist die Welt, aus der ich komme! Hier sind wir auf der Erde." Celfie deutete in den Himmel. „Hier gibt es nur grauen und blauen Himmel und ein paar meistens graue Wolken. Farbek ist sehr viel bunter!"

Die grüne Spraymaus folgte Celfies ausgestrecktem Arm mit den Augen. „Ja, hier ist es wirklich ziemlich grau", murmelte sie matt.

Ihr nasses, grünes Fell schimmerte inzwischen noch viel moosiger und sie schien auch etwas wacher zu werden.

„Und wer bist du?"

„Ich heiße Celfie Madison", antwortete Celfie.

„Celfie?", fragte die Maus. „Das klingt nett. Aber was ist Madison?"'

„Weiß ich nicht. Aber es ist mein zweiter Name. Jemand hat mich so genannt."

Die grüne Maus schüttelte sich. „Hallo, Celfie Madison. Freut mich, deine Bekanntschaft zu machen. Aber was ist Farbek? Komme ich auch daher?“

Celfie seufzte. Dieses Bild schien ihr nicht wirklich helfen zu können. Rasch sagte sie: „Eigentlich schon! Farbek ist unsere Welt und lässt sich nicht gut mit der Erde vergleichen. Du hast anscheinend keine Erinnerung an Farbek.“

Die kleine grüne Spraymaus sah Celfie ein wenig fragend und ein wenig traurig an. „Kannst du es nicht beschreiben? Was ist denn da anders als hier?“

Celfie schluckte. Alles, wollte sie sagen. Aber das stimmte natürlich nicht. Denn irgendwo in Farbek musste es auch die grüne Spraymaus geben, schließlich war sie ein Bild und vor jedem Bild stand eine Idee, die, durch den Gedanken eines Wesens von irgendeiner anderen Welt, in Farbek das Licht erblickte. Nur gesehen hatte Celfie sie dort noch nie. Aber vielleicht war sie ja auch erst gemalt worden, nachdem Glenn Celfie entführt hatte? Vielleicht kannte sie sie deswegen nicht?

„Das ist nicht so wichtig“, wiegelte Celfie ab. „Wichtig ist gerade nur, dass ich nicht von hier bin. Ich kenne mich rein gar nicht aus. Und ich hatte gehofft, du kannst mir helfen.“

„Bist du deswegen so ungeduldig?“, fragte die grüne Spraymaus.

Celfie nickte unglücklich.

In den kupferfarbenen Augen des Graffitis glomm es jetzt heller. „Tut mir leid“, sagte die grüne Spraymaus. „Ich war noch nie am Leben. Oder jedenfalls eine Weile nicht mehr. Eigentlich nur in dem Moment, als ich gemalt wurde. Aber das vergeht hier sehr schnell.“

„Was?“, fragte Celfie.

„Du hast echt keine Ahnung, oder?“, hielt ihr die grüne Spraymaus entgegen.

Celfie merkte, dass sie wütend wurde. „Du kannst dir gar nicht vorstellen, wie viele interessante Wesen ich in Farbek schon getroffen habe!“, rief sie. „Und was ich alles weiß. Alle Bilder und Fantasien erzählen eine eigene Geschichte. Jeder kann sein, wie er will. Und wir mögen jeden so, wie er ist. Und es spielt keine Rolle, woher man kommt! Und darum haben wir sehr wohl Ahnung. Wenn hier einer keine Ahnung hast, dann bist das doch du! Du kommst eigentlich auch aus Farbek und kennst es gar nicht!“

Die kleine grüne Spraymaus schaute sie erstaunt an. „Okay, dann würde ich sagen: Gleichstand. Du benimmst dich hier also anders als in Farbek?“

„Was?“ Celfie starrte sie an. Das Bild hatte recht. Zu Hause wäre Celfie niemals über jemand anderen wütend geworden oder hätte zur Eile gedrängelt.

„Entschuldige“, flüsterte Celfie. „In Farbek gibt es keine Zeit.“

„Wie? Keine Zeit?“

„Das heißt, es gibt kein Gestern oder Heute oder Morgen. Alles ist zugleich.“

„Das ist interessant“, sagte die Spraymaus. „Dann hattest du es also noch nie eilig, was?“

„Ja“, nickte Celfie. „Aber hier greift die Zeit nach mir.“ Ihre Augen wurden dunkel. „Ich muss mich wohl davor hüten, zu sehr an sie zu glauben. Sonst werde ich doch wie Glenn.“

„Glenn?“, fragte die kleine grüne Spraymaus. „Wer ist das denn?“

„Glenn Despott“, antwortete Celfie. „Er hat mich hierher entführt. Ich glaube, er hält mich für nützlich.“

„Wieso kommst du darauf?“

„Wenn jemand einen anderen entführt, dann muss er doch einen Grund dafür haben. Oder denkst du das nicht?“

„Möglich. Kann aber auch sein, dass er Angst vor dir hatte. Ich weiß es nicht. Ich kenne dich ja noch gar nicht richtig.“ Die Spraymaus zögerte. „Aber da du mich anscheinend zum Leben erweckt hast, denke ich nicht, dass ich mich vor dir fürchten muss.“

Celfie sah die Spraymaus verwirrt an. Sie sollte die Maus zum Leben erweckt haben?

Doch das Graffiti bemerkte Celfies Blick nicht. Stattdessen fing es nun an, an der Wand hoch und runter zu laufen. Dann umrundete es das Regenrohr und blieb schließlich darauf sitzen. „Das tut gut, sich zu bewegen! Es weckt den Körper und den Geist.“ Die Spraymaus richtete sich auf und streckte sich. „In Farbek ist es also anders als hier. Gut, anders als hier ist es um die nächste Ecke allerdings bestimmt auch. Es ist sogar wahrscheinlich überall anders als da, wo man gerade ist. Und das weiß ich, weil es hinter dem Regenrohr eindeutig anders war als jetzt vor dem Regenrohr.“

Celfie schüttelte den Kopf. „Ich bin jetzt schon durch viele Straßen gelaufen und alle waren ähnlich.“ Sie schaute auf die Wände der Hochhäuser. „Der größte Unterschied sind auf jeden Fall die Farben. Farbek ist bunt.“

„Bunt?“ Die grüne Spraymaus reckte ihre Schnauze senkrecht in die Höhe. „Dass es so grau ist, liegt nur am Regen. Hey, Moment mal! Ich glaube, ich fange an, mich zu erinnern. Bei Sonne ist es nämlich anders. Ich weiß übrigens noch etwas. Mein Name ist mir wieder eingefallen. Ich heiße Fluschfummel."

Celfie lachte auf.

„Lachst du mich aus?" Die Spraymaus runzelte ihre grüne Stirn.

„Nein, natürlich nicht. Das ist ein schöner Name. Woher hast du ihn?"

„Das weiß ich nicht. Wahrscheinlich hat mein Maler mich so genannt. Der Name war plötzlich wieder da. Aber er klingt wie ein Stofftiername, nicht wahr? Dabei weiß ich genau, dass ich nicht aussehe wie ein Stofftier. Ich sehe nicht mal aus wie eine richtige Maus. Die sind grau und nicht grün. Ich sehe aus wie eine Moosratte mit einem Affenschwanz und einer halb aufgelösten Schnauze mit einem rosa Fleck. Ich sehe echt kaputt aus."

Celfie musste wieder lachen. Fluschfummel sah niedlich aus, wie sie da auf dem Regenrohr saß und sich in alle Richtungen drehte. „Stört dich etwa dein Aussehen?"

Die grüne Spraymaus leckte sich über ihr Fell und ein paar gelbe und rote Spitzer flogen daraus hervor. „Na ja, ich fühle mich wirklich nicht gerade vollkommen. Du bist viel schöner." Sie sah Celfie plötzlich in ihre seltsam leuchtenden Augen. „Aber du scheinst dich auch nicht besonders gut zu fühlen!?"

Celfies Augen wurden wieder etwas dunkler. „Nein, wirklich nicht! Bei mir zu Hause wird man nicht eingesperrt."

„Eingesperrt?" Das Graffiti reckte seine unscharfe Schnauze empor. „Willst du damit sagen, dass du eingesperrt warst?"

„Das habe ich doch eben erzählt", rief Celfie.

„Nein, du hast gesagt, dass du entführt wurdest. Du wolltest also sagen, dieser Glenn hat dich entführt und eingesperrt?"

„Da oben!" Celfie zeigte auf den Moonson Tower.

„Das ist wahrhaftig ein sehr hohes Haus", murmelte Fluschfummel. „Das verstehe ich nicht so richtig." Die Spraymaus hob eine Pfote und kratzte sich an einem ihrer fransigen Ohren.

„Ich ja auch nicht", seufzte Celfie. Sie setzte sich neben Fluschfummel. Auf einmal fühlte sie sich unendlich traurig. Dazu war es, als fiele der Regen direkt durch sie hindurch und sie flösse mit jedem Tropfen auf die Straße und weiter hinab in die Gullys.

„He!", rief Fluschfummel. „Weinst du?"

Celfie blickte auf. Sie hatte noch nie geweint. Und doch musste es stimmen. Denn aus ihren Augen flossen Tropfen mit dem Regen hinab zum Boden. Celfie wusste nicht weiter. Sie konnte nicht einfach wie in Farbek die Augen schließen und an den Ort denken, wo sie sein wollte, um dann, wenn sie die Augen wieder öffnete, dort zu sein. Sie konnte auch nicht alleine sein, wenn sie es wollte. Und auch wenn sie jetzt dankbar war, hier auf der Erde jemanden gefunden zu haben, mit dem sie sprechen konnte, die Erde war ein ungerechter Ort. Hier gab es oben und unten zwischen den Lebewesen. Und die oben beherrschten die unten. Das gab es in Farbek nicht.

Fluschfummel sah sie an. „Deine Augen sind wie türkisblaue Sonnen", flüsterte sie. „Fremd und eigenartig. Haben alle Leute in Farbek solche Augen?"

Celfie schüttelte den Kopf. „Nein, in Farbek sieht wirklich jeder ganz anders aus."

Eine Träne fiel direkt vor die verschwommene Schnauze der

grünen Spraymaus. Als sie zerplatzte, klirrte es ein bisschen wie zerbrechendes Glas.

Mitleidig sah das Graffiti sie an. „Danke, dass du mich zum Leben erweckt hast“, murmelte es dann.

„Was?“ Celfie starrte Fluschfummel an. „Warum sagst du das schon wieder? Das war ich nicht.“

Fluschfummel richtete sich auf und ein grüner Tropfen fiel aus ihrem Fell. „Natürlich warst du das!“

„Nein! Wie kommst du darauf?“ Celfie hatte noch nie jemanden zum Leben erweckt. Sie wusste auch gar nicht, wie so etwas gehen sollte.

„Sonst wäre ich ja wohl nicht hier!“, rief Fluschfummel.

Celfie schüttelte den Kopf. „Du bist hier, weil dich jemand gemalt hat. Du hast bestimmt nur tief geschlafen und geträumt. Und ich habe dich geweckt.“

Die grüne Spraymaus schwieg. Aber in ihren kupferfarbenen Augen stand deutlicher Zweifel, als sie fragte: „Warum hast du mich überhaupt angcschen?“

„Weil ich nicht wusste, wohin ich gehen soll“, gab Celfie zurück. „Ich suche nach einem Versteck und nach Hilfe. Dabei habe ich mein Spiegelbild entdeckt und dann dich. Ich habe Angst, dass mich Glenn Despott verfolgt. Das alles ist so … finster. Du bist das erste schöne Bild, das ich hier getroffen habe.“

„Ich?“ Die grüne Spraymaus kicherte verlegen und sprang in die Luft, sodass erneut einige Farbspritzer aus ihrem Fell flogen. „Eins weiß ich genau: Du hast mich zum Leben erweckt, auch wenn du es nicht wahrhaben willst. Ich schlage vor, dass wir zusammen weitergehen. Ich bin auch neu hier, wenn auch nicht so neu wie du. Ich kann mich nur noch ein bisschen an früher erinnern, an die Zeit, als ich gemalt wurde. Aber es wird immer mehr. Und mein Gefühl sagt mir, dass es auch für mich besser sein wird, einen Unterschlupf zu finden. Ich glaube nämlich nicht, dass lebende Bilder hier besonders sicher sind."

Celfie lächelte. „Du weißt viel für ein Graffiti, das meint, eben erst zum Leben erweckt worden zu sein."

Die grüne Spraymaus schüttelte den Kopf. „Du kennst diese Welt auch besser als jemand, der nicht von hier ist. Du sprichst meine Sprache, du kennst die Menschen und hast eine Idee, wonach du suchst. Wir wissen offenbar beide mehr, als wir glauben."

Celfie lächelte.

In diesem Moment traf ein Sonnenstrahl ihr Gesicht. Am Himmel begann der Regen sich aufzulösen und das Licht der Abendsonne fiel durch die Wolken.

Celfie sah sich um. „Also, wohin?"

„Dahin, wo die Menschen nicht hingehen. Dahin, wo sie den Regen schicken", schlug Fluschfummel vor. Mit der Schnauze deutete sie auf einen Gully, der direkt vor ihnen lag. „Also da runter! Kannst du den Deckel hochheben?"

Celfie trat an den Gully heran und bückte sich. Der Gullydeckel war aus Eisen und sehr schwer. Mit zusammengebissenen Zähnen hob sie ihn an und schob ihn dann mühsam zur Seite.

„Bravo!" Die grüne Spraymaus sprang an Celfies Seite. „Du bist ganz schön stark! Und jetzt rein da!"

Celfie blickte in das dunkle Loch, das sich vor ihnen auftat.

Da ist es noch grauer und dunkler als sonst schon auf dieser Welt, dachte sie.

Aber Fluschfummel hatte vermutlich recht. Celfie atmete tief durch. Dann ließ sie sich auf den Boden nieder, schwang die Beine über den Rand und ließ sich auf einige in die Wand eingelassene Metallsprossen gleiten. Als sie sicheren Stand hatte, begann sie den Abstieg.

„He, halt, warte noch!" Fluschfummel sprang auf Celfies Schulter. „Schieb den Deckel von unten wieder zurück", piepste sie ihr ins Ohr. „Das ist sicherer!"

Zwischen den Steinwänden hallte ihre helle Stimme wider.

Celfie streckte die Arme aus und tat es. Das war noch schwerer, als den Gully zu öffnen. Mit aller Kraft ruckte sie an dem Eisengitter. Schließlich aber rastete der Gullydeckel mit einem Knirschen ein.

Celfie fuhr sich mit dem Handrücken über die Stirn und die Augen. Sie fühlte sich müde, aber hier konnten sie unmöglich stehen bleiben und sich ausruhen.

„Lass uns weiterklettern", zischelte Fluschfummel.

Celfie setzte sich in Bewegung. Die Maus sprang von ihrer Schulter auf die lange Metallleiter und kletterte neben ihr her. „Muss mich einfach bewegen nach so langer Zeit an derselben Stelle!", erklärte sie dazu.

Celfie nickte stumm.

Lautlos stiegen die beiden neuen Gefährtinnen weiter in den Schacht. Stufe um Stufe wurde es dunkler und dunkler um sie herum.

Das Mädchen aus Farbek hielt kurz inne, holte tief Luft und kletterte dann weiter.

DU DARFST IHR DEN STREICH SPIELEN

„Hast du das gesehen?“, stammelte Hugo Gelbstift.

Die Lungen des kleinen Malers gaben ein pfeifendes Geräusch von sich, als er nach Atem ringend Luft holte. Mit ausgestrecktem Finger zeigte er auf den Computerbildschirm auf Glenns Schreibtisch. „Glenn! Hast du gesehen, was sie da gemacht hat?“

„Natürlich habe ich das“, entgegnete Glenn gelassen.

Die kleine Celfie Madison hatte tatsächlich genau das getan, was er von ihr erwartet hatte. Sie hatte ein anderes Bild zum Leben erweckt! Es war wunderbar!

Äußerlich blieb Glenn allerdings ruhig und tat so, als wäre es nichts Besonderes. „Sie hat ein Graffiti lebendig gemacht. Und das heißt, du darfst ihr den Streich spielen. Denn du hast es ja eindeutig von uns beiden zuerst bemerkt. Hugo, wie aufmerksam du doch bist.“

Das war natürlich gelogen. Glenn hatte Celfie genau beobachtet und den seltsamen Glanz in ihren Augen schon bemerkt, ehe die hässliche Krakelei an der Wand angefangen hatte sich zu bewegen. Das war es schließlich, worauf er die ganze Zeit gewartet hatte. Sofort hatte er darauf geachtet, Hugo freie Sicht zu geben. Schließlich sollte Hugo Celfie folgen, denn von nun an genügte eine Drohne nicht mehr und wurde auch zu gefährlich. Celfie Madison durfte nicht merken, dass sie verfolgt wurde. Und Glenn wollte seinen Turm nicht verlassen. Er musste das Kommando behalten, und zwar von hier.

Hugo Gelbstift fuhr zusammen und begann schon wieder zu stammeln. „Ich soll ihr jetzt einen Streich spielen? Aber hast du nicht gesehen, was sie kann! Sie hat ein Graffiti zum Leben erweckt.Vielleicht kann sie ja auch das Gegenteil.Vielleicht sieht sie einen an und man wird zu einem Bild an der Wand. Wirklich, Glenn, solche Sachen sind gefährlich!“

Weiter kam er nicht, denn diesmal unterbrach ihn Glenn unwirsch. „Das war aber unsere Abmachung!“ Er schielte hinüber zu seinem Büttenpapier mit dem roten Nadelkopf. Es wurde Zeit, dass er Punkt 3 ausstrich.

„Aber was soll ich denn tun?“, rief Hugo. Er klang verzweifelt. „Was das Mädchen da gerade gemacht hat – so was gibt es sonst nicht! Das können nur Geisterbeschwörer in blöden Filmen. Solchen Wesen spielt man besser keinen Streich!“

Glenn ging nicht darauf ein. Stattdessen sagte er: „Einen wunderschönen Streich wirst du ihr spielen, der uns dann vielleicht bald von großem Nutzen sein wird! Ich möchte, dass du das lebendig gewordene Bild überwältigst und hierher bringst in meine Obhut.“

„Diese fürchterliche Krakelei?“, entfuhr es Hugo. „Diese komische Maus?“

„Ja“, erwiderte Glenn bestimmt. „Ich habe noch nie mit einem zum Leben erwachten Bild gesprochen. Du etwa?“ Er beobachtete Hugo genau.

„Natürlich nicht“, erwiderte dieser. „Obwohl ich selbst natürlich sehr häufig zu meinen Bildern spreche. Aber die sind ja auch, ich meine, die empfinde ich auch als sehr viel lebendiger als so eine Krakelratte."

Glenn schaffte es gerade noch, nicht die Augen zu verdrehen. Hugos Bilder glichen, wenn sie überhaupt etwas glichen, übereinandergemalten grauen Autobahnen mit hunderten goldenen Wolltroddeln an den Rändern, auch wenn Hugo immer behauptete, es seien kleine goldene Monde, die am Himmel aufgingen. Dabei von lebendigen Bildern zu sprechen war allerdings, selbst wenn Glenn sich großzügig gezeigt hätte, nur als die Aussage eines Volltrottels zu bezeichnen.

Glenn musste grinsen. Wolltroddel und Volltrottel, das klang wirklich witzig.

„Hör zu!", sagte Glenn in einem schneidenden Ton. „Bring mir das Bild hierher. Ich will es haben!" Und etwas freundlicher fügte er dann hinzu: „Also, spiel ihr den Streich und klau ihr das Ding! Lass sie danach allein in der Dunkelheit der Kanäle zurück und hol mir die grüne Ratte, damit wir sie ausquetschen. Dann ist Celfie wieder ganz allein und wir können uns das Ding mal anschauen. Oder soll ich deiner Mutter erzählen, dass du wirklich keine große Hilfe bist?"

Hugo sah Glenn unterwürfig an. „Danke, dass du mich an deinen Erkenntnissen teilhaben lässt", sagte er. „Ich werde dieser Celfie den Streich mit großer Lust spielen."

Der kleine Maler machte ein Pause.

Natürlich wollte Hugo Gelbstift wissen, was sein Arbeitgeber ganz genau vorhatte. Aber Glenn war ein äußerst disziplinierter Mensch. Nie rutschte ihm ein Wort zu viel über die Lippen. Stattdessen schwieg er einfach.

Also fuhr Hugo vorsichtig fort: „Diese Celfie hat ein gesprаytes Bild zum Leben erweckt. Wie denkst du denn, soll ich es einfangen? Meinst du, das geht so einfach?“

Glenn zuckte die Schultern. „Natürlich müssen wir wissen, ob es gefährlich ist oder ungefährlich. Aber dir wird schon was einfallen.“

Hugo keuchte, beherrschte sich dann jedoch. „Aber das wäre … Das könnte unter Umständen … Das ist vielleicht wirklich nicht ungefährlich. Ein zum Leben erwecktes Bild könnte sich ganz anders verhalten als eine echte grüne Ratte. Ich meine, man kennt das doch aus Filmen und Büchern und so! Wenn man da etwas malt und es dann zum Leben erweckt, werden die Bilder manchmal ganz seltsame kleine Monster.“

„Ich glaube nicht an Monster“, lächelte Glenn Single Despott Hugo an. „Das ist doch Kinderkram! Und jetzt keine Widerrede mehr. Ich will das Graffiti!“

Glenn sah Hugo kalt an und stellte sich mit durchgestrecktem Rücken ans Fenster. Den kleinen Maler würdigte er keines weiteren Blickes mehr. Gelassen wartete Glenn ab, bis dieser sich ebenfalls erhob und hastig Glenns Kommandozentrale verließ.

SEHR HELLE AUGEN

Die Dunkelheit schien undurchdringlich.

Celfie hielt sich mit einer Hand an der letzten Sprosse der Eisenleiter fest, die knapp über ihrem Kopf an der Wand endete. Es waren über hundert Stufen gewesen, die sie und Fluschfummel hinabgestiegen waren. Jetzt musste sie einen Sprung wagen, ohne zu wissen, wie weit der Boden noch entfernt war.

„Komm jetzt", drängte Fluschfummel, die eine Sprosse über ihr auf einer Sprosse saß. „Man sollte auch dann weitergehen, wenn man nicht weiterweiß. Stehen bleiben bringt einen nicht ans Ziel."

„Ach, ja?" Celfie war sich da nicht so sicher. Sie selbst wäre sehr wohl lieber ruhig stehen geblieben und hätte abgewartet, ob sich ihre Augen an die Finsternis gewöhnten. „Ich bin es aber nicht gewohnt, irgendwo hinzutreten, ohne zu sehen, wohin ich den Fuß setze."

Celfie öffnete ihre Augen so weit, wie sie nur konnte. Es gelang ihr nicht, mehr als einen Meter weit zu sehen. Sobald sie ihre Arme ausstreckte, waren die Fingerspitzen kaum noch zu erkennen.

„Es ist so dunkel hier", flüsterte sie Fluschfummel zu. „Kannst du etwas erkennen?"

Die grüne Spraymaus war in der Dunkelheit nicht mehr grün.

Sie war nicht mal ein Schatten, sondern nur noch eine Stimme, die wispernd antwortete: „Nein, rein gar nichts! Aber wenigstens ist es hier etwas trockener!“

Celfie wäre am liebsten in sich zusammengesunken. „Bist du wirklich sicher, dass wir hier sicher sind?“

„Ich glaube schon“, antwortete die grüne Spraymaus. „Hier unten wird uns niemand finden. Außerdem werden sich unsere Augen bestimmt auch bald an die Dunkelheit gewöhnen. Jetzt spring endlich. Unter einer Leiter ist immer fester Boden.“

Celfie hoffte, dass Fluschfummel sich nicht irrte. In Farbek wurde es nie so dunkel. Noch unangenehmer aber war der Gedanke, dass sie jemand in dieser Dunkelheit doch verfolgen und einholen könnte. Celfie holte tief Luft und sprang!

Der Boden war Gott sei Dank nur knapp einen Meter unter ihr und sie kam mit beiden Füßen federnd auf.

„Bist du sicher gelandet?“, rief Fluschfummel.

„Ja“, antwortete Celfie.

Gleich darauf plumpste es neben ihr.

„Ich auch!“, verkündete die Spraymaus. Und schon hörte Celfie ihre Pfoten durch die Dunkelheit tapsen. „Komm schon! Weiter!“ Fluschfummels Stimme klang drängend an ihr Ohr. „Das ist bestimmt ein Tunnel. Halt dich einfach dicht an die Wand und taste dich daran voran. Du hast doch gesagt, du willst einen sicherer Ort finden.“

Celfie schwankte. Sie wollte Fluschfummels Stimme nachgehen, gleichzeitig aber wollte sie sich nie wieder bewegen. Sie fühlte, dass ihr Herz hastig schlug. In ihren Ohren rauschte es und ihr war schwummerig.

„Ich fürchte mich", flüsterte Celfie.

„Okay, okay", antwortete die grüne Spraymaus. Ihre Stimme kam wieder näher. „Aber vergiss nicht, du bist stark. Denn du hast mich zum Leben erweckt."

„Aber wie soll ich das denn gemacht haben?", fragte Celfie. „Und warum sagst du das immer wieder?"

„Weil du mich aus meinem Bilderschlaf geweckt hast", antwortete Fluschfummel.

Sie kam auf Celfie zu und berührte sie sanft mit ihrer verwaschenen Schnauze.

An Celfies Bein fühlte es sich an wie ein Windhauch, der sie liebkoste. Plötzlich leuchteten Celfies Augen in der Dunkelheit auf. Im nächsten Augenblick konnte sie besser sehen als zuvor.

Fluschfummel saß zu ihren Füßen und schaute zu ihr empor.

„Was sage ich dir? Du bist stark! Und du hast echt Kräfte. Du hast irgendwie so eine Art Lichtpower. Wir Bilder auf der Erde kriegen ja nicht so viel von der Welt um uns herum mit. Eigentlich nur, solange unsere Farben noch frisch sind. Danach sind wir ziemlich weg, was die Wahrnehmung angeht. Aber ich kann mich trotzdem total an das Licht erinnern, als du mich geweckt hast. Und ich erinnere mich auch wieder an den Menschen, der mich gemalt hat und was er dabei so gedacht hat." Fluschfummel seufzte. „Aber als du mich angesehen hast, da war ich, ganz ehrlich, lebendiger als je zuvor. So sehr, dass ich von der Mauer auf die Straße springen konnte!"

Sie lachte, sodass der rosa Fleck auf ihrer Schnauze zitterte und ein paar bunte Farbspritzer in alle Richtungen flogen.

„Und guck doch nur, Celfie Madison, wie deine Augen leuchten! Man kann in ihrem Licht sehen!“

Celfie sah sich um. Fluschfummel hatte recht. Sie sah jetzt wirklich besser. Und das Licht kam wirklich aus ihren Augen.

Auf einmal fühlte sie sich wieder wie in dem Moment, als sie Fluschfummel erblickt hatte. Vielleicht gab es auf dieser Erde ja wirklich mehr als Glenn Single Despott, seinen riesigen Turm, Hugo Gelbstift und oben und unten. Fluschfummel war der lebende Beweis dafür. Und Fluschfummel war eine Freundin!

Und wo so ein Bild war, konnten da nicht auch andere Bilder sein? Weitere, denen sie vertrauen konnte?

Das Mädchen aus Farbek lauschte in sich hinein und spürte, dass etwas in ihr, ganz tief von innen, pochte und schlug. Es fühlte sich an, als trommelte etwas beharrlich gegen eine Gefängniswand, auf der Suche nach einem Weg in die Freiheit. Es machte die Dunkelheit, die sie vorhin noch in sich gespürt hatte, kleiner und schwächer. Genauso hatte sie sich nach ihrer Entführung im Zimmer des Turms gefühlt, auf dem roten Sofa, hinter einer verschlossenen Tür. Aber da hatte sie die Wände um sich herum nicht sprengen können und auch nicht dagegen geschlagen. Was sie jetzt in sich spürte, wirkte stärker. Und plötzlich ahnte Celfie, was da schlug. Immer wieder hatte sie in Farbek Herzen gesehen, die rot aus Körpern hervorleuchteten. War es das, was sie da wahrnahm? War das Herz in den Wesen der Erde die verborgene Kraft, die diese Welt hinter den dunklen Türmen und finsteren Kanälen verband? Was bedeutete dieses Pochen?

Sie schüttelte den Kopf.

Celfie sah auf. Soweit sie erkennen konnte, erstreckte sich ein langer Wasserkanal vor ihnen, durch den sich rauschend ein ziemlich lauter und dunkler Wasserstrom schob. An beiden Ufern wurde der Kanal von schmalen Fußwegen begleitet. Darüber wölbte sich eine aus quadratischen Steinen gemauerte Decke. Und dieser Tunnel führte, schnurgerade, in zwei Richtungen.

Sie blickte zu Fluschfummel. Die grüne Spraymaus hockte vor ihr auf einem trockenen Fleck und ihr Fell leuchtete jetzt so hell wie ein grüner Mond am Nachthimmel.

Fluschfummel erwiderte Celfies Blick. Ihr langer Schwanz zuckte auf und ab. „Glaubst du mir jetzt?“, stieß sie hervor. „Du bist stark! Und ich fühle mich immer stärker durch deine Gegenwart.“

Celfie schüttelte den Kopf. „Ich sehe, dass du dich veränderst. Aber ich weiß dennoch nicht weiter. Und ich will endlich wieder nach Hause!“

„Gib nicht auf!“, sagte Fluschfummel. „Ich wusste bis vor wenigen Minuten noch nicht einmal sicher, wie ich heiße. Aber inzwischen weiß ich genau, dass mich der Junge, der mich gesprayt hat, Fluschfummel genannt hat. Ich kann mich erinnern. Ich kann seine Stimme wieder hören und sehe eine Autolacksprühdose in seiner Hand. Das ist ein Anfang, oder etwa nicht? Deine Augen werden immer heller. Manchmal reicht ein Funke, um ein Feuer zu entzünden!“

Fluschfummel hatte recht, dachte Celfie. „Vielleicht fällt mir ja auch noch mehr ein, was mein Leben angeht“, sagte sie laut. „Aber hier geht das nicht. Das Wasser ist viel zu laut. Und es ist kalt. Lass uns weitergehen.“

Fluschfummel nickte. „Auf geht’s!“

Nebeneinander setzten sie sich in Bewegung und gingen Schritt für Schritt tiefer in den dunklen Tunnel hinein.

Celfie fühlte sich schon besser und war dankbar für die kleine Spraymaus, die ihre Kraft und Zuversicht so uneigennützig mit ihr teilte. Fluschfummel war das erste Wesen in dieser fremden Welt, das sich ihr gegenüber liebevoll verhielt.

Das Mädchen aus Farbek hob den Blick.

Plötzlich strahlte das türkisblaue Licht über die Wände. Fluschfummel quiekte auf: „Celfie! Deine Augen leuchten ganz hell!"

Celfie nickte. „Deine Freundschaft tut mir gut, Fluschfummel", sagte sie. „Ich werde stärker."

„So helle Augen habe ich noch nie gesehen!" Fluschfummel sah Celfie neugierig an. „Sie sind wie Sonnen aus blankem Eis."

Tatsächlich lag der schmale Pfad neben dem Kanal im Licht der Augen des Mädchens aus Farbek deutlich sichtbar vor ihnen.

Der Kanaltunnel hatte sich über ihren Köpfen geöffnet und war höher geworden. Gleichzeitig lief das Wasser mittlerweile ein ganzes Stück unter ihnen und das Rauschen war leiser geworden, so tief war das Kanalbett. Ein paar Meter vor ihnen gabelte es sich in mehrere Arme, die in verschiedene Richtungen führten.

Celfie blickte sich um. „Der Boden ist jetzt ganz trocken", murmelte sie. „Und ich finde auch, dass es hier wärmer ist als dort, wo wir eingestiegen sind. Spürst du das auch, Fluschfummel?"

„Ja!", stimmte die Spraymaus zu. „Vielleicht haben wir Glück und finden ein Höhle oder so etwas, wohin wir uns zurückziehen und in Ruhe nachdenken können. Du musst mir ganz genau erzählen, wie du hierher auf die Erde in den Turm von diesem

Glenn gekommen bist. Und auch deine Flucht. Vielleicht hast du ja doch irgendetwas bemerkt, was uns einen Hinweis geben kann. Meistens findet sich für alles eine Lösung, wenn man nur lange genug darüber nachdenkt und genügend Wissen zur Verfügung hat."

„Ich weiß aber nicht, ob ich genug weiß", sagte Celfie. „Glenn weiß leider ganz offenbar einiges mehr als ich."

„Deswegen sollst du mir ja alles erzählen", beharrte Fluschfummel. „Zusammen können wir doch vielleicht mehr verstehen. Oder wir entdecken etwas, was du noch nicht bemerkt hast."

Sie setzten sich wieder in Bewegung und liefen nebeneinander auf die nächste Verzweigung zu. Schmale gemauerte Brücken führten über die Kanäle. Der mittlere Tunnel war der größte.

„Da lang!", deutete Celfie auf diesen.

Fluschfummel sprang voran über die erste Brücke und Celfie folgte ihr. Sie betraten den Tunnel. Das Wasser lag einige Meter unter ihnen.

Aus dem schmalen Fußweg am Rande des Grabens war ein über zwei Meter breiter Gehweg geworden.

In diesem Augenblick tauchten im Gletscherlicht von Celfies Augen mehrere verblasste Graffiti an der Kanalwand auf. Celfie blieb stehen und richtete ihren Blick darauf. Wie versteinert sah sie auf die Wand vor sich.

„Was ist denn?", rief Fluschfummel.

„Siehst du das nicht?", fragte Celfie. „Hier gibt es Bilder!"

„Aber ja! Davon gibt es tausende", rief Fluschfummel. „Die ganze Stadt ist voll mit Graffiti."

„So viele?", wiederholte Celfie. „Ich habe oben aus dem Turm kein einziges gesehen. Wo kommen die her? Das sind alles Wesen aus Farbek."

„Du hast sie bestimmt nicht gesehen, weil sie hier in der Innenstadt nur an versteckten Stellen überleben. Nur in den ärmeren Bezirken bleiben sie stehen. Oder eben hier unten, wo sich niemand darum kümmert", erklärte die Spraymaus.

Celfie lächelte plötzlich. Vor ihr an der schmutzig grauen Kanalwand saßen dutzende von großen und kleinen Zeichnungen. Ihr Herz schlug schneller. Da war es wieder, dieses mächtige Klopfen. Aber jetzt fühlte es sich nicht mehr an wie etwas Eingesperrtes, das ausbrechen wollte oder einen Ausweg suchte, sondern wie ein mächtiger Vogelschrei, der aus ihrer Brust weit in den Himmel aufstob. Es fühlte sich frei an.

Wesen für Wesen musterte sie die Figuren und mit jedem Blick leuchteten ihre Augen noch heller. Für einen Augenblick vergaß sie alles um sich herum.

Die meisten Zeichnungen waren alt und von dicken Namenszügen und Tags überschrieben, deren klobige Buchstaben sich trotzig über die filigranen Formen der Figuren setzten. Vereinzelt schauten kleine, fast verängstigte Augen unter dicken, schwarz umrandeten, silberroten, blauen oder rosagelben Buchstaben hervor. Einige Figuren hockten hinter den Buchstaben wie Fluschfummel zuvor hinter ihrem Regenrohr.

Celfie streckte einen Finger aus und berührte einige der Zeichnungen.

Manche von ihnen hatten kleine Fühler, mal mit, mal ohne Augäpfel, die sie schüchtern in die dunkle Tunnelwelt streckten. Ein paar waren fast vollkommen verschwunden, sodass nur noch eine Hand, eine halbe Gestalt oder ein noch geringerer Rest eines einstigen Spraywesens darunter hervorragte.

„Farbek!", juchzte Celfie. „Ich kenne euch aus Farbek."

„Was sagst du da?", fragte Fluschfummel. „Wen kennst du?"

Aber Celfie antwortete ihr nicht. Sie fuhr jetzt mit beiden Händen über die Kanalwand und murmelte Worte, die wie Namen klangen.

„Du siehst aus wie ein Teil von Tränenkorn!", rief sie einem dicken Wesen zu, das wie ein halbes Popcorn aussah, dem runde dicke Tränen aus seinem einen Auge kullerten. „Und du bist ein Stück von Chamäleonfrau!" Celfie streichelte über das Gesicht eines Mädchens mit langen schwarzen Haaren, das schwach hinter dem fetten Rand eines meterhohen X hervor sah und dessen Mund, Nase und Augenpartie echsenhafte Züge trugen. „Und du gehörst zu Eisenschwein!"

Celfie legte den Kopf schräg und musterte eine Figur, die aussah wie ein aus Stahlträgern geformtes Gerippe eines riesigen Wildschweins.

Ihre Augen leuchteten jetzt so hell, dass die ganze Kanalwand in ihrem Widerschein zu glühen schien. Ihre Stimme klang verzückt, als sie rief: „Monkeyman!"

Aufgeregt blickte das Mädchen aus Farbek über die Buchstaben und Bilder und deutete auf einen Affen mit einem Menschenkörper, der an einem Ast baumelte.

„Hier stammt ihr alle her und irgendjemand auf dieser Welt hat euch mit seinen Unterschriften den Rest abgeschnitten." Plötzlich fuhr Celfie wütend herum. „Fluschfummel!"

„Ja?" Die grüne Spraymaus sah nach oben.

„Welche Barbaren schreiben ihre Namen über Bilder?“

„Menschen natürlich“, sagte Fluschfummel, erleichtert, dass sie die Antwort kannte. Einer wütenden Celfie mit so strahlgrell eisblauen Augen fühlte sie sich nicht gewachsen. „Das ist immer so. Manche machen ein Bild und setzen dann noch ihren Namen darunter. Aber die meisten malen gar keine Bilder, sondern schreiben nur ihren Namen auf die Wände. Das sind ihre *Tags*.“

Celfie schnaubte. „Ich weiß, was ein *Tag* ist. In Farbek laufen viele solche Namen herum. Aber warum stehen sie hier über den Bildern?“

Fluschfummel seufzte. „Na ja… Für einen Menschen ist sein Name das Wichtigste. Damit zeigt er, dass das sein Gebiet ist. Der Turm, in dem du gefangen warst, heißt ja nicht umsonst Moonson Tower.“

„Ihre Namen sind ihnen wichtiger als ihre Bilder?“ Celfies Stimme klang immer wütender. „Ist den Leuten denn nicht klar, was sie damit anrichten?“

„Was richten sie denn an?“, fragte die grüne Spraymaus.

„Aber Fluschfummel! Diese Bilder leben! Vielleicht nicht hier, aber in Farbek. So geht man nicht mit Lebewesen um. Ich würde niemals einem Menschen meinen Namen über das Gesicht schreiben. Das löscht ihn doch aus. Und das Bild genauso.“

Fluschfummel schüttelte betrübt den Kopf. „Das ist aber leider nicht alles, was die Menschen mit Bildern machen“, murmelte sie leise.

„Was denn noch?“

„Sie putzen uns weg! Graffiti überleben nicht überall in der Stadt. Deswegen sind sie doch hier unten. Und darum hat mein

Maler mich hinter das Regenrohr gemalt, damit ich nicht so schnell wieder verschwinde."

Celfie horchte auf. „Du meinst, die Menschen schmieren euch nicht nur ihre Namen auf, sondern wischen euch auch noch aus? Sie putzen ihre Gedankenbilder weg?"

„Ja!", antwortete die Spraymaus. „Sie finden uns hässlich und kommen mit Reinigungsmitteln oder dicken Sandstrahlern und löschen uns aus."

„Aber sie malen euch doch auch!"

„Nicht alle", sagte Fluschfummel. „Meistens malen uns junge Menschen. Aber der Rest –" Sie schüttelte stumm den Kopf und ein paar gelbe Farbspritzer flogen aus ihrem Fell und platschten auf den Boden.

Celfie schaute auf einen der Flecken und fragte dann leise: „Was ist ein Sandstrahler?"

Fluschfummel schluckte. „Das sind dicke Schläuche, aus denen sie Sand schießen. Die vielen Körner sind wie steinharter Regen. Unter ihrem Aufprall platzt die Farbe von den Wänden."

Celfie schloss entsetzt die Augen. „Und Glenn Single Despott, ist er auch ein berühmter Name, der sich gerne über Bilder schreibt?"

Fluschfummel überlegte eine Weile und schüttelte dann ihren verwaschenen Kopf. „Diesen Namen habe ich, bevor ich dich traf, noch nie gehört oder gesehen."

„Aber warum entführt jemand ein Bild, wenn man hier Bilder nur malt, um sie wieder zu zerstören? Ich verstehe das nicht."

„Das weiß ich nicht." Fluschfummel hob ihre kupferleuchtenden Augen und blickte Celfie an. „Vielleicht will er ja noch reicher und berühmter werden? Das wollen viele. Oder er hat dich geholt, damit du alle Bilder lebendig machst. Dann verschwinden sie von den Wänden und alles ist sauber."

„Aber das hätte er mir doch sagen können." Celfie zog die Augenbrauen zusammen. „Und dafür hätte er mich nicht einsperren müssen. Nein, Fluschfummel, darum kann es nicht gehen. Denn auch wenn du jetzt lebendig bist, du bist immer noch da. Jemanden zum Leben zu erwecken ist nicht dasselbe, wie ihn wegzuputzen."

„Stimmt!" Die grüne Spraymaus nickte. „Es ist ein Rätsel. Zumal dieser Glenn gar nicht weiß, dass du mich zum Leben erweckt hast."

„Genau", murmelte Celfie. „Aber er kennt Farbek. Denn er war dort."

„Kann es sein, dass er dein Bild irgendwo gesehen hat und dich gerne in echt treffen wollte?", überlegte Fluschfummel. „Vielleicht ist er in dich verliebt?"

„Auch dann sperrt man doch niemanden ein", widersprach Celfie und schüttelte sich. „Ich würde das jedenfalls nicht tun. Und ich würde auch niemanden entführen. Es wäre schrecklich, wenn jemand, der so mit seiner Liebe umgeht, hinter einem her ist …"

Celfie wandte sich von der bemalten und beschriebenen Mauer ab und sah in Fluschfummels Kupferaugen.

„Er braucht auch keinen Ruhm, Fluschfummel! Das habe ich gespürt. In seinen Augen ist er schon jetzt der Beste der Besten. Und er ist sicher reicher, als du es dir vorstellen kannst. Er besitzt den höchsten Turm der Stadt. Was will er ausgerechnet von mir?"

Fluschfummel schüttelte ihre ausgeblichene Schnauze. „Ich habe echt keinen Schimmer.“

Celfie sah die halben Graffiti auf der schmutzigen Wand an. „Das müssen wir aber herausfinden. Das ist noch wichtiger als der Rückweg.“

Fluschfummel sah traurig aus. „Du meinst, wenn er dich entführen kann, kann er das sicher auch mit jemand anderem tun?“

„Ja!“, gab Celfie zu. Ihr Herz klopfte jetzt wieder, als sei es eingesperrt. Sie hatte Angst. „Genau so ist es! Und das heißt, Farbek ist nicht sicher.“

„Ich fürchte, damit hast du den Nagel auf den Kopf getroffen“, seufzte Fluschfummel. „Und wenn es dabei um den Plan eines Mannes geht, der den höchsten Turm der Stadt besitzt, dann muss es sich um eine wirklich riesige Sache handeln.“ Plötzlich richtete Fluschfummel sich auf. „Aber eins sage ich dir, Celfie Madison! Für riesige Dinger bin ich genau die Richtige! Kleine Wesen waren schon immer gut bei großen Aufgaben.“

Die grüne Spraymaus kicherte plötzlich und verzog ihre verwaschene Schnauze zu einem Lächeln. „Ist doch wohl so, nicht wahr?“

Celfie musste lächeln. Diese moosgrüne Maus war wirklich etwas Besonderes. „Ich finde auch, dass du genau die Richtige bist, mir bei dieser Geschichte beizustehen“, nickte sie.

Die Angst in ihr ließ nach. Das Leuchten ihrer Augen erhellte langsam den ganzen Kanal. „Niemand entführt mich, ohne mir zu erklären, warum! Und niemand hat das Recht dazu, mich aus meiner Welt an einen Ort zu bringen, den ich nicht kenne und an dem ich eigentlich nicht sein wollte. Aber da ich nun eine Freundin gefunden habe, werde ich auch einen Weg finden, all das zum Guten zu wenden."

Celfie streckte ihre Hand aus und die Maus legte ihre Pfote hinein. „Und wie gehen wir weiter vor?", erkundigte sie sich.

„Ich hätte da eine Idee …" Celfie bückte sich, hob Fluschfummel hoch und setzte sie sich auf die Schulter. „Ich möchte, dass du hier sitzt, das ist sicherer."

„Sicherer? Wieso sicherer?" Nervös sah Fluschfummel Celfie an.

„Das wirst du gleich sehen. Kleine Wesen werden von großen Wesen leicht zerquetscht, auch wenn sie noch so genial sind!"

Celfie trat näher an die Wand. Dann begann sie vorsichtig, diese mit den Händen abzutasten.

„Was wird das?", fragte die grüne Spraymaus.

„Du hast mir gesagt, dass ihr Bilder auf der Erde die Welt solange am besten wahrnehmt, wie eure Farbe noch frisch ist", gab Celfie zurück. „Vielleicht geht es ja doch darum, dass ich Bilder wachrufen kann. Das scheint hier keine übliche Fähigkeit zu sein. Deswegen möchte ich noch ein Bild zum Leben erwecken. Und zwar möglichst ein frisches Bild, das sich noch gut erinnern kann. Vielleicht kennt es die Welt besser als du oder ich."

Fluschfummels Blick folgte Celfies Händen. „Du suchst nach frischer Farbe?"

„Ja", sagte Celfie. Langsam fuhr sie mit den Händen über die Wand. „Es wird eine Weile dauern, Flusch", sagte sie. „Aber wir haben ja Zeit."

Die grüne Spraymaus kicherte. „Du hast mich eben Flusch genannt."

Celfie hielt inne. „Entschuldige. Ich neige dazu, anderen Kosenamen zu geben. Das ist nur ein Zeichen meiner guten Gefühle für dich."

„Ich habe nichts dagegen. Ich mag Flusch", sagte Fluschfummel. „Such nur in Ruhe weiter, Celfie."

LIBELLENKREPEL

Hugo Gelbstift lief durch die Straße und suchte nach dem Gully.

Er hasste es, Glenn Despotts Befehle ausführen zu müssen. Besonders, da er das, was er jetzt tat, niemals freiwillig tun würde. In einen Gully steigen, anstatt zu malen! Der kleine Maler schnaufte empört. Das gehörte sich wirklich nicht für einen Mann wie ihn – einen Künstler!

Seit Jahren versuchte der dicke, glatzköpfige Maler inzwischen, mikroskopisch kleine Schriften zum Leben zu erwecken. Die Idee war einfach und natürlich genial.

Hugo fand alle seine Ideen genial. Da machte es auch nichts, dass diese Idee eigentlich nicht von ihm, sondern von finnischen Mönchen aus dem Mittelalter stammte. Er hatte in einer Lokalzeitung davon gelesen und sie daraufhin Glenn angeboten, der zufällig zu dieser Zeit nach einem ideenreichen Werbefachmann Ausschau hielt. Natürlich hatte dieser den Vorschlag mit Kusshand angenommen. Ja, was das Aufspüren gewinnträchtiger Ideen anging, stand Hugo Gelbstift Glenn Single Despott keinen Deut nach. Nur leider war Glenn reicher und sehr viel mächtiger …

Als Glenn ihn angeheuert hatte, hatte der Maler noch gedacht, er habe einen Geldgeber gefunden, der seine Arbeit in Zukunft finanzieren würde. Hugo hatte mehrere Tage wirklich geglaubt, er sei jetzt reich!

Aber irgendwie hatte sich der Spieß in kürzester Zeit umgedreht und Hugo war vom Kopf des Unternehmens zum … Er verkniff sich den Rest des Satzes. Jedenfalls war ihm schnell klar geworden, dass er nichts weiter war als ein kleiner Bediensteter.

Eines jedoch hatte der kleine, dicke Maler in seiner Zeit bei Glenn Despott gelernt. Wirklich reiche und mächtige Leute gaben niemals einfach etwas von ihrem Reichtum ab. Aber sie taten alles dafür, noch reicher und mächtiger zu werden.

„Du bist angekommen! Und jetzt rein da!"

Hugo sah auf. Über seinem Kopf summte die Drohne. Und nicht nur, dass sie mit einem Lautsprecher ausgestattet war, aus dem Glenns Stimme kam, natürlich nahm sie über ein hochsensibles Mikrofon auch jedes Wort auf, das Hugo von sich gab, und filmte ihn durch die Kamera.

Hugo schaute sich um. Tatsächlich stand er auf der Straße vor dem Gully, in den Celfie mit dem lebendig gewordenen Bild gestiegen war. Vor lauter Gedanken hatte er das gar nicht gemerkt.

„Ja, ich bin da", murmelte er.

„Heb den Deckel hoch", kam es aus der Drohne zurück.

„Klar doch!" Hugo sah wieder hoch. Die Drohne schwebte direkt über ihm. Sie summte wie eine wütende Hornisse.

Der kleine Maler bückte sich, um den Gullydeckel anzuheben, und stöhnte. Wie hatte so ein zierliches Wesen wie diese Celfie es nur geschafft, den Deckel in die Höhe zu bekommen? Aber er durfte sich keine Blöße geben. Einem Glenn Despott gegenüber tat man so etwas nicht.

Ächzend schaffte er es, das schwere Ding zu bewegen. Aus dem widerlichen dunklen Loch schlug ihm ein ekelhafter Geruch entgegen. Hugo Gelbstift schwieg. Er nickte der Drohne einmal mit hochgezogenen Mundwinkeln zu, kletterte in den Schacht auf die Eisenleiter, die dort angebracht war, und begann sofort, in die Tiefe zu steigen.

„Halt!“, rief es aus der Drohne.

Hugo streckte den Kopf wieder aus dem Gully.

„Ja, Glenn?“

„Was ist dein Auftrag?“

„Ich werde dieser Celfie einen kleinen Streich spielen.“

„Richtig! Und dann?“

„Dann bringe ich meine Beute direkt zu dir und lasse Celfie alleine zurück!“

„Ich bin froh, dass wir uns verstehen!“ Die Drohne surrte noch einmal vor Hugos Gesicht, dann machte sie kehrt und flog davon.

Hugo war froh, dass ihm das Ding nicht in die Kanäle folgen konnte.

Der Maler grinste in sich hinein und begann vergnügt zu pfeifen. Er stieg die ersten Leitersprossen hinab und zog mühsam den Deckel über sich zu. Dann schaltete er die Stirnlampe an, die er vorsorglich mitgenommen hatte.

Während er sich Sprosse für Sprosse nach unten bewegte, wanderte sein Blick über die feuchten Wände. Er war offenbar nicht der Erste, der hier eindrang. Und auch Celfie und die grüne Kreatur, die sie begleitete, waren es offensichtlich nicht gewesen.

Auf nahezu jedem Meter der Schachtwand prangte ein schmutziges Graffiti. Grässliche Bildchen waren das, stellte Hugo angewidert fest. Ungekonnt hingeschmierte, klägliche Strichzeichnungen, die jeden künstlerischen Wert vermissen ließen.

Ihr Anblick brannte ihm in den Augen. Aber es gab kein Ausweichen.

Genau wie die meisten Menschen unter Lesezwang litten, konnte Hugo an keinem Bild vorbeisehen. Das war das Schicksal seiner ungewöhnlichen Schaffenskraft.

Sein Blick flog nur so über die Kritzeleien und saugte sie auf. Ein blaues Eiergesicht mit Dollarzeichen als Augen grinste ihn dämlich an. Eine rostbraune schmale Frau mit Vampirzähnen und Schmutzflecken an jeder erdenklichen Stelle streckte ihre Krallen nach ihm aus. Ein halbes Ding, das aussah wie eine Mischung aus Libelle und Hubschrauber, dem aber mindestens die Hälfte seiner Flügel fehlte, klebte wie eine zerklatschte Mücke an der Wand.

Ein Libellenkrüppel? Konnte, durfte man das überhaupt so sagen? Krüppel? Wohl eher ein Krepel, dazu verdammt herumzukrepeln, anstatt zu fliegen!

Hugo grinste böse.

Statt noch weitere Gedanken auf diese mistigen Zeichnungen zu verschwenden, stieg er weiter hinab. Genau so ein Ding hatte diese Celfie zum Leben erweckt. Einen Rattenkrepel! Und überhaupt. Diese Celfie war selbst so ein Krepel. Aber ihre Macht war leider unnachahmlich.

Hugo konnte die inneren Bilder des schrecklichen Moments gar nicht verdrängen. Es war schockierend gewesen.

Plötzlich hatte sich das Bild hinter dem Regenrohr bewegt. Zuerst hatte er gedacht, es handele sich um eine Sinnestäuschung. Doch dann hatte er über den Außenlautsprecher der Drohne ganz deutlich gehört, dass es mit Celfie sprach. Und was sprach, das lebte.

Als dann Glenn Despott auch noch gefragt hatte, ob er das auch gesehen habe, und er das Lächeln in Glenns Augen wahrnahm, war Hugo schlagartig klar geworden, dass dies das Todesurteil für seine kühnen Träume bedeuten konnte. Niemals würde Glenn Hugo weiter an der verführerischen, lebendigen Nanoschrift arbeiten lassen, wenn diese Celfie jedes x-beliebige Krickelkrakel aufwecken konnte.

Das war doch klar! Lebendiges Krickelkrakel! Es war eine Schande. Aber wer solche Wesen in die Werbung schicken konnte, der hatte gewonnen. Eine hässliche grüne Kreatur, die für Cornflakes warb, würde Hugos geniale Pläne auslöschen. Die Leute liebten solche Viecher. Sie liebten alles, was hässlich war. Besonders die Kinder. Superhelden, Teleflummis, hirnloses und albernes Zeug sabbelnde einäugige, dumpfe Kreaturen.

Nein, dachte Hugo, das durfte nicht wahr sein! All seine künstlerischen Anstrengungen, eine aus Bildern ins Hirn träufelnde, geniale Nanoschrift zu erschaffen, wären vergeblich gewesen. Das musste er verhindern. Deshalb war er hier! Nur deshalb!

Er musste beweisen, dass es ein Zufall gewesen war, dass das grüne Rattending lebendig geworden war. Es musste sich um eine ferngesteuerte Puppe handeln, um einen verirrten Spielzeugroboter. So mächtig konnte diese Celfie in Wahrheit nicht sein.

Schließlich hatte sie auch während ihres, von Glenn außergewöhnlich zuvorkommend gestalteten Aufenthalts, im Moonson Tower nichts Besonderes gezeigt.

Hugo hatte sie sogar anfangs für die etwas minderbemittelte Nichte von Glenn gehalten.

Nein! Vielleicht war das Ganze doch nur ein dummes Spiel.

Vielleicht amüsierte es Glenn einfach, ihn und diese Celfie zu quälen. Und bei der grünen Kreatur musste es sich um einen überaus unglücklichen Zufall handeln. Wenn nicht um einen Spielzeugroboter, dann eben um eine in grüne Farbe gefallene oder verschimmelte Ratte. Vielleicht hatte sie sich ja in vergammeltem Käse gewälzt?!

Hugo musste nur zeigen, dass Celfie nichts und niemanden erwecken konnte. Dann würde Glenn sich bald langweilen und all seine Aufmerksamkeit wieder der Nanoschrift zuwenden. Und Hugo würde, wenn er es geschickt anstellte, doch noch ein berühmter, von allen geliebter, hochgeachteter und teuer verkaufter Maler werden. Angesehener als sein gelangweilter, superreicher Auftraggeber.

In Hugo Gelbstifts Augen breitete sich ein helles Funkeln aus, während er Schritt um Schritt abstieg.

Er würde schaffen, was Glenn von ihm verlangte. Egal wie! Er würde beweisen, dass diese Celfie und ihre Schimmelratte nichts anderes waren als aus stinkendem Schimmelkäse ausgeschnittene Zombies, die er mit einem Lichtstrahl seines Künstlergehirns vernichten würde. Er würde berühmt sein!

Und er würde seine Mutter wieder zu sich holen.

Natürlich wusste er, dass Glenn sie irgendwo in einem sehr teuren Altenheim untergebracht hatte. Und das war ja auch nicht schlecht.

Doch nichts liebte Hugo Gelbstift mehr als den Streuselkuchen seiner Mutter. Allein deswegen würde er wieder mit ihr zusammen sein. Und wenn es so weit war, dann würde er so reich sein, dass er ihr alles Mehl und alle Butter und jedes Gramm Zucker kaufen konnte, damit sie ihm jeden Tag einen frischen Streuselkuchen backte.

Hugo lächelte plötzlich vergnügt.

Schnell stieg er die Stufen weiter hinab und achtete nicht mehr auf die Kritzeleien.

Die Nanoschrift war ein Meisterwerk, sein Wunderwerk, das er sich ganz alleine ausgedacht hatte. Auch wenn er zur Umsetzung Glenns Geld und Macht bedurfte.

Doch das musste egal sein. Auf dem Weg zum Ruhm mussten Opfer gebracht werden. Und Glenn war ein Opfer!

Hugo Gelbstift kicherte.

Im nächsten Moment spürte er, wie sein linker Fuß festen Boden erreichte, statt auf einer weiteren Sprosse zu landen.

Er war unten angekommen. Irgendwo hier mussten diese Celfie und ihre grüne Käseratte sein.

Er setzte den zweiten Fuß auf den Boden, ließ die Sprossen los und hielt die Luft an. Jetzt kam es drauf an.

Er musste all seinen Mut zusammennehmen. Zögernd wandte er sich der Dunkelheit zu. Sie war, trotz seiner Stirnlampe, die plötzlich nur noch die Kraft einer erlöschenden Kerzenflamme zu besitzen schien, wirklich sehr schwarz. Fast zu schwarz, um in sie hineinzugehen.

Rasch warf Hugo einen Blick zurück in die Höhe. Sehr weit entfernt, am Ende der rostigen Eisenleiter, schimmerten winzige Flecken grauen Tageslichts durch die Löcher des Gullydeckels. Angesichts der Dunkelheit vor ihm kamen sie Hugo fast vor wie der fröhlichste Sonnenschein, den er je gesehen hatte.

In diesem Moment hörte Hugo ein Geräusch über sich. Es

klang wie ein Quietschen oder ein leises, fieses Kichern. Er zog die Augen zu schmalen Schlitzen zusammen und sah nach oben. Über dem Gullydeckel verblasste plötzlich das wenige Licht. Hugo sah ganz genau hin.

Durch eines der Löcher des Gullys starrte ein kleines Kameraauge.

Die Drohne! Sie beobachtete ihn und nahm ihm das letzte Licht.

Was er gehört hatte, war kein Kichern gewesen, sondern ihr teuflisches Summen. Glenn beobachtete ihn wirklich, solange er konnte.

Ein Schauer der Wut überlief Hugo und er fühlte, wie daraus eine Gänsehaut wurde. Nein, er würde nicht aufgeben. Diesen Triumph würde er Glenn nicht gönnen.

Hugo Gelbstift biss die Zähne zusammen und wandte den Kopf wieder der Dunkelheit zu.

Er würde es schaffen. Er würde es schaffen und er würde nicht nur dieser Celfie Madison einen kleinen Streich spielen, sondern jedem, der ihn verachtete. Und er würde beweisen, dass diese Celfie in Wirklichkeit gar nichts konnte.

„Ich bin bereit“, flüsterte Hugo. „Ich komme!“ Und damit nahm er die Verfolgung auf.

AARGH

Celfie Madison tastete sorgfältig die Graffitiwand ab.

Sie hielt die Augen leicht geschlossen, um in der Dunkelheit besser fühlen zu können.

„Und?“, wisperte Fluschfummel. „Ich will dich ja nicht stören, aber findest du was?“

„Bisher habe ich noch gar keine frische Farbe fühlen können“, antwortete Celfie. „Außerdem ist die Wand ein bisschen feucht. Es ist nicht so leicht.“

Plötzlich hielt sie inne. „Da! Da ist eins!“

Fluschfummel hob ihren Kupferblick. Celfies Finger berührten ein Graffiti, das im Licht ihrer Augen aussah wie eine große Bohne mit einem einsamen Hahnenkamm auf dem Kopf. Das Wesen hatte ein einziges Bein, das schräg von seinem Pummelkörper abstand, einen aufgerissenen Mund mit dicken Nagezähnen und zwei verschiedenfarbige Augen. Ein Auge war rot-grün und längsgestreift. Das andere war blau und seine Streifen verliefen quer. Beide Augen waren krakelig und eierförmig und in jedem saßen die Striche sehr hastig dahingemalt, sodass sie wie dicke Falten über die Augenhöhlen hinausliefen.

„Warum hat dieses Wesen denn so ein Ding auf dem Kopf?“, wunderte sich Fluschfummel.

Celfie lächelte. „Das soll eine Krone sein. In Farbek laufen lauter solche gekrönten Häupter herum. Die Sprayer setzen ihren Wesen vermutlich eine Krone auf, wenn sie sich für den König der Sprayer halten."

Fluschfummel kicherte. „Ach, herrje. Ich bin froh, dass meiner nicht auf solche Ideen gekommen ist. Sieht aus wie ein abgebrochener Flügel. Ob man damit wenigstens fliegen kann?" Die grüne Spraymaus musterte das Graffiti. „Dafür hat es aber sehr witzige Augen!"

Celfie nickte. „Sie erinnern mich an Farbek."

„Dann weck es schon auf. Vielleicht kann es uns helfen!" Erwartungsvoll sah Fluschfummel Celfie an.

Celfie blickte über die Graffitiwand. Das Licht ihrer Augen beleuchtete die vielen Wesen.

„Hm", machte sie.

„Was ist denn? Was hast du?" Aufgeregt hüpfte Fluschfummel auf und ab.

„Wie habe ich dich eigentlich aufgeweckt?"

„Das weiß ich doch nicht!", rief die grüne Spraymaus und ihre ausgeblichene Schnauze flirrte in alle Richtungen auseinander. „Ich habe davor ja nichts mitbekommen."

„Hm", machte Celfie wieder. „Soweit ich mich erinnere, habe ich dich einfach angesehen. Aber das tue ich mit all diesen Bildern hier schon die ganze Zeit. Und keines ist bisher aufgewacht."

Fluschfummel stand plötzlich ganz still. „Das ist wahr! Hm … ", murmelte sie nun ebenfalls. Dann reckte sie ihre Schnauze in die Höhe, bis es aussah, als tanze der rosa Punkt in der Luft. „Hast du vielleicht etwas gesagt, einen Zauberspruch oder so?"

„Ich kenne keine Zaubersprüche“, rief Celfie. „Außerdem bin ich keine Hexe.“

„Aber irgendwie musst du es ja gemacht haben“, widersprach Fluschfummel. „Los, probier es einfach!“

Celfie sah das pummelige Graffiti an und lenkte das gesamte Licht ihrer Augen auf die Stelle der Wand, an die es gemalt war. Nichts geschah.

„Du kannst es!“, sagte die Maus. „Was man einmal geschafft hat, das kann man noch mal tun.“

Celfie schüttelte verzagt den Kopf. „Ich weiß nicht, Fluschfummel. Wie sollte das denn gehen? Vielleicht bist du ja doch ganz von selbst aufgewacht.“

„Nein!“, sagte Fluschfummel. „Ganz bestimmt nicht. Es hatte mit dir zu tun, bestimmt. Weißt du vielleicht noch, wie du dich gefühlt hast, als du mich gesehen hast? Hast du irgendetwas gesungen oder gedacht?“

Celfie überlegte. Sie versuchte, sich an den Augenblick zu erinnern. Aber etwas war seltsam. Von Farbek war Celfie es gewohnt, ganz im Augenblick zu leben. Es gab ja keine Zeit. Hier auf der Erde aber war die Zeit mächtig. Sie zog und zerrte alles auseinander und legte sich wie eine neue Farbe, die Celfie bisher nicht gekannt hatte, zu allem dazu. Um wirklich in ihrer Erinnerung bis zu dem Augenblick zu gelangen, in dem Fluschfummel erwacht war, fürchtete Celfie, durch all die Tunnel und Schächte und Straßen zurückgehen zu müssen, durch die sie seitdem gekommen war. Und nicht nur das. Ihr war, als müsste sie alle Gefühle zurückwandern, die sie seitdem gefühlt hatte. Und dazu alle Gedanken und vielleicht auch noch alle Worte. Aber so viel rückwärts konnte sie sich einfach nicht bewegen. Und so viel Zeit, alles noch einmal nachzuleben, hatten sie sicher auch nicht.

Hinzu kam, dass Celfie, wenn sie am Regenrohr angekommen wäre, wieder neue Erinnerungen in sich tragen würde. Nämlich die des ganzen Rückwegs. Und auf dem Rückweg zur Graffitiwand kam noch einmal mehr Zeit hinzu. Neue Erinnerungen. Neues Vergessen.

Die noch einigermaßen frische Farbe des Wesens würde dabei mit jedem Moment älter werden. Vielleicht vergaß es dann auch alles, was es jetzt noch wissen konnte. Celfie wurde schwindelig und der Boden unter ihren Füßen schien plötzlich zu wanken.

„Es gibt zu viel Zeit hier, Fluschfummel", flüsterte Celfie verzweifelt. „Ich bin das nicht gewohnt. Sie hält mich fest und ich kann mich nicht erinnern. In Farbek ist alles so viel leichter und eben … auf einmal. Es vergeht nicht, weil es nicht bleibt. Oder es bleibt nicht, weil es nicht vergeht. Nenn es, wie du willst! Bei uns trocknet nun mal keine Farbe aus und man vergisst nichts."

Fluschfummel sah Celfie aufmerksam an.

„Die Erde drückt dir ihr Leben auf", sagte die Spraymaus. „So, wie sie uns Bilder hier alle zu Bildern macht, die irgendwann aufhören zu leben. Deswegen leben wir ja wohl bei euch in Farbek weiter. Aber wir sind jetzt hier, Celfie, und damit müssen wir klarkommen. Und wenn wir alle wirklich in Farbek sind, dann gibt es eine Verbindung!"

„Aber ich weiß nicht, wie!", sagte Celfie.

Plötzlich veränderte sich die kleine grüne Spraymaus.

Ihre Augen, die bis eben hellwach gewesen waren, sahen auf einmal ganz schläfrig aus. Langsam fielen sie zu. Gleichzeitig sank ihre Nasenspitze zu Boden, sodass sich die Schnauze mit dem rosa Fleck wie ein Moosteppich auf dem Boden ausbreitete, in dem eine einzelne Beere glänzte. Mit sehr müder Stimme murmelte sie: „Du hast mich angesehen, Celfie Madison. Und das Licht deiner Augen hat mich …“

Doch ehe sie ihren Satz beenden konnte, sank Fluschfummel wie erstarrt zu Boden.

„Flusch! He, Fluschfummel!“, rief Celfie. „Was ist mit dir? Flusch, hörst du mich?“

Aber die Maus antwortete nicht.

Celfie beugte sich hinunter und nahm sie auf die Hand.

Das grüne Wesen reagierte nicht. Es schien nicht einmal mehr zu atmen.

Celfie wurde seltsam kalt ums Herz. Was passierte hier? Ihr stiegen Tränen in die Augen. Eben erst hatte sie eine Freundin in dieser Welt gefunden. Und jetzt sollte sie schon wieder alleine sein?

„Flusch!“, flüsterte Celfie noch einmal. Sie hielt die kleine grüne Spraymaus dicht vor ihre Nase und sah sie an. Doch nichts geschah.

Das Einzige, was Celfie hörte, war das leise Rauschen des Wassers, das tief unten durch das Kanalbett floss. Für einen Moment schien es ihr, als wäre es der Strom der Zeit, der hier über allem dahinzog. Und je länger sie lauschte, desto reißender klang er in ihren Ohren.

Nein! Das durfte nicht sein. Was hatte die grüne Spraymaus gesagt? Das Licht ihrer Augen?

„Aber welches Licht denn?“, murmelte Celfie. „Ohne das Leben in Farbek ist es einfach zu dunkel in mir. Ach, Fluschfummel, es tut mir so leid!“

Celfie schloss die Augen und plötzlich erschien Farbek ihr vor Augen.

Dort war alles so viel einfacher. Jedes Bild lebte. Und wer lebte, starb nicht. Farbek war das Land der Freiheit und der Freude. Wer dort lebte, fürchtete sich niemals.

In diesem Moment fühlte sich Celfie einsam und wünschte sich sehnlichst, wieder in Farbek zu sein. Fluschfummel wollte sie mitnehmen, fort von der Erde und den seltsamen Kämpfen und Ängsten der Menschen und der drückenden Last und Einsamkeit der Zeit.

Celfie hob ihre Hand und schaute Fluschfummel an.

„Es ist wunderschön in Farbek!“, sagte sie. „Hörst du? Dort leben alle Bilder!“

Und plötzlich war es, als strömte das Licht Farbeks aus ihren Augen direkt auf die grüne Spraymaus. Im selben Moment quiekte diese laut: „Hör auf, Celfie, hör auf, ich kann nicht mehr! Das ist zu viel! Oh, oh, oh!“

Celfie zuckte zurück. „Was?“

Fluschfummel riss die Augen auf. Aus ihrem moosgrünen Fell spritzten hunderte von dicken, bunten Farbtropfen …

„Ich kann nicht mehr, Celfie! Du bist zu stark. Wenn ich noch einen Moment länger still liegen bleiben soll, platze ich!“

„Du warst gar nicht tot?“, rief Celfie.

„Natürlich nicht! Ich wollte dir nur zeigen, dass du mich wieder erwecken kannst, damit du endlich glaubst, dass du es kannst. Ich habe mich nur tot gestellt.“

Für einen Moment war Celfie sprachlos. Dann lachte sie laut auf. „Du hast mit mir gespielt!"

„Ja!", lachte nun auch Fluschfummel. „Aber dann hast du mich so angesehen. Und plötzlich war so viel Kraft in mir, dass ich es nicht mehr aushalten konnte. Das war wie tausendmal Abkitzeln auf einmal. Was hast du gemacht?"

„Ich habe an Farbek gedacht", sagte Celfie.

Fluschfummel sprang auf und wieder flogen hunderte bunter Kleckse um sie herum auf den Boden.

„Das ist es! Du musst an Farbek denken. So kannst du die Bilder hier lebendig machen. Das ist es!"

Celfie bekam große Augen und ein sehr heller Gletscherhöhlenschein breitete sich in den Tunneln der Kanalisation aus.

„Natürlich!", sagte sie. „So war es auch, als ich dich zum ersten Mal gesehen habe. Ich habe gedacht, so etwas Schönes wie dich hatte ich auf der Erde noch nie gesehen. Und dabei habe ich an Farbek gedacht!"

„Siehst du! Siehst du!", jubelte Fluschfummel. „Du kannst es und jetzt wissen wir, wie es geht!" Sie war wieder putzmunter und bester Dinge. Dann wies sie mit ihrer verschwommenen Schnauze auf das Graffiti an der Kanalwand. „Da! Versuch es!"

Celfie wandte sich dem Bild zu, drehte sich jedoch sogleich unsicher zu ihrer Freundin um. „Machst du mir auch nichts vor? Spielst du mir vielleicht auch jetzt schon wieder vor, dass du vor Kraft fast überschnappst?"

„So ein Unsinn!", rief die grüne Spraymaus. „Bist du immer so misstrauisch?"

Celfie schüttelte den Kopf. Sie war nie misstrauisch gewesen, ehe Glenn Despott sie entführt hatte. Dieser Gedanke gab ihr noch einmal Selbstvertrauen. Nein, ihre seltsamen Ängste kamen wohl wirklich vom Leben auf der Erde. Und sie würde sich nicht von ihnen entmutigen lassen.

Rasch wandte sie sich dem Graffiti vollständig zu und sah es an. Sie beugte sich nach vorn und wieder fiel ein funkelndes Gletscherlicht aus ihren Augen auf das Bild vor ihr. Celfie erinnerte sich an die schönen Momente in Farbek, an ihre Freunde und das Leben. Sie versetzte sich tief in ihrer Seele dorthin.

Und plötzlich bewegte sich das quer gestreifte Auge des Bildes vor ihr. Celfie hielt den Atem an. Unmittelbar darauf zuckte auch das andere Auge.

„Oh!“, flüsterte Celfie.

„Ho!“, machte das Graffiti.

„Bist du wach?“, fragte Fluschfummel sanft. Sie lugte um Celfie herum und sah das Graffiti an.

„Chaw?“, fragte das Wesen.

„Wach!“, wiederholte die grüne Spraymaus.

„Tsib wach?“, murmelte das Wesen. Es hatte jetzt beide Augen geöffnet und fiel plötzlich kopfüber von der Wand in den Tunnel. „Fffuuuu!“, machte es und rollte mit beiden Augen. Hilfe suchend sah es Celfie und Fluschfummel an und versuchte, sich zu erheben. Dann stolperte es wieder und fiel kopfüber in den Kanal.

„Oh, nein!“ Fluschfummel sah ihm nach.

„Afuuuu!“, rief das pummelige Wesen. Es paddelte mit seinem einem Bein und wedelte dazu mit der Krone auf seinem Kopf, die in diesem Moment aussah wie ein nasser Hahnenkamm. „Waya hu!“

Das Graffiti stieß einen lauten Schrei aus. Dann richtete es sich plötzlich auf und flatterte mit seiner Krone wie mit einem Flügel heftig hin und her. Eine Sekunde später erhob es sich in die Luft.

„Es ist doch ein Flügeldings!“, seufzte Fluschfummel erleichtert.

„Krone!“, fauchte das Graffiti. „Aber Flügel Hilfe nutzen.“

Celfie lachte.

„Du lachst! Nasser Wasser!“, polterte das Graffiti. Dabei drehten sich seine Augen umeinander und kreuzten sich, so dass die Quer- und die Längsstreifen zwischendurch immer wieder ein rot-grün-blaues Gitternetz bildeten. „Nass! Aargh nass!“, rief es und schüttelte Tropfen aus seiner Krone. „Wer du und du?“

Die grüne Spraymaus sah Celfie an. „Siehst du, du kannst es! Ich hab's dir doch gesagt.“

„Ja!“, rief Celfie. „Du hast mich sehr erfolgreich reingelegt.“

„Ich habe ja wohl auch recht gehabt“, meinte die grüne Spraymaus lässig. Dann wandte sie sich dem Graffiti zu. „Ich bin Fluschfummel. Und das da ist Celfie Madison, die mich Flusch nennt. Und wie lautet dein werter Name?“

„Aargh!“, machte das Graffiti wieder.

„Wie bitte?“

„Aargh! Mein Name Aargh! Da steht!“ Das Graffiti zeigte mit seiner Hahnenkamm-Flügel-Krone auf ein paar Buchstaben, die unter der Stelle standen, wo es eben noch an der Kanalwand angesprayt gewesen war: AARGH!!!

„Hallo Aargh!“ Celfie verbeugte sich. „Bist du zum ersten Mal am Leben?“

Aargh sah sich um. „Ebualg schon!“, sagte es dann.

„Wie bitte?“

Aargh stutzte. „Glaube“, sagte es dann. „Weiß nicht, muraw! Reba Retröw drehen sich …“

„Ist schon okay“, rief Fluschfummel. „Du sagst die Sachen andersrum. Dafür hast du eine schöne, tiefe Stimme. Mit so einer Stimme klingt alles cool.“

Aargh lachte dröhnend. Dabei rollten seine Augen wieder wie wild und sein Kronenflügel raste los wie ein Propeller. Über seinem Kopf brach ein Sturm los, der die kleine Fluschfummel wie ein Blatt im Wind gegen die Wand schleuderte. Mit einem lauten Platschen schlug sie zwischen den anderen Graffiti auf.

Celfie schrie auf. Denn plötzlich war Fluschfummel wieder flach wie alle anderen Bilder.

„Flusch, Flusch? Was ist passiert?“

„Nichts!“ Ein kupferfarbenes Auge ploppte aus der Kanalwand hervor wie ein Pilz. Dann schob sich auch die verwaschene Schnauze mit der rosa Kugel hervor und schließlich schälte sich die ganze Spraymaus aus der Fläche wieder ins Dreidimensionale. „Ich habe mich nur geduckt, weil ich Angst hatte, gleich von dem Riesenbaby zerquetscht zu werden.“

Celfie starrte Fluschfummel an. „Du kannst dich zweidimensional machen?“

„Aber natürlich! Das war ich doch fast mein ganzes Leben. Dreidimensional bin ich erst, seit wir uns getroffen haben.“

„Uh ha ha uh …“, lachte Aargh dröhnend, „… ierddimensional, ich auch, ich auch ierddimensional.“

„Nein!“, sagte Fluschfummel. „Du bist nicht vierdimensional, sondern dreidimensional, eins weniger.“

„Ich sage, ich sage!“ Aargh sah die grüne Spraymaus kreuzweise an, „ierddimensional, ich sage …“ Er konzentrierte sich. „Ich sage dreilanoisnemid!“

Fluschfummel verdrehte die Augen und ließ ein paar lila Farbkleckse fallen. „Alles klar, jetzt habe ich dich verstanden. Aber bei langen Wörtern ist das echt schwer.“

„Aargh!“, brummte Aargh zufrieden.

„Ihr könnt euch also alle beide wieder flach machen?“, fragte Celfie.

„Aargh! Klar! Aargh!“ Aargh sprang ebenfalls an die Wand und verschmolz mit ihr. Dann kamen zuerst seine beiden Augen und anschließend der Rest zurück in den Tunnel. „Ich auch Wand laufen. Oder Boden“, ließ er sich stolz vernehmen.

Das pummelige Graffiti ließ sich auf den Boden sinken und wanderte dort plötzlich als flaches Bild umher.

Staunend sah Celfie zu. „Und warum bist du vorhin nicht so den Kanal hochgekommen?“, fragte sie dann.

„Wusste noch nicht“, lachte Aargh. „Aber jetzt! Mehr wach! Kannst du nicht?“

„Nein“, antwortete Celfie. „Da, wo ich herkomme, sind alle dreidimensional. Das heißt, eigentlich sind wir sogar vierdimensional, denn wir kennen keine Zeit. Aber das würde jetzt vielleicht zu weit führen.“

Aargh nickte erleichtert. „Aargh viel!“ Dann fragte er: „Warum wir drei hier? Alleine ich eben! Alleine vor mich hingetmuärt. Aber immer müde! Viel mehr immer müde! Jetzt, ja! Aaargh vorher wach! Alles aber immer blass, Aargh! Ganze Welt immer blass. Und nicht tztej warum?“

„Weil Celfie mir nicht glauben wollte, dass sie mich zum Leben erweckt hat“, unterbrach ihn Fluschfummel. „Deswegen habe ich sie aufgefordert, dich auch zum Leben zu erwecken. Und dann wollten wir dich fragen, an was du dich denn so erinnern kannst? Was weißt du über die Menschen und wer hat dich gemalt und kennst du jemanden, dem man vertrauen kann und …“

Aargh hatte zu Beginn noch verständnisvoll genickt. Nun aber rotierten seine Augen bei jedem neuen Wort aus Fluschfummels Mund wie zwei Brummkreisel.

„Saw?“, rief er. „Heißt das leben in hier finster Hcol?“ Beim letzten Wort verschluckte sich Aargh und musste husten.

„Nein!“, sagte Celfie. „Leben kann man, wo man will. Aber wir sind auf der Flucht. Also ich zumindest. Aber ich bin so froh, Fluschfummel und dich getroffen zu haben, denn ich brauche deine Hilfe …“

„Thcu …“ Aargh holte Luft und verbesserte sich: „Flucht? Du warum Flucht? Nicht gut! Nicht gut!“ Plötzlich sah er unruhig aus. Unsicher schwankte er hin und her. „Wieso Flucht?“

„Was hast du denn?“, rief Fluschfummel.

Im nächsten Moment verlor Aargh, der bisher die ganze Zeit sehr sicher auf seinem Bein gestanden hatte, das Gleichgewicht.

„Aargh!“, stieß er hervor und wiederholte dann wütend: „Aargh! Aargh, ich hasse Flucht sein! Ich hasse Flucht sein!“ Dann schrie er Celfie an: „Du Flucht? Warum du mich gemacht? Ich nicht stehen, stehen! Wie soll fliehen Aargh?! Flucht ein Bein? Warum du mir nur ein Bein?“

„Aber du kannst doch über die Wände gleiten“, rief Celfie. „Und fliegen kannst du auch!“

„Beine!“, brüllte Aargh. „Sonst geht nicht! Warum du mich ohne Beine?“

„Ich habe dich nicht gemacht“, sagte Celfie. „Ich habe dich nur zum Leben erweckt. Du warst schon so. Und du bist doch gar nicht auf der Flucht. Ich bin es, die auf der Flucht ist.“

Aargh ließ das Mädchen aus Farbek nicht weitersprechen. „Reba ich lliw nicht auf der Flucht!“, stöhnte er laut. „Kenne ich das! Das ich kenne! Sad ennek ich, hörst du! Nein!?“ Seine großen Augen fuhren plötzlich hin und her und schauten in alle Richtungen.

„Aber was ist denn passiert? Woher kennst du das?“ Celfie streckte die Arme aus.

„Fass nicht an!“ Aargh schüttelte wild den Kopf. „Du nicht mich crossen!“ Er plusterte sich dick auf, wurde plötzlich flach und glitt über den Boden.

Dann sprang er wieder auf, senkte den Kopf und stürmte wie ein wilder Stier auf Celfie und Fluschfummel zu.

Celfie sprang zur Seite und riss Fluschfummel mit sich. Dicht an ihrem Kopf vorbei schoss Aargh in die Dunkelheit. Und verschwand in dieser.

„Aargh!“, rief Celfie ihm verzweifelt hinterher. „Wir brauchen deine Hilfe! Bitte lauf nicht weg!“

Doch es war bereits zu spät. Das pummelige Wesen hörte sie nicht mehr. Oder wollte sie nicht mehr hören. Wie ein Kugelblitz sprang es auf seinem einen Bein weiter, stolperte, rollte über seinen Kronenkamm und fiel in den Kanal.

„Aargh nein Flucht!“, brüllte das Graffiti noch einmal und wurde dann vom Wasser in die Dunkelheit davongetragen.

„Aargh, komm zurück, bitte!“, rief Celfie. Aber ihre Worte verhallten im Kanal. „Was hat das zu bedeuten?“ Verstört sah Celfie Fluschfummel an.

„Angst!“, sagte die grüne Spraymaus. „Als er das Wort Flucht gehört hat, hat er Angst bekommen. Und plötzlich hat er alles vergessen, wer er ist und was er kann, und Panik bekommen! “

Celfie seufzte und sah in den dunklen Kanal. „Oh, nein! Angst ist sehr mächtig auf der Erde.“

Fluschfummel nickte und ihr rosa Nasenpunkt wippte kläglich. „Sie kommt aus dem Hinterhalt und sie wächst schneller als alles, was man kennt“, sagte sie.

Dann setzte sie sich in Bewegung.

„Komm, Celfie. Jetzt können wir uns kein Versteck mehr suchen und nachdenken. Jetzt müssen wir Aargh wiederfinden. Schließlich sind wir beide dafür verantwortlich, dass er hier in der Dunkelheit herumirrt und sich fürchtet.“

Celfie sah die grüne Spraymaus dankbar an.

Was Fluschfummel eben gesagt hatte, war so liebevoll gewesen, dass die Worte Celfie sofort an Farbek erinnert hatten. Sie nickte dem kleinen Erdenbild zu.

„Ja, lass uns ihn suchen. Aber was machen wir dann? Wenn er immer so reagiert, hört das ja nie auf!“

„Das ist nicht gesagt“, erwiderte Fluschfummel. „Wir auf der Erde verändern uns. Wir müssen nicht immer gleich bleiben.“

„Ihr seid also nicht immer, wer ihr seid?“

„Irgendwie schon, jedenfalls tief im Inneren“, meinte Fluschfummel. „Aber was die Angst angeht oder die Wut oder auch die Liebe, da sind wir wirklich sehr veränderbar.“

In Celfies Augen leuchtetet das Gletscherlicht tief und unergründlich auf. Für einen Moment sahen sie aus wie mächtige Eishöhlen, in denen man sich vor lauter Weite verlieren konnte.

„Dann lass uns losgehen!“, sagte das Mädchen aus Farbek. „Wir müssen Aargh wiederfinden.“

KYLE, DER KEIL

Kyle liebte Wörter, allen voran seinen Namen. Denn man sprach ihn aus wie Keil. Und Keil konnte vieles bedeuten.

Auf einen groben Klotz gehörte ein grober Keil. Man konnte Leute verkeilen oder man konnte einen Keil zwischen sie treiben. Man konnte aber auch einen Keil in eine Tür setzen, um sie aufzuhalten. Und bei geöffneten Türen ließ sich immer gut was zu essen klauen.

All das konnte Kyle sein. Ein Keil, ein Dieb, ein gefährlicher Bursche. Ja, Kyle liebte Worte. Und Kyle setzte Worte ein.

Am liebsten, wenn er fluchte. Fluchen war die beste Möglichkeit, um so richtig Wut rauszulassen. Und Kyle war oft wütend. Er liebte es zu fluchen. Fluchen war ein Keil, der sich so gewaltig zwischen die anderen und einen selbst schob, dass es einen unsichtbar machen konnte. Fluchen trieb die Leute auseinander und man hatte die ganze Straße für sich.

Deswegen träumte Kyle auch gerne vom Fluchen und von Buchstaben, die seine Flüche überallhin trugen, weithin sichtbar, alles zerkeilend.

Wo er nur konnte, schrieb er Wörter an die Wände. Mit dicken Filzstiften, mit Sprühdosen…, *Cans*, wie er sich rasch verbesserte, oder mit Kugelschreibern.

Vor allem aber träumte er seinen Namen. Er träumte davon,

dass er ganz oben auf den Hochhäusern der City prangte, riesig, mit Silverlines und einer Krone auf jedem Buchstaben, die jedem zeigte, dass er der King war.

Silverline, King, Can. Er musste endlich die verdammte Sprayer-Sprache draufkriegen, sonst würde er nie ein anerkannter Sprayer werden und viel *Fame* haben. Sehr gut, Fame, das hatte er richtig gedacht. Ruhm!

Genau wie in diesem Moment. Denn Kyle schlief und träumte.

In seinem Traum stand Kyle wie ein Keil in einer Tür. Die Verkäuferin im Laden sah ihn nicht. Er wartete, bis die anderen Menschen an ihm vorbeigegangen waren, dann nahm er sich einen wunderbaren roten Apfel. Kyle nahm sich immer alles, was er brauchte. Er *bogarte* es sich, wie Sprayer es nannten. Er stahl. Anders ging es nicht. Und darum musste es so sein.

Seine Mutter gab ihm nichts zu essen, seine Mutter war nicht da. Wo sie war, wusste er nicht. Seinen Vater hatte er nie gesehen. Aber Kyle lebte als Keil. Und als Keil konnte man überleben.

In seinem Traum schnappte er sich den Apfel, biss hinein und blickte hoch zum höchsten Turm der Stadt. KYLE stand dort in riesigen Buchstaben über dem obersten Stockwerk, ganz oben auf dem Dach, jeder musste es sehen.

Kyle lachte, während er seine Zähne an den Apfel legte. Gleich würde er hineinbeißen und um seinen Mund würde es saftig und süß aufspritzen. Der Apfel knurrte plötzlich in seiner Hand: „Wehe!"

„Was?", stotterte Kyle im Traum und im selben Moment erwachte er.

Kyle stöhnte auf und sah sich um. Der Apfel war weg, das Geschäft natürlich auch. Und sein Writing auf dem Turm sowieso. Selbst die Stadt war weg. Um ihn herum war es dunkel. Nur ein winziger Kerzenstummel brannte neben seiner Matratze auf dem Boden. Den stellte er immer auf, bevor er einschlief, zündete ihn an und hoffte, dass er noch brennen würde, wenn er wieder aufwachte.

„Wehe!“, knurrte es da wieder.

Kyle zuckte zusammen. Wer sprach da zu ihm?

„Wehe!“, hörte er erneut. Dann wurde ihm klar, dass es nur sein Magen war, der geknurrt hatte.

Erleichtert sank Kyle zurück. Wenn es nichts Schlimmeres war, das konnte er aushalten.

Er würde nachher an die Oberfläche zurückkehren und sich irgendwas klauen. Nicht klauen, verbesserte er sich rasch in Gedanken, *bogarten*.

Kyle nickte zufrieden und sah von seinem Lager in die Dunkelheit vor ihm.

Plötzlich ertönte ein Geräusch. Ein seltsames, schwappendes, hüpfendes Geräusch. Kyle lauschte. Das war eindeutig nicht sein Magen. Das kam direkt aus der Dunkelheit der Kanäle. Flucht, schoss es durch seinen Kopf. Hau ab, solange du kannst.

Doch das Geräusch war schon ganz nah. Und es kam genau auf die Öffnung des alten Wartungsraums zu, in dem er sich eingerichtet hatte und der schon lange von keiner Tür mehr gesichert wurde. Es kam näher und näher – und dann traute Kyle seinen Augen nicht.

Etwas, das sich bewegte wie ein nasser Sack auf einem Bein, hüpfte an der Türöffnung vorbei durch den schwachen Kerzenschein. Für einen winzigen Augenblick sah er es, dann war es vorbei.

Kyle schluckte. Hier unten bewegte sich nie etwas. Nichts außer ihm selbst. Und was wirklich nicht zu glauben war: Was da eben vorbeigekommen war, hatte genau ausgesehen wie sein letztes Graffiti! Klitschnass und auf einem Bein hüpfend …

Kyle gab einen Laut von sich. Träumte er doch noch? Er zwickte sich ins Bein, um sicherzugehen, dass er wach war.

Autsch! Er war wach. Kein Zweifel. Was immer er gesehen hatte, wirklich und leibhaftig, es hatte genauso ausgesehen wie das *Piece*, das Kyle noch vor wenigen Stunden mit seiner letzten Spraydose, seiner letzten *Can*, an die Wand des Kanals gesprüht hatte.

Kyle sah wieder zur Tür.

Konnte er sich geirrt haben? War er einer Sinnestäuschung erlegen? Er schüttelte den Kopf. Was er da gesehen hatte, war größer gewesen als eine Motte und auch größer als eine Ratte oder deren Schatten. Woher auch immer ein Schatten in absoluter Dunkelheit überhaupt kommen sollte! Und es hatte eine Krone auf dem Kopf gehabt. Genau so eine, wie Kyle sie ihm, als ihm die Farbe ausging, kurzerhand noch auf den Kopf gesprüht hatte.

Kyle stieß noch einen Laut aus, der wie ein ungläubiges Lachen klang. Er wusste, dass er anders war als die meisten Menschen. Aber dass er jetzt schon anfing, lebendige Dinge zu sehen, die eigentlich an einer Wand sein sollten, weil er sie dorthin gesprüht hatte, war ihm neu.

Konnte es sein, dass er Dinge malte, die kurz darauf durch die Kanalisation der Stadt hüpften?

Kyle gluckste. Dann wäre er tatsächlich bald ein echter Popstar. Dann könnte er Videos von sich und seinen Bildern drehen, die um ihn herum tanzten und vielleicht ein paar Songs dazu aufnehmen. Dann würde er sich bald dicke Karren leisten können und sich meterlange goldene Ketten um den Hals schlingen. Kyle richtete sich auf.

Er war sich jetzt hundertprozentig sicher, dass er nicht geträumt hatte. Er hatte es wirklich gesehen. Sein eigenes Bild war an ihm vorbeigelaufen. Sein Traum war wahr geworden. Und wenn einer wahr wurde, konnten alle wahr werden!

Kyle bleckte die Zähne und wischte sich einmal mit den Händen über das Gesicht.

„Moment mal", murmelte er. „Du bist mein Bild! Du kannst nicht einfach so rumrennen und vor mir abhauen. Du gehörst mir!"

Rasch schälte sich Kyle aus dem extrawarmen und superdünnen Schlafsack, den er erst vor ein paar Tagen mit Beginn des Regens in einem Supermarkt *gebogarted* hatte.

Vorsichtig streckte er den Kopf um die Ecke des Eingangs des verlassenen Wartungsraums. Es gab mehr solche einsamen Ecken in der Kanalisation, als die meisten Menschen oben es sich auch nur träumen ließen. Es gab auch weit mehr Tunnel und Ebenen, als die meisten wussten. Tiefer unten hausten angeblich sogar ganze Kolonien von Dunkelbewohnern, aber mit denen wollte Kyle nichts zu tun haben.

Er war nur hier, weil er der *King* werden wollte, der *King of Line*, der Größte, der Beste, und weil er dazu üben musste. Denn leider wollten das viele und als Kyle versucht hatte, an einer der

Bahnstrecken ein paar Meter vollzusprühen, hatte er sich mächtig Ärger eingehandelt.

Die herrschende Gang hatte ihn gestellt, alle seine *Pieces gecrossed* und die meisten auch noch mit dem Wort *toy* versehen. Schlimmer ging es kaum. *Toy* bedeutete unter Sprayern Anfänger und war so ungefähr das Schlimmste, was einem passieren konnte. Am liebsten hätte Kyle den Jungs eine dicke, fette *Policeline* hinterlassen, als er abgehauen war, um ihnen zu zeigen, was er von ihnen hielt. Die führten sich echt auf wie die Bullen. Aber das war auch nicht korrekt. Die hinterließ man nur, wenn man vor der Polizei abhaute und zeigte, dass man keine Angst vor ihnen hatte. Eine schöne lange Linie immer an der Wand lang, um zu demonstrieren: Ihr könnt mich mal, ihr kriegt mich nicht …

Aber das hätte zu echtem Ärger geführt und er hätte sich nie wieder im Leben in der Gegend blicken lassen können. Also war er abgehauen. Sogar seine Dosen hatte er dalassen müssen.

Plötzlich kam ihm ein neuer Gedanke.

Kyle hielt die Luft an und musterte den Tunnel. Es war nichts zu sehen. Konnte es sein, dass die Gang ihn verfolgt und gefunden hatte und ihn fertigmachen wollte?

Was er da eben vorbeiziehen gesehen hatte, hatte eindeutig wie sein letztes Bild ausgesehen. Ganz sicher! Es hatte Kyle nämlich so gut gefallen, dass er ihm die Krone aufgesetzt hatte. Hier unten war er schließlich der *King*, auch wenn das Sprayen in der Kanalisation ihn an Klograffiti erinnerte. Aber eigentlich wurden Graffiti ja nicht lebendig. Wollte die Gang ihn verarschen?

Was würde er den Kerlen sagen, wenn sie ihm an den Kragen wollten? Was konnte er ihnen sagen?

Er würde es zuerst friedlich probieren und ihnen klarmachen, dass sie ihn in Ruhe lassen sollten. Und wenn das nicht reichte? Nun, dann würde er sie einfach in die Kanäle schmeißen und ihnen raten, sich für immer von hier zu verziehen.

Das war sein Reich! Egal, ob sie ihn akzeptierten oder nicht.

Entschlossen schlich er in die Dunkelheit.

Je weiter das schwache Flackern des Kerzenstummels hinter ihm zurückblieb, desto dunkler wurde es. Und je dunkler es wurde, desto besser gewöhnten sich Kyles Augen daran.

Es dauerte nicht lange und er sah ausgezeichnet. Kyle hatte wahre Nachtaugen. Das hatte er von seinen Vorfahren geerbt, echten Massai, auch wenn er selbst nie auf dem afrikanischen Kontinent gewesen war und nicht mal seine Großeltern kennengelernt hatte.

Auf leisen Sohlen schlich Kyle voran und lauschte. Unten im Kanal gluckste noch immer das Wasser. Aber es hatte sich beruhigt im Verhältnis zu wenigen Stunden zuvor. Der Regen musste nachgelassen haben.

Dann aber hörte er unvermittelt ein leises Schluchzen.

Es kam aus einem Tunnelstück vor ihm. Kyle steuerte darauf zu und schaute um die Ecke. Auf den Boden gedrückt kauerte tatsächlich sein Graffiti. Es tropfte und schniefte und sah ausgesprochen kläglich aus. Und echt und genauso wie sein *Piece*! Aargh, hatte Kyle daruntergeschrieben, so, wie Monster in Comics schrien, wenn sie angriffen oder angegriffen wurden. Aber wenn das wirklich sein Bild war, wie redete man dann am besten mit einem Graffiti? Und wie sollte man sich verhalten, wenn man verrückt wurde?

Nun, eins nach dem anderen.

Kyle überlegte kurz. Er mochte es am liebsten, wenn man ihn mit seinem Namen ansprach. Also sagte er: „Aargh?“

Das Wesen sah auf. Für einen Augenblick sah es so aus, als würde es sich ganz dicht an die Wand drücken wollen, ja, sein oberer Teil schien sogar richtig mit der Mauer zu verschmelzen. Aber dann sah es Kyle und rief leise: „Kenne ich!“

Kyle grinste. Es antwortete. Es kannte ihn. Er war nicht verrückt!

„Klar, Alter! Ich habe dich schließlich Aargh genannt. Ich bin Kyle!“

„Elyk?“, sagte das Piece.

„Nein, Kyle!“

„Sage ich! Wer du? Warum ich kenne?“

Kyle überlegte. „Na ja“, sagte er schließlich. „Ich habe dich da an die Wand gesprüht.“

Das Wesen sah Kyle an und rollte verständnislos mit den längs und quer gestreiften Augen. Die Farben drehten sich dabei umeinander und kreuzten sich.

Das sah echt geil aus! „Mann!“ Kyle ließ begeistert die Arme durch die Luft schnellen. „Ich bin dein *Writer*! Ich hab da ein bisschen *rumgebombed* und du bist sozusagen mein erster echter *Burner*. Und wenn ich dich jetzt so sehe, würde ich sogar sagen: Voll*burner*, aber raketenantriebsmäßig!“

Jetzt drückte sich das Wesen wirklich flach an die Wand. Plötzlich sah es aus wie eine Flunder mit Gitterfensteraugen, die sich auf dem sandigen Meeresboden zu verstecken versuchte.

„He, he! Ich will nur sagen, dass du mir gut gelungen bist!“, grinste Kyle. „Aber sag mal, wie kommst du denn hierher, ich meine, seit wann lebst du und wieso überhaupt …"

Das Wesen kreischte laut auf. „Du nicht mein bist Vater!" Es sprang von der Wand ab und stand jetzt wieder dick und aufgepumpt und irgendwie ziemlich unfreundlich vor Kyle.

„He, Aargh! Aarghi! Das habe ich ja auch gar nicht gesagt. Ich habe nur gesagt, ich bin dein *Writer*, dein Maler, dein Sprühpapi."

„Du nicht!", kreischte das Piece. „Celfie hat geweckt, du nicht!" Plötzlich fuhr es ein Auge aus und drückte es Kyle direkt auf die Brust. „Oder du Aarghi nur ein Bein gemacht? Du Böser, der schlecht macht?"

Kyle staunte, wie viel Kraft in einem Auge stecken konnte, das einem mitten auf die Brust drückte.

„Uff, nein!", keuchte er. „Das war nur, die Farbe war alle, die Dose war leer. Verstehst du? Und da habe ich mich für die Krone entschieden. Ich bin der *King* und die ist doch cool!"

„*King*, ja? Krone, ja? Aber kein Bein zu Stehen und Gehen und Springen und Rennen!"

„Ja", nickte Kyle. „Aber nur, weil …" Er schwieg unsicher.

Scheiße, dachte er, ich wäre auch sauer auf mich, wenn ich mich nur halb fertig gemacht hätte. Und jetzt fuhr Aargh plötzlich auch noch das zweite Auge aus. Mit beiden zusammen nahm er Kyles Brustkorb so fest in die Zange, dass ihm der Atem stockte. Plötzlich bekam er das Gefühl, auch ihm würden gleich die Augen aus den Höhlen treten.

„Du bist echt stark, Aargh!"

„Ich böse, Kyle!"

„Ich weiß, deswegen habe ich dich ja auch Aargh genannt."

„Erklär mir!“

Die Augen wanden sich jetzt wie zwei Schlangen um Kyle, deren Köpfe plötzlich wieder vor seiner Nase auftauchten.

„Mann“, keuchte Kyle. „Bleib locker, Aargh! Bleib locker! Ich kann nicht reden, wenn du so fest zudrückst.“

Kyle sah sein *Piece* angsterfüllt an.

„Du Aargh Angst vor Flucht gemacht“, knirschte Aargh. „Du immer hast an Flucht gedacht und Angst, Angst, Angst, Panik, Panik, Panik! Aargh! Reba nur ein Bein. Dumm, dumm, dumm!“

„Alter!“, ächzte Kyle. „Das war, weil ich Schiss hatte vor den *Kings of Line*. Konnte ich doch nicht wissen, dass du das alles mitbekommst.“

„Bilderkinder alles mitbekommen! Bilderkinder ganz dünne Haut!“ Aargh schüttelte Kyle wütend. „Papi King du? Dann mach mir ein Bein! Aargh auch vollkommen will sein. Zwei Beine wie du!“

Kyle schüttelte hilflos den Kopf.

Was hätte er diesem Moment für eine Spraydose gegeben mit nur einem ganz kleinen Rest Farbe drin, nur genug, um dem *Piece* eine *Destroyline* überzuziehen, um es damit zu, auszulöschen und ihm vielleicht so Einhalt zu gebieten. Aber Kyle hatte nichts in der Hand, rein gar nichts. Und die beiden Gitteraugen sahen noch viel wütender aus, als er sie sich beim Sprayen vorgestellt hatte. Von allen Seiten starrten sie ihn an und schienen ihn richtig zu hypnotisieren.

Nein! Das konnte nicht wahr sein. Das musste ein Traum sein!

Ein echt krasser Traum!

IM GLANZ EINER UNNÜTZEN KRONE

Die Laute, die aus dem Tunnel drangen, ließen Hugo fast erstarren. Was er da hörte, klang unheimlich. Sehr unheimlich!

Es klang so, wie er sich in seiner Kindheit das Stöhnen und die Angstschreie von Comicfiguren vorgestellt hatte, wenn sie vor Superschurken flüchteten. Es klang so, als wäre so eine Comicfigur hier in der Dunkelheit wirklich auf der Flucht.

War das etwa die Schimmelratte, die so fauchte?

„Nur einen kleinen Streich spielen“, flüsterte er sich zu. „Nur einen kleinen Streich.“ Am liebsten wäre Hugo Gelbstift direkt zu Glenn Despott gegangen und hätte ihm ins Gesicht geschleudert, er solle endlich seine Nanoschrift groß rausbringen und diese ganze Celfie-Geschichte vergessen. Celfie, Celfie, Celfie! Immer diese Celfie.

Aber statt zu tun, was er eigentlich tun wollte, schaltete er sicherheitshalber seine Stirnlampe aus und machte einen Schritt nach vorn. Ein unbedeutender Schritt für die Menschheit, aber ein unheilvoller für Hugo. Hier war es noch dunkler als dort, wo er eben gestanden hatte. Die Laute waren noch unheimlicher. Und auch, wenn er eben noch gedacht hatte, ohne Ziellicht auf der Stirn sei er weniger angreifbar, fühlte er sich jetzt doch überaus verloren.

Doch was sollte er dagegen tun?

Hugo lief eine ganze Reihe von Gänsehautschauern über den Rücken. Solche schrecklichen Gefühle hatte er schon als Kind immer gehabt.

Aber dann war immer seine Mutter da gewesen und hatte ihm ein Stück von ihrem leckeren Streuselkuchen abgeschnitten oder ihm neue Stifte und Farben gekauft, sodass er sich wieder ganz in die Welt der Bilder hineinversetzen konnte.

Hugo schloss die Augen und dachte an seine Mutter, ihren Kuchen, ihre warme Stimme.

Als er sie öffnete, konnte Hugo plötzlich in der Dunkelheit besser sehen. Er zuckte zusammen. Hatte irgendjemand irgendwo ein Licht angemacht?

Aber dann erkannte er, dass dem nicht so war.

Seine Maleraugen hatten sich einfach ans Dunkel gewöhnt. Zum ersten Mal seit Langem atmete Hugo wieder erleichtert auf.

Ein bisschen Licht gab es fast immer, das wusste der kleine Maler.

Es kam aus den Farben, es kam irgendwo aus der Höhe, es kam von dem wenigen Himmel, der sich durch jede Ritze stahl. Wahrscheinlich kam es sogar aus einem selbst. Hugo hatte immer gefunden, dass seine Bilder unter seinem Blick hell aufleuchteten. So musste es auch hier sein. Er hatte Lichtaugen!

In diesem Moment durchzuckte ihn ein Gedanke. Lichtaugen! Vielleicht besaß Celfie ja doch eine besondere Fähigkeit? Eine Fähigkeit, die aus dem Licht ihrer Augen stammte? Denn diese waren wirklich ungewöhnlich.

Konnte es sein, dass diese Celfie Madison mit der Kraft ihrer

Augen Bilder zum Leben zu erwecken vermochte? Hugo erschauerte. Möglicherweise brach eben jetzt eine neue Zeit an. Eine, in der besondere Lebewesen mit besonderen Augen besondere Taten vollbringen konnten.

Der Gedanke elektrisierte Hugo. Plötzlich war ihm, als sähe er die ganze Welt in einem neuen Licht. Wenn er mit seinen Maleraugen in der Dunkelheit sehen konnte, dann konnte er das, was Celfie geschafft hatte, ganz bestimmt auch. Und wenn dem so war, dann konnte er es ganz sicher auch besser als sie. Ja, es musste sich um eine neue Fähigkeit handeln, die sich gerade auf der Erde auszubreiten begann! So entwickelte sich nun mal das Leben weiter. Irgendwann waren ja auch die Fische aus dem Meer gestiegen und hatten angefangen zu atmen. Und nun waren eben die Maler dran, die mit ihren Augen die Bilder zum Leben erweckten.

Hugo fragte sich nicht weiter, ob Celfie eine Malerin war oder nicht. Wichtig war nur, dass er verstanden hatte, was vor sich ging. Natürlich hatte Glenn Celfie deswegen geholt. Er hatte Hugo nicht die Wahrheit gesagt, um ihn dumm zu halten. Natürlich fürchtete sich Glenn vor so einer gewaltigen Kraft und natürlich wollte er sie für sich ausnutzen. Aber jetzt war ihm Hugo voraus! Jetzt kannte er das Geheimnis der Lichtaugen. Und nur das war jetzt noch wichtig. Er selbst gehörte zu der neuen, geheimnisvollen Rasse der Lichtaugenwesen.

Sollte er umkehren und es Glenn zeigen? Sollte er selbst ein paar dieser Krakeleien zum Leben erwecken?

Gerade wollte er auf dem Absatz kehrtmachen, als vor ihm aus der Dunkelheit wieder dieses jämmerliche Geräusch kam.

Ja, jämmerlich! Es klang jetzt wirklich nur noch armselig und überhaupt nicht mehr angsteinflößend. Wie hatte er sich von diesem Winseln eben nur so hinters Licht führen lassen können?

Hugo lächelte. Das musste er sich ansehen! Rasch machte er seine Augen halb zu, damit ihr bestimmt strahlend helles Leuchten ihn nicht verraten konnte, und schlich voran.

Im nächsten Moment sah er es.

In einem schmalen Seitengang hielt ein Wesen mit einer Art ausgefahrener und gestreifter Tentakelaugen einen schwarzen Jungen umklammert und jammerte dabei: „Du denkst nur dich!"

„Nein", röchelte der Junge, dessen Haut vor Angstschweiß glänzte. „Ich bin, also okay, nicht gerade dein Vater! Aber ich bin der King. Deswegen trägst du doch diese Krone."

„King Ding Gnik Gnid, was heißt?" Das Ding schnaubte wütend und schmerzvoll zugleich.

Eine Krone? Hugo verzog den Mund. Das Etwas auf dem Kopf des Wesens glich bestenfalls einem lumpigen Hahnenkamm. Aber das war nicht das Hauptproblem des Dings. Hugo fiel auf, dass es sich nur sehr mühevoll auf einem Bein hielt und es kaum schaffte, das Gleichgewicht zu halten. Das andere fehlte ihm offenbar.

Der kleine Maler musterte es genauer. Und plötzlich fiel ihm auf, dass es eine grundsätzliche Ähnlichkeit mit dem grünen oder eher taubenschissfarbenen Wesen hatte, das diese Celfie zum Leben erweckt hatte.

Jetzt wurde ihm alles klar.

Das hier war auch ein lebendig gewordenes Graffiti. Und zwar ein gemeingefährliches auf der Suche nach seinem Erschaffer.

Aufgeregt hörte Hugo weiter zu.

„Wer mein Vater? Wer mich so gemacht! Warum lebe?“

„Mann, Aargh!“, rief der schwarze Junge verzweifelt. „Ich weiß nicht, warum du lebst! Gestern warst du einfach noch ein *Piece* an der Wand dahinten.“

„Ich will zwei Bein wie alle!“, brüllte das Wesen. „Mach es!“

„Ich kann nicht!“, röchelte der Junge. „Keine Farbe!“

„Doch!“, jaulte Aargh und rief dann weiter: „Celfie ist mein Vater. Sie mich geweckt!“

„Wer denn?“, fragte der Junge. „Celfie? Ein Mädchen? Mädchen können keine Väter sein, Mann! Vergiss es!“

„Doch!“ Das Wesen ließ den Jungen plötzlich los, sodass dieser unsanft zu Boden plumpste, und richtete sich über ihm auf. „Du nur Angeber! Großmaul! Ohne Ahnung.“

„Du hast ja recht“, rief der Junge schnell und rutschte auf dem Hosenboden rückwärts. „Ich kenne mich mit Mädchen nicht so gut aus. Vielleicht gibt es auch welche, die Väter sein können.“

„Aha! Ha-ah!“ Aargh machte wieder einen Schritt auf den Jungen zu.

„Ja!“, schrie dieser. „Ich geb’s ja zu. Ich habe dich nicht gesprüht. Das war die, das war natürlich diese Pennerbraut. Die sammelt immer fertige Cans, also Kannen, also Dosen, Spraydosen, verstehst du, und holt raus, was noch rauszuholen ist. Ich wollte dir doch nur helfen, Alter. Aber sie war’s. Die hat an Flucht gedacht.“

Das Wesen hielt inne. „Du warst!“

Hugo Gelbstift lauschte gespannt. Hatte Celfie Madison jetzt angefangen, als Graffitischmiererin zu arbeiten? Neugierig beugte er sich vor und schloss seine Augen noch etwas mehr, damit ihn kein noch so feiner Lichtschimmer verraten konnte.

Hastig fuhr der Junge fort: „Ja, ich habe angefangen, dich zu sprayen. Aber dann kam die! Die sucht sich auf Schrottplätzen und so alte Spraydosen zusammen. Die kommt da an und, Mann, Aargh, Aarghi, die holt sich die Reste und verzieht sich hier in den Gully, um sich irgendwas auszudenken. Und die ist … die ist superstark! Die nimmt ganz schlimme Drogen oder so. Und die hat mich bedroht und da habe ich natürlich an Flucht gedacht und bin weg. Und dann hat die an dir rumgemacht. Aber ich konnte dich nicht retten, die ist einfach zu krass gefährlich drauf."

Hugo betrachtete den dunkelhäutigen Jungen. Nein, was er da erzählte, konnte nicht stimmen. Celfie Madison war noch nicht lange genug in Freiheit, um das alles getan zu haben, was er dem Wesen, diesem Aargh, einreden wollte. Der Junge vor ihm log das Ding an. Und das bedeutete, dass er hier wohl seine eigene Geschichte erzählte, weil das Ding etwas hören wollte und stärker war als er. Der kleine Schmierer redete einfach um sein Leben.

„Ich bin doch nur ein armer Penner?", rief der Junge jetzt weiter, was Hugos Gedanken bestätigte. „Ich hänge so ab, wo ich kann. Und dann male ich eben gerne. Sich irgendwas auszudenken, ist immer noch besser, als gar nichts zu tun zu haben. Ein bisschen Restfarbe ist mehr als nichts, verstehst du? Aber diese Celfie! Die kann eben echt gar nix. Die ist so schlecht! Die ist schuld!"

Das Wesen lauschte dem Jungen. Dann sagte es: „Aargh böse Celfie! Du bring mich!"

„Zu der?" Der Junge riss die Augen auf. „Mann, aber ich weiß doch nicht, wo die ist!"

Hugo verkniff sich ein Lachen.

Der Junge hatte Celfie natürlich noch nie gesehen. Das Wesen, Aargh, hingegen, musste sie getroffen haben, denn sie hatte es zum Leben erweckt. Irgendetwas musste passiert sein, was Celfie und dieses Ding getrennt hatte, und nun – Hugo trat einen Schritt vor – nun war seine Stunde gekommen!

Seine Stunde für einen kleinen Streich, mit dem er es allen beweisen würde. Allen – und allen voran Glenn Single Despott! Er, Hugo Gelbstift, ein wahrer Maler, verfügte über Kräfte, die selbst Glenn staunen machen würden.

Er tastete an seine Hosentasche und fühlte erleichtert, dass das da war, was er suchte. Dann sagte er laut: „Hallo, Aargh!"

Das Wesen und der Junge fuhren gleichzeig zu Hugo herum.

Hugo verbeugte sich leicht. „Hugo Gelbstift", stellte er sich vor. Er sah Aargh an, damit dieser das Licht in seinen Augen sehen konnte. „Ich bin ein Maler! Und ich erkenne, dass du unvollkommen bist und darunter leidest."

„Aargh!", machte das Wesen.

„Darum werden wir uns gleich kümmern. Ich helfe dir!"

„Du hilfst Aargh?", fragte das Wesen.

„Natürlich, dazu bin ich da!", rief Hugo und versuchte, seiner Stimme einen väterlichen Klang zu verleihen. „Aber zuerst muss dieser Lügner da", er wies auf den Jungen, „von hier verschwinden. Er hat dich wirklich gemalt, Aargh. Alles andere hat er sich nur ausgedacht, weil er Angst vor dir hatte. Und er hat dein Bein vergessen, oder vielmehr, er hat es vorgezogen, dir diesen Fetzen auf dein Haupt zu kritzeln, weil er sich selbst im Glanz einer unnützen Krone sehen wollte. Er ist nicht dein Vater, Aargh, aber leider dein Maler. Ein schlechter Maler, wie ich dir auch sagen muss, aber das ist nicht mehr zu ändern. Und doch gibt es eine Lösung!"

Hugo zog das kleine Glasfläschchen mit Goldfarbe hervor, das er stets in der Tasche trug. Es war seine Notration Goldfarbe, mit der er überflüssige und beängstigende Leerräume in seinen Bildern auffüllte.

Wieder sah er Aargh an. „Wenn du den Kerl jetzt bitte in den Kanal schmeißen würdest, Aargh! Dann zeige ich dir, wie dein neues Leben aussehen wird. Und zwar hiermit."

Hugo hielt das kleine Fläschchen hoch und richtete seinen Blick darauf. Vermutlich brachte das Licht seiner Maleraugen jetzt das Gold gut zum Glänzen und das Wesen konnte sehen, was es Schönes erwartete.

Der Blick des Jungen sprang zwischen Hugo und seiner Flasche hin und her. Panik stand in seinen Augen.

„Bist du einer der Dunkelleute?", fragte er.

Hugo hatte keine Ahnung, was er damit meinte. Aber er hatte auch keine Zeit, sich damit abzugeben. Denn in diesem Moment sprang Aargh auf. Sein Blick fixierte das Fläschchen, das Hugo ihm entgegenstreckte, und er rief: „Kyle weg!" Dann packte er den Jungen mit seinen Schlangenaugen und trug ihn aus dem Seitengang in den Haupttunnel, wo er Kyle über den mehrere Meter tiefen Kanal hielt.

„Aargh!", rief der Junge in höchster Not. „Wenn du mich da reinwirfst, komme ich nie wieder raus! Ich werde ertrinken!"

Doch Aargh ließ sich auf keine Diskussion ein. „Du zwei! Beine und Arme! Du schwimmst!", brüllte er.

Und damit ließ er seinen Erschaffer los.

Wie ein Stein sauste Kyle in die Tiefe. Erschauernd sah Hugo zu. Vor seinen Augen raste der schwarze Junge an den glatten grauen Betonwände vorbei nach unten, dann klatschte er mit einem kalten Laut ins Wasser.

Sofort packte ihn die Strömung und riss ihn mit sich.

Hugo schüttelte sich, Das musste hässlich sein, in so einem dunklen Kanal zu landen. Er würde wahrscheinlich untergehen, ertrinken, sterben, umgebracht von seinem eigenen Bild.

Hugo kostete den Schauer aus. Er beugte sich weit über den Kanalrand und sah hinab. Der Junge öffnete den Mund, wahrscheinlich, um um Hilfe zu schreien. Sofort schwappte ihm eine Welle auf die Zunge und er spuckte qualvoll.

Hugo sah und hörte, wie der reißende Kanal um den Jungen herum schäumte und dröhnte. Niemals würde der Junge dort wieder herauskommen. Und kalt war es im Wasser sicher auch. Er würde wahrscheinlich eher erfrieren als ertrinken. Hugo sah dem sich aufbäumenden, davontreibenden Bündel nach.

Wahrlich, dachte der kleine Maler. Das Einzige, was der Junge jetzt noch hatte, waren seine Arme und Beine. Bestimmt verstand er jetzt, wie Aargh sich gefühlt hatte, mit nur einem Bein auf der Welt. Aber das würde er seinem Bild nie mehr sagen können.

Im nächsten Augenblick war der Junge weg, verschluckt von der Dunkelheit. Und nur noch das Graffiti stand am Rand des Kanals und sah hinab.

Schnell trat Hugo hinter Aargh und legte ihm eine Hand auf den pummeligen Körper. Das Wesen wandte sich erstaunlich vorsichtig um.

„Zwei Beine!“, sagte es und sah Hugo aus seinen schiefen Augen an.

„Ja!“, sagte Hugo. „Komm mal mit!“

Er dirigierte das Graffiti an die Wand und ließ es sich dagegen lehnen. Sofort begann es, mit dieser zu einem flachen Bild zu verschmelzen.

„Halt!“, befahl Hugo. Er hatte Angst, dass das Ding, wenn es ganz flach wurde, vielleicht wieder erstarrte. Und obwohl er sich mächtig fühlte und das Licht seiner Augen noch immer spürte, wollte er das Schicksal nicht zu sehr herausfordern. Schließlich musste er Aargh immer noch zu Glenn bringen.

Daran führte kein Weg vorbei, jedenfalls nicht, solange Glenn Hugos Leben beherrschte und als Einziger wusste, wo seine Mutter war.

„Also, pass auf. Ich kann dir helfen. Ich weiß, was dir fehlt. Und ich kann dir geben, was du brauchst, um vollkommen zu sein. Aber bleib bitte dreidimensional.“

Das Wesen wandte sich Hugo zu und sah ihn aus seinen Streifenaugen offen an. „Mach! Hilf! Ganz! Aargh lanoisnemidierd!“

„Ja“, murmelte Hugo. „Ganz lanolieb!“

„Lanoisnemidierd!“, verbesserte ihn Aargh sanft.

Hugo nickte automatisch. Er hätte wirklich im Lateinunterricht in der Schule besser aufpassen sollen. Es war interessant, dass diese Bilder offensichtlich tote Sprachen sprachen. Aber irgendwie stammten sie ja auch von den Höhlenzeichnungen ab. „Wie du meinst, Aargh! Und jetzt machen wir dich vollkommen!“

Er hob sein Fläschchen und drehte den Verschluss auf. Der köstliche Duft von Farbe aus echtem Blattgold durchströmte den Tunnel. Das Wesen reckte dem Fläschchen seine Augen entgegen.

„Gut, was?“ Hugo schnupperte entzückt.

Der Duft von Goldfarbe war der einzige Geruch, der an den Geruch des Streuselkuchens seiner Mutter herankam. Schnell zog er den Verschluss ganz ab. Daran hatte er einen winzigen Pinsel angebracht.

„Und jetzt pass auf! Bleib ganz ruhig.“

Das Wesen schwieg.

Hugo ging in die Knie und malte einen goldenen Kreis neben das Bein des Wesens, direkt an seinen Popcornkörper, rund, groß, vollmondig.

„Bein?“, flüsterte Aargh.

„Ja, ein goldenes Bein!“, lächelte Hugo Gelbstift.

Es sah wirklich wunderschön aus. Rasch malte er den Mond aus.

„Aargh froh!“, rief das Wesen.

„Ja, jetzt bist du arg froh, was!“ Hugo lauschte auf seinen eigenen Scherz. „Jetzt hast du ein schönes goldenes Mondbein. Das ist wie ein Rad, darauf kannst du noch besser gehen!“

Aargh kicherte. „Aarghi argi froh!“

Hugo nickte. Er betrachtete das neue Mondbein. Musste die Farbe erst trocknen oder konnte er seine Maleraugen sofort einsetzen? Sachte berührte er den Goldmond. „Fühlst du das?“, fragte er.

Aargh nickte.

„Siehst du!“, rief Hugo erleichtert. „Hugo Gelbstift weiß, was es braucht, um vollkommen zu sein. Ich kann dich in die Welt der Vollkommenen bringen.“

Das Wesen zögerte, dann schluckte es und holte tief Luft: „Die Vollkommenen!?"

„Aber ja", nickte Hugo. „Zuerst warst du unvollkommen, unfertig. Aber jetzt bist du in der Welt der Vollkommenen. Sie ist wunderbar, weißt du!" Hugo kam in Fahrt. „Sie ist fast wie die Erde, aber viel besser. Dort leben alle auf goldenen Monden. Und alles ist perfekt. Du zum Beispiel …" Er musterte das Wesen. „Du hast jetzt deinen eigenen Goldmond als Bein. Was könntest du dir mehr wünschen?"

„Springen!", rief Aargh. Er rollte seine Augen aus und sah Hugo erwartungsvoll an.

Hugo blies vorsichtig über die Farbe. Er hatte sie zart genug aufgetragen, sie war jetzt trocken.

„Springen!", lachte er und richtete sich auf. Dann richtete er seine Augen fest auf den goldenen Mond. Er öffnete sie weit.

Das Goldlicht des Mondes begann zu funkeln. Er sah die einzelnen Goldpartikel, sie waren so schön wie das Glitzern auf einem See, nur unendlich weiter und tiefer, geheimnisvoller und freier. Hugo sah den goldenen Mond bewundernd an.

Dann rief er Aargh zu: „Springen! Ja, springen! Springen willst du und springen sollst du, Aargh! Also, spring!"

Hugo Gelbstift trat zurück. Aargh richtete seine Augen in die Höhe. Dann löste sich das Graffiti von der Wand und machte einen Satz nach vorn.

„Aargh!", rief es laut und voller Freude. „Aargh, aargh, aaaaaaaaaaaaaaaaarrrgh!"

Entsetzt hörte Hugo den Ruf, der sich von einem Freudenschrei in einen Schmerzenslaut verwandelte.

Sein Blick wanderte nach unten. Aargh lag vor ihm auf dem Boden und zappelte unglücklich. Hinter ihm saß der goldene Mond, der plötzlich irgendwie aussah wie eine einsame Kartoffel, immer noch an der Kanalwand.

„Aargh?“ Hugo sprang zu ihm.

„Bein!“, rief das Wesen und krümmte sich vor Schmerzen. Plötzlich liefen Tränen aus seinen Gitteraugen.

Auch Hugo starrte auf das Bein. Es war abgerissen – oder noch schlimmer: niemals angewachsen?! Hatte sein leuchtender Malerblick versagt?

Hugo fühlte, wie er schamrot wurde. Er hatte versagt. Er hatte zutiefst versagt. Hastig sah er sich um.

Aber nein, niemand war hier, keine Drohne surrte, kein schwarzer Junge stand da und keine Celfie Madison.

„Ein Unglück“, murmelte Hugo. „Aber es gibt eine Lösung! Es gibt immer eine Lösung. Und ich kenne denjenigen, der sie kennt. Wir müssen sofort zu Glenn Single Despott.“

Er bückte sich und hob das wimmernde Graffiti hoch. Hilflos lag es in seinen Armen.

„Aargh, komm, ich helfe dir! Ich bringe dich zu Glenn! Glenn ist ein Genie. Er schafft alles.“

„Bein Glenn?!“, wimmerte das Wesen.

„Bein, ja!“, nickte Hugo. „Bein, Bein, Beine! So viele du willst. Glenn, Glenn, Glenn! Denn ich habe, weißt du, die Farbe … Es war zu wenig, die Flasche war zu klein. Oder die Farbe war auch noch nicht ganz trocken. Oder meine Augen waren müde. Hier ist es ja auch sehr dunkel. Aber Glenn, Glenn … Also Glenn, der weiß immer eine Lösung.“

„Bein!“, wimmerte Aargh leise. „Bein, Bein … Bein! Glenn!“

Hugo Gelbstift seufzte.

Wenigstes war das Ding nicht wütend und griff ihn an, wie es zuvor den Jungen angegriffen hatte. Zum Glück heulte es nur.

Wütend starrte Hugo seinen goldenen Mond auf der Kanalwand an. Was für eine Verschwendung, ein solches Kunstwerk hier unten zurücklassen zu müssen.

Den schniefenden Aargh in den Armen, riss sich Hugo Gelbstift los von seinem Mond, drehte sich um und machte sich durch die plötzlich wieder sehr dunkle Dunkelheit auf den Weg zurück in den Moonson Tower.

REINE SEELEN

Seit über einer Stunde wanderten Celfie und Fluschfummel an den dunklen Kanälen entlang.

Immer wieder riefen sie Aarghs Namen und ab und zu sandte Celfie einen leuchtenden Blick in die Tiefe. Aber um das Licht hell genug werden zu lassen, dass es die dunkle Wasseroberfläche erreichte, musste sie an Farbek denken. Und gleichzeig an Farbek zu denken und mit aller Aufmerksamkeit nach Aargh zu suchen, fiel ihr schwer. Außerdem machte sie das andauernde Wasserrauschen müde.

„Wenigstens können Graffiti nicht ertrinken“, murmelte sie, um sich Mut zu machen.

„Das nicht, aber im Wasser können Lösungsmittel sein“, sagte Fluschfummel. „Die Menschen schütten alles ins Wasser. Sie glauben, dann verschwindet es darin. Aber in Wirklichkeit wird das Wasser immer mehr wie das, was sie loswerden wollen.“

Celfie schluckte. „Lösungsmittel? Ist das so was wie Sandstrahler? Es klingt schrecklich.“ Sie hatte noch nie ein Bild von Lösungsmittel oder Sandstrahlern in Farbek gesehen.

„Ja, nur in flüssiger Form. Damit putzen sie auch Farbe von den Wänden.“

Celfie schüttelte angewidert den Kopf. „Und woher weißt du das mit den Lösungsmitteln?“

Die grüne Spraymaus überlegte. „Weil mein Maler daran gedacht hat, als er mich malte. Und auch an die Sandstrahler. Ich kann mich an vieles erinnern. Und ich glaube, seine Gedanken sind das, was ich von der Welt weiß."

Celfie nickte. Was ihre Begleiterin da erzählte, stimmte mit dem überein, was Aargh auf seine seltsame Art von sich gegeben hatte. Die Gedanken und Gefühle der Maler schienen in den Geist ihrer Bilder einzufließen. Und das betraf ihre Liebe, wie auch ihre Ängste und Sorgen.

Celfie überlegte. In Farbek gab es diese dunkle Seite des Lebens nicht. Niemand fürchtete jemanden und niemand musste sich vor jemandem fürchten. Celfie versuchte, sich an ihre Gefährten in Farbek zu erinnern. Angestrengt dachte sie nach. Seltsamerweise schien die Erinnerung an ihre Heimat zu verblassen. Die Gesetze der Erde ergriffen zunehmend Besitz von ihr. Celfie versuchte, sich davon keine Angst einflößen zu lassen. Sie lauschte auf ihren Herzschlag. Inzwischen hatte sie sich daran gewöhnt, dass verschiedene Gefühle ihn veränderten. Ob das auch andersherum funktionierte? Was, wenn sie sich ihr Herz wie das Licht ihrer Augen vorstellte? Oder wie ein goldenes Licht, das in ihr aufscheinen konnte.

Der Gedanke ließ sie lächeln. Er war schön. Ein goldenes Herz, das sie in sich trug und dessen Licht sie mit jedem Schritt weiter in die Welt trug …

Schweigend gingen sie weiter. Ab und zu warf Celfie einen leuchtenden Blick voraus oder hinunter, aber von Aargh war nichts zu sehen.

Plötzlich hielt Fluschfummel inne. „Hörst du das?"

Celfie lauschte. Sie hörte das Wasser rauschen und noch etwas anderes. „Ja, da ist etwas!“

Sie trat dicht an die Kanalwand, blickte hinab und konzentrierte sich. Im nächsten Moment füllte ein blauer Schein den gesamten Wasserlauf.

Celfie musterte die Wasseroberfläche. Das Wasser strömte schnell und dunkel dahin. Ab und zu schlug eine Welle gegen die Mauer und es gluckste, wenn sie wieder ins Wasser zurücksank.

„Hil! … Verdammte Scheiße, Hilfe! … Hilfe, Scheiße, ich ersaufe hier bald! … He! … Hilf…“

„Das ist nicht Aargh“, sagte Celfie.

„Und wer auch immer es ist, er braucht Hilfe!“ Fluschfummel war ebenfalls dicht an den Rand getreten und sah hinab aufs Wasser.

„Da!“, rief sie dann.

Im selben Moment sah Celfie es auch. Im Kanal trieb eine dunkle Gestalt, die kaum den Kopf über Wasser halten konnte. Celfie konzentrierte sich noch mehr. Der blaue Schein erfasste die Gestalt. Augenblicklich hob diese den Kopf.

„Hilfe! Bitte helft mir! Ich kann nicht mehr!“

Die Gestalt trieb rasch näher. Celfie ließ ihre Augen noch heller strahlen und erkannte jetzt, dass es ein Junge mit dunkler Haut war. Solche Menschen hatte sie schon auf Bildern gesehen. Neugierig sah sie ihn an. Der Junge flog im Wasser geradezu auf sie zu.

„Bitte!“, rief er und verrenkte sich fast den Hals, um Luft zu holen. In diesem Moment sah Celfie einen dunklen Schatten, der eckig aus der Kanalmauer hervorragte.

„Vorsicht!“, rief Celfie.

„Was?“ Der Junge sah nach vorn. Aber statt auszuweichen, streckte er sofort die Arme aus und hielt sich einen Augenblick später daran fest.

„Was ist das?“, fragte Celfie.

Der Junge keuchte und versuchte vergeblich, sich in die Höhe zu ziehen. „Irgendein Eisenbalken. Keine Ahnung!“

Celfie ließ ihre Augen noch heller strahlen.

Geblendet drehte der Junge den Kopf zur Seite. „He! Nimm die Lampe weg und wirf mir ein Seil runter.“

„Ich habe kein Seil!“, rief Celfie zurück. „Aber Fluschfummel und ich können dir helfen!“

„Wie denn?“, fragte Fluschfummel. „Der ist viel zu groß, als dass ich ihn aus dem Wasser ziehen könnte.“

„Du machst mir eine Leiter!“, sagte Celfie.

„Und wie soll das gehen?“

Der Junge hing verkrampft an dem Balken unter ihnen. „Ey! Ich kann mich hier nicht mehr lange halten!“

„Schnell!“, rief Celfie Fluschfummel zu. „Wir spielen Weltendrehen. Mach dich auf der Wand flach und streck nur deinen Schwanz und die Nasenspitze raus. Wie Leitersprossen. Dann drehst du dich um dich selbst und ich klettere auf dir runter. Unten packe ich den Jungen, halte ihn fest und wir klettern genauso wieder nach oben.“

„Genial, alles klar“, rief Fluschfummel. „Hoffentlich wird mir dabei nicht schwindelig.“

„Das ist doch genau das Lustige dabei!“, lachte Celfie. „Je schneller du bist, desto mehr dreht sich die Welt! Das ist schön, du wirst es gleich sehen.“

„Okay!“ Sofort machte sich Fluschfummel flach und glitt in die Kanalwand. Celfie stellte sich auf den Schwanz und die Maus begann sich zu drehen. Mit leuchtenden Augen sprang Celfie auf Fluschfummel wie auf einer rotierenden Leiter nach unten.

Trotz seiner misslichen Lage starrte der Junge im Wasser sie erstaunt an. Celfie konzentrierte sich. Sie durfte nicht auch ins Wasser fallen, dann hätte Fluschfummel sie vielleicht nicht halten können. Aber das Mädchen aus Farbek war gewandt und Fluschfummel erwies sich als eine gute Weltendreherin.

„Yippieh!“, quiekte sie vergnügt, während Celfie in wenigen Sekunden die Wasseroberfläche erreichte.

„Ihr seid keine Dunkelleute!“, war das Erste, was der Junge ausstieß, als er Celfie Madisons ausgestreckte Hand ergriff. „Ihr seid nicht mal Menschen!“

„Komm hoch!“, antwortete Celfie. „Ich hoffe, du kannst klettern.“

Der Junge war weit weniger geschickt als sie, aber mit Celfies Hilfe schaffte er es, auf der sich drehenden Fluschfummel nach oben zu steigen. Endlich packte er die Kante der Kanalwand und zog sich nach oben. Keuchend ließ er sich fallen.

„Danke!“, brach es aus ihm hervor.

Neben ihr richtete sich Fluschfummel wieder ganz in drei Dimensionen auf. Ihre kugelrunde rosa Nase bebte und ihre verwaschene Schnauze zitterte noch immer .

„Das war unglaublich!“, rief sie. „Spaß! Das war Spaß! Das beste Spiel, das ich je gespielt habe.“

Der Junge starrte sie an. „Seid ihr auch so lebendig gewordene Graffiti?“, fragte er.

Celfie ließ ihren Blick über den Jungen wandern. Er hatte kräftige Locken, die ihm jetzt nass in die Stirn hingen, ein freundliches und gleichzeitig verschlossenes Gesicht, trug ziemlich zerrissene Hosen und ein zu großes T-Shirt, das wie ein Sack um seinen drahtigen Körper hing. An seiner Kleidung sah sie die dunklen Reste von Farbe.

„Bist du ein Maler?", fragte sie.

Der Junge richtete sich auf. „Klar, Mann!", rief er.

„Ich bin ein Mädchen!", sagte Celfie.

„Ja, schon klar, aber … ach egal!", murmelte der Junge plötzlich verlegen. Dann fügte er hinzu: „Wer bist du? Du siehst nicht aus wie ein Graffiti. Aber sie schon! Und warum leben hier Sachen, die sonst nicht leben? Ist eine Bombe explodiert oder so was?"

„Das erkläre ich dir später, Erdenjunge", sagte Celfie. „Warum bist du da geschwommen, wenn du dabei ertrinken würdest? Das wirkt auf mich wenig klug."

„Mann!", rief der Junge, korrigierte sich aber hastig: „Echt! Ich bin doch nicht blöde. Mein eigenes Graffiti hat mich ins Wasser geworfen, weil so ein Krankhirn es gegen mich aufgehetzt hat. Was ist hier eigentlich los? Wieso laufen hier auf einmal Bilder rum?"

„War das Aargh?", fragte Fluschfummel.

„Ja", sagte der Junge. „Woher weißt du das?"

„Er lebt!", freute sich Fluschfummel und sah Celfie an. Dann fügte sie in Richtung des Jungen hinzu: „Wir leben wegen ihr!"

„Wegen dir?", fragte der Junge. Er sah Celfie in die Augen.

Celfie nickte. „Ich bin Celfie Madison und wurde aus Farbek entführt. Ich weiß nicht, warum, aber ich muss es herausfinden.

Und außerdem muss ich zurück nach Farbek. Kennst du den Weg?“

Der Junge stöhnte leise auf. „Du bist also diese Celfie. Farbek? Noch nie gehört. Aber jetzt sag mir lieber, wie machst du das?“

„Sie denkt an Farbek“, sagte die grüne Spraymaus.

Der Junge richtete sich auf. „Sie macht Bilder lebendig, weil sie an was denkt? Farbek? Kann ich das auch?“

Celfie musterte ihn. Aber die Augen des Jungen wirkten gewöhnlich. „Nein, das glaube ich nicht.“

„Wäre ja auch zu geil gewesen“, murmelte der Junge. „Aber stell dir mal vor, ich könnte das! Ich wäre sofort der King! Die würden mich nie wieder wegjagen!“

„Du willst der King sein?“ Celfie hatte genug gehört, um sich einen Reim darauf zu machen. „Du hast Aargh gesprüht. Deinetwegen ist er so wütend geworden. Denn du hast an Flucht und Verfolgung gedacht, während du ihn gemalt hast. Und dann hast du ihm statt eines zweiten Beins eine schlechte Krone auf den Kopf gesetzt, weil du der King sein willst. Aber du bist nicht der King! Irgendjemand hat dich vertrieben. Du bist auf der Flucht und du hast Angst. Und außerdem hat jemand dein Graffiti entführt. Wer?“

Der Junge riss die Augen auf. „Woher … Woher weißt du das alles, Mann?“

„Ich bin ein Mädchen!“, sagte Celfie. „Und ich weiß es, weil ich selbst entführt worden bin. Hat Glenn Despott Aargh entführt?“

Kyle schüttelte den Kopf. „Nein, der Typ hieß –“ Er überlegte. „Der hatte einen echt irren Namen. Und so hat er sich auch benommen. Das war ein sehr langer Name, sowas wie Ludo Farbstift oder so …"

Celfie blickte zuerst Fluschfummel und dann wieder den Jungen an. „Redest du von Hugo Gelbstift?"

„Ja!", rief der Junge. „Mann, aber woher … Ich meine, Mädchen, ich meine, wie heißt du noch mal? Selfie, wie ein Bild, das man von sich selbst macht?

„Nicht wie ein Bild, das man von sich selbst macht", sagte Celfie. „Ich heiße Celfie mit einem C, und das ist ein sehr schöner Name in Farbek. Und mein ganzer Name ist Celfie Madison!"

„Okay, Celfie Madison", sagte Kyle rasch. „Ich heiße Kyle. Kyle wie ein Keil! Woher weißt du das alles? Woher kennst du diesen Verrückten?"

„Weil ich in dem Haus gefangen war, in dem er arbeitet. Was ist mit Aargh passiert?"

„Ich weiß es nicht", beteuerte Kyle. „Ehrlich!"

„Das ist doch klar, Celfie!", rief in diesem Augenblick Fluschfummel. „Hugo hat Aargh bestimmt zu diesem Glenn gebracht. Nach allem, was du mir erzählt hast, kann es nicht anders sein. Glenn hat es auf dich abgesehen und auf das, was du kannst. Er weiß, dass du hier unten bist. Vielleicht sammelt er Graffiti?!"

„Hat der Typ eine Galerie oder so?", fragte Kyle. „Wo er die verkaufen will?"

Celfie schüttelte den Kopf. „Darum geht es nicht, denke ich. Sonst hätte er mich ja Graffiti in seinem Turm zum Leben erwecken lassen. Nein, dahinter steckt sicher etwas ganz anderes." Sie sah Fluschfummel an. „Aber woher wusste Glenn, dass wir hier unten sind?"

„Keine Ahnung!“ Die grüne Spraymaus zuckte zusammen. „Das konnte er eigentlich nicht.“

„Aber er hat es gewusst!“, entgegnete Celfie. „Und das bedeutet, er hat mich die ganze Zeit beobachtet. Vielleicht weiß er sogar jetzt, wo wir sind!“

„Das glaube ich nicht“, sagte Fluschfummel. „Sonst hätte er dafür gesorgt, dass Hugo dich zurückbringt und nicht Aargh.“

„Das ist möglich. Trotzdem fühle ich mich hier nicht mehr sicher. Außerdem will ich Aargh befreien. Ich kann nicht zulassen, dass er wegen mir jetzt bei Glenn eingesperrt wird.“

„Und wie soll das gehen? Willst du jetzt einfach zurückgehen und anklopfen? Du solltest froh sein, dass du von dort entkommen bist!“ Fluschfummel blinzelte unsicher.

„Nein!“, antwortete Celfie. „Ich glaube nicht, dass das funktionieren wird. Aber vielleicht müssen wir ja auch gar nicht in den Turm.“

„Was meinst du damit?“ Misstrauisch sah Kyle Celfie an. „Was redet ihr da überhaupt? Welcher Turm?“

„Was geht dich das an, Kyle, der gerne King wäre?“, fragte Fluschfummel unwirsch.

„Na, hör mal!“, beschwerte sich der Junge. „Ich habe Aargh schließlich gemalt. Und wegen mir hat er solche Angst. Ich kann doch nicht zulassen, dass einer, nur weil ich ein Schisser bin, sich sein Leben lang fürchtet und auch noch entführt wird.“

Fluschfummel sah Kyle durchdringend aus ihren Kupferaugen an. „Und du willst ihn nicht nur wiederhaben, damit du dann überall rumerzählen kannst, dass dein Graffiti lebendig geworden ist?“

Kyle zögerte. Dann gab er zu: „Na ja, cool wäre das schon. Aber nein, ich will, dass es ihm gut geht. Und dann …" Sein Blick wanderte zu Celfie. „Ich habe noch nie so ein cooles Wesen wie dich getroffen, echt. Und ich würde gerne mal sehen, wie ein Graffiti lebendig wird."

Das Mädchen zuckte zusammen. Was bedeutete es, was der Erdenjunge da sagte? Sie spürte ihren Herzschlag. In diesem Moment fühlte er sich an wie ein warnendes Trommeln.

Kyles Gesicht wirkte offen und in Farbek hätte Celfie ihm sofort vertraut. Aber er hatte Aargh nicht gut behandelt. Und er hatte ihm diese Krone aufgesetzt, die nicht für Aargh war, sondern nur für ihn selbst. Außerdem hatte er Aargh wütend gemacht mit seiner Angst.

Angst konnte einen manchmal lähmen, wie in dem Moment, als sie auf der Leiter gestanden hatte, aber Angst konnt einen auch dazu bringen, um sich zu schlagen. Aber Kyle hatte ihr auch seine Hilfe angeboten. Und sofort zugegeben, dass er gerne ein Graffiti lebendig werden sehen wollte. Er hatte also nicht gelogen. Außerdem schien er ein schlechtes Gewissen zu haben. Und er war neugierig.

Plötzlich lächelte das Mädchen aus Farbek. „Kyle ohne Krone! Du bist neugierig. So wie ich es von zu Hause kenne! Und wir brauchen Hilfe. Ich denke, da kannst du sicher deinen Teil beitragen."

„Meinen Teil?", fragte Kyle.

„Ja, so wie jeder. Denn wir werden mehr Hilfe brauchen als nur dich", antwortete Celfie.

„Und wo soll die herkommen?", fragte Kyle. „Die Jungs, die

ich kenne, die können mich echt nicht leiden. Ich meine, ich habe ihre Spraydosen geklaut und ihre Bilder und ihren Style nachgemacht. Oder es zumindest versucht."

„Ach, du bist gar kein Sprayer!"

Kyle schwieg betreten. „Aber ich wäre gern einer", gab er kleinlaut zu.

Celfie schüttelte den Kopf. „Ich hoffe, nicht alle Menschen sind wie du oder Glenn oder Hugo und versuchen immer alles nur zu entführen und zu klauen", sagte sie leise. Dann fuhr sie lauter fort: „Allerdings hatte ich auch nicht an Menschen gedacht, als ich von Hilfe sprach. Bis eben dachte ich, ein sehr junges Graffiti würde uns am besten helfen können. Aber dieser Meinung bin ich jetzt nicht mehr. Im Gegenteil, ich würde viel lieber ein paar sehr alte Graffiti treffen."

„Alte Graffiti?", fragte Kyle. „Meinst du Geisterbilder?"

„Was ist das denn?", fragte die Spraymaus.

Kyle deutete auf Fluschfummels Nase. „Bilder, die schon weggewaschen oder weggeputzt wurden, die man aber trotzdem immer noch sieht. So ein bisschen wie deine Nase."

Celfie schüttelte den Kopf. „Solche Bilder meine ich nicht unbedingt", sagte sie. „Ich meine solche, die sich möglichst nicht mehr an die Menschen erinnern und schon lange ein eigenes Leben führen. Bilder, die keine Angst haben, weggeputzt zu werden, und auch nicht darunter leiden, nur auf einem Bein herumhüpfen zu müssen oder so. Bilder, die nichts mit dem Lebenskampf der Menschen zu tun haben."

„Ach, so", murmelte Kyle. Dann nickte er plötzlich. „Verstehe. Im Grunde suchst du Seelen, die so rein sind wie Kinder."

Erstaunt sah Celfie den Jungen an. Solch einen schönen Satz hatte sie aus seinem Mund bisher noch nicht gehört. In Kyle schienen auch andere Seiten als Ruhmsucht, Großmäuligkeit und Angeberei zu stecken.

„Sind Kinder auf der Erde das denn?“, fragte Celfie. „Reine Seelen?“

„Klar“, sagte Kyle. „Ich finde schon.“

„Dann ist es das, was ich suche“, bestätigte das Mädchen aus Farbek. „Alte Graffiti, denen ich vertrauen kann.“

„Und was willst du dann mit ihnen machen?“, fragte Kyle.

„Wir sehen, was wir zusammen ausrichten können“, gab Celfie zurück. „Wir könnten Aargh suchen und ihm seine Angst nehmen, indem wir ihn beschützen. Also, Kyle ohne Krone, hast du eine Idee?“

Kyle nickte. „Ja“, sagte er dann. „In der Stadt gibt es ein paar echt alte Pieces.“

„Kennst du den Weg dahin?“

Kyle nickt erneut. „Ich kann euch dahin bringen. Aber zuerst muss ich was essen.“

Celfie sah ihn fragend an. „Essen? Du meinst, deine Welt in dich reinstopfen?“

„Nicht die ganze“, sagte Kyle. „Nur so einen Happen. Aber ja, das gehört dazu.“

Celfie zuckte die Schultern. „Wenn das hier so ist, okay. Dann tun wir jetzt eben das eine nach dem anderen.“

HOCH HINAUS

Freudig stieg Hugo Gelbstift aus der Limousine und dirigierte Aargh zum geheimen Hintereingang des Moonson Towers.

Der Fahrer, den Glenn auf seinen Anruf sofort geschickt hatte, hatte das Graffiti durch die dunkle Trennschreibe nicht sehen können und gehörte darüber hinaus zur verschwiegenen Sorte.

Das Graffiti sah die unendlich scheinende Turmwand empor. Während der Fahrt durch die Stadt hatte es aufgehört zu weinen und stattdessen alles um sich herum begutachtet.

Das höchste Haus der Stadt war und blieb zutiefst beeindruckend. Eine solche Reaktion wie die, die nun folgte, hatte Hugo allerdings zugegebenermaßen bei einem Menschen noch nie erlebt.

„Raufsausen!", rief Aargh plötzlich. Er sprang auf seinem Bein auf die Wand zu und erst als schon ein Teil seines pummeligen Körpers mit dieser zu verschmelzen begann und er sich in ein flaches Bild verwandelte, wurde Hugo klar, was das Graffiti vorhatte.

„Halt!", rief er eindringlich.

Erschrocken drehte Aargh sich um und sah ihn mit fragendem Blick an.

„Vorsichtig, vorsichtig!", sagte der kleine Maler rasch mit sehr viel sanfterer Stimme. „Hier gehen wir nicht selbst hoch, wir fahren."

„Auto da hoch?“, fragte Aargh und blies freudestrahlend die Backen auf.

Hugo schüttelte verwirrt den Kopf. Aufgrund der eigenen Fähigkeit, sich mühelos über Wände zu bewegen, schien das Ding zu glauben, alles andere auf der Welt könne das auch.

„Nein!“, flötete Hugo und versuchte ein Lächeln. „Wir beide fahren mit dem Fahrstuhl für VIPs!“

„Vipsvipsvips!“, rief Aargh.

„Ja, genau! Very important persons. Also ich und du!“

Hugo drückte auf einen unscheinbaren goldenen Knopf an der Wand und vor ihnen öffnete sich eine ebenso golden leuchtende Fahrstuhlkabine.

Aargh schloss geblendet seine Gitteraugen.

„Komm!“ Mit einer auffordernden Geste trat Hugo auf den gläsernen Boden der Fahrstuhlkabine.

Rasch hüpfte Aargh ihm nach.

Der Fahrstuhl schoss im nächsten Moment nach oben.

Das Graffiti jauchzte. „Leicht!“

Hugo nickte. Es war wie schweben und dabei emporgerissen werden. Durch den Glasboden sahen sie die Stadt unter sich verschwinden.

Plötzlich kam Hugo etwas in den Sinn. Es war bestimmt nicht gut, wenn er ein vor Freude strahlendes Graffiti bei Glenn anschleppte, obwohl er ihm vor ein paar Minuten am Telefon gesagt hatte, das Ding sei völlig verstört und er habe es nur unter Aufbietung all seiner Kräfte aus der Kanalisation rausbekommen und deswegen auf die Jagd nach der grünen Käseschimmelratte verzichten müssen.

„Hör mal“, sagte er zu Aargh. „Gleich sind wir oben bei Glenn! Glenn ist dein Freund! Glenn hilft dir! Bein und so!“

Schlagartig hörte Aargh auf zu jubeln. „Bein!“, jammerte er kläglich.

Hugo nickte. „Genau! Leidest du eigentlich noch sehr darunter, dass du nur ein Bein hast? Fühlt sich an wie ein Auto ohne Rad, nicht wahr? Es muss schrecklich sein, ein Rad ab zu haben…“

In diesem Moment bremste der Fahrstuhl und die Schwerkraft setzte wieder ein. Mit einem Aufschrei fiel Aargh auf den Teil seines Pummelkörpers, der wohl am ehesten dem Po entsprach.

„Bein!“, jammerte er. „Bein ein, nein, zwei Bein!“

„Bein!“, nickte Hugo „Ach, mein armer Aargh!“

Die Fahrstuhltür ins Innere des Moonson Tower öffnete sich.

Im Gang stand Glenn Single Despott und schaute ihnen entgegen.

Schnell trat Hugo heraus. „Da ist das Ding!“, sagte er leise. „Ich habe getan, was ich konnte.“

Glenn nickte. „Lebt es?“

„Es wollte sich ein paarmal umbringen“, raunte Hugo. „Aber ich habe geschafft, es zu retten. Schließlich weiß ich, wie man mit Bildern umgeht.“

„Gute Arbeit!“ Glenn klopfte Hugo auf die Schulter. „Bring es in mein Gästezimmer.“

„Kommst du denn nicht mit?“, fragte Hugo erstaunt. „Ich meine, jetzt, wo ich es habe, also ich meine, dir hergebracht habe, da dachte ich …“

Glenn schüttelte den Kopf. „Es ist hier und es geht ihm so weit gut. Aber Celfie ist nicht hier. Und auch nicht das grüne Wesen.

Die laufen immer noch frei herum. Und wie du mir berichtet hast, war sie auch nicht dabei, als du das Wesen gefangen hast?“

„Äh, nein!“, schluckte Hugo.

„Dann hast du Celfie keinen Streich gespielt, wie ich es dir aufgetragen hatte.“ Glenns Stimme bekam einen eiskalten Ton. „Sie kann also durchaus bester Dinge sein und jederzeit noch mehr solcher Kreaturen erschaffen. Und das war nicht der Sinn der Übung. Du hast deinen Auftrag also nur zur Hälfte erfüllt, mein lieber Hugo. Zur schlechteren Hälfte sogar, wie ich sagen würde. Und das bedeutet, ich muss erst ein, zwei andere Dinge einleiten. Danach kümmere ich mich dann um das Wesen. So, und jetzt mach, was ich dir sage.“

Glenn wandte sich ab und eilte davon.

Geschockt sah Hugo ihm nach. Aber das hatte Glenn doch so nie vorher gesagt. Woher hätte er das wissen sollen? Doch dann straffte er sich innerlich. Dann würde er jetzt eben noch intensiver an seiner Nanoschrift weiterarbeiten. Ein wunderschönes Bild mit einer wunderschönen, sich selbst ins Auge tröpfelnden Botschaft!

Und wenn Glenn das sah, würde sich vielleicht alles wieder ändern.

* * *

Glenn betrat sein Büro durch die goldene Tür und fuhr mit der Hand über das Relief des ersten Moonson Tower. Dann ging er zu seinem Hirschledersessel und setzte sich. Er straffte die Schultern.

Er musste Maßnahmen treffen. Er musste diese Celfie so auf Trab halten, dass er genügend Zeit hatte. Alles war nur eine Frage der Zeit.

Glenn nickte. Es war bloß einfach eine kleine Verzögerung eingetreten.

Sollte die kleine Celfie doch ruhig einen Spielgefährten haben. Er würde dafür sorgen, dass die beiden in Zeitnot gerieten und Angst bekamen. Unruhe und Furcht waren die wirksamsten Mittel schlechthin.

Er rang sich ein Lächeln ab. Hugo Gelbstift hatte versagt. Er würde Celfie eben selbst einen kleinen Streich spielen müssen. Dafür musste er nicht einmal lange überlegen. Wenn es um solche Dinge ging, sprudelte er geradezu über vor Ideen. Glenns Lächeln wurde breiter.

Es war grausam, es war verstörend und es war unaufhaltsam. Genau das Richtige also, um Celfie und ihre grüne Begleiterin in die Schranken zu weisen.

Zufrieden nickte Glenn seinem Spiegelbild im Bürofenster zu. Er sah sein schmales Gesicht mit der hellen Haut, seine schwarzen Haare und seine Haarspitzen, die wie wildes Gras neben seinen Ohren in die Luft standen. Leider waren seine Augen blass und von undefinierbarer Farbe. Aber das hatte er bei Celfie, seiner Celfie, ja ausgeglichen. Oder vielmehr verbessert.

Und damit ging alles seinen Lauf. SEINEN Lauf!

Entschlossen griff er zum Telefonhörer und wählte eine Nummer.

Als die Stimme am anderen Ende sich meldete, spitzte Glenn Single Despott die Lippen zu seinem gewohnt kühlen Lächeln und sagte dann: „Glenn Single Despott hier. Schreiben Sie! Ich habe da einen größeren Auftrag. Er muss sofort erledigt werden. Und mit sofort meine ich ohne jeden Aufschub. Ist das klar?"

Glenn fuhr sich mit der freien Hand über die Stirn und blickte hinaus auf die vielen Straßen der Stadt unter sich. Natürlich kannte er sie alle beim Namen. Wer eine Welt beherrschen wollte, der sollte möglichst jeden ihrer Winkel vor Augen haben. Erst, was man wirklich gut kannte, machte man sich auch mühelos untertan.

Er räusperte sich. „Gut dann, ich beginne …"

Und er diktierte seinen Großauftrag.

HINTER ZITTERMESSERS RÜCKEN

Der Teil der Stadt, den Celfie und Fluschfummel erblickten, nachdem Kyle sie eine ganze Weile entlang den Kanälen und schließlich durch einen alten Tunnel ins Freie geführt hatte, glich der Hochhauswelt, die das Mädchen aus Farbek bisher gesehen hatte, in keiner Weise.

Der Tunnel endete unter einer verfallenen kleinen Brücke in einem schmutzigen Wasserlauf, der sich durch eine offensichtlich belebte Straße zog. Im Wasser schwammen Papierfetzen und zerknautsche Plastikflaschen und Celfie erblickte einen nassen Lederschuh, in dem eine kaputte Spielzeugpuppe saß und wie in einem Boot vorbeitrieb.

Fluschfummel kicherte. „So könnte ich auch durch die Welt reisen."

Aber Kyle schüttelte den Kopf. „Nein!! Lebendige Graffiti hat hier noch nie jemand gesehen, und wenn du entdeckt wirst, werden sich die Leute auf dich stürzen. Jeder wird dich für sich haben wollen. Oder sie werden versuchen, dich zu verkaufen."

„Oh!" Rasch sprang die Spraymaus auf Celfies Hand und von dort weiter auf ihr T-Shirt, wo sie sich flach machte. Jetzt sah sie aus wie ein Kinderbild auf dem Stoff und war sicher.

„Wie anders es hier ist!", murmelte Celfie. „So viele Menschen."

„Wir sind nicht mehr im Geschäftsviertel“, erklärte Kyle. „Da kommen alle nur mit dem Auto, fahren in die Tiefgaragen und bleiben in den Hochhäusern. Hier ist viel mehr Leben.“

Zu beiden Seiten des Kanals waren Eisengeländer angebracht und direkt daneben begannen die Bürgersteige, auf denen dicht gedrängt Menschen hin und her eilten. Auf den Straßen fuhren Autos und dahinter wimmelte es von Geschäften.

„Und wie holst du dir dein Essen?“, fragte Celfie Kyle. „Du hast doch kein Geld.“

„Woher weißt du das?“

„Du bist anders angezogen als Glenn Despott“, antwortete Celfie. „Du riechst auch anders als er. Die Kleidung der Menschen hier auf der Straße scheint weniger Löcher zu haben als deine und sauberer zu sein.“

Kyle sah an sich hinab und verzog den Mund. „Mann, ich falle ja auch nicht jeden Tag in einen Kanal.“

Celfie blieb stehen. Sie verstand nicht, warum Kyle sie immer Mann nannte. Er redete manchmal so wirr daher, und im nächsten Augenblick waren seine Worte ganz klar und trafen sie ins Herz. Das war dann schön! Aber seine andere Seite war ihr auch unheimlich. Wieso konnte er sich nicht merken, dass sie ein Mädchen war? Celfie hätte gerne mal in Ruhe mit ihm zusammen darüber nachgedacht. Aber leider war das jetzt wohl nicht möglich. Also sagte sie stattdessen nur brüsk: „Ich bin ein Mädchen! Kein Mann! Kannst du dir das endlich merken?“

„Ach man, das sagt MAN doch nur so. Sorry!“, nickte Kyle. „Ich zeige dir gleich, wie ich an Essen komme. Also, was willst du essen, Lady?“

„Nichts“, antwortete Celfie. „In Farbek braucht man das nicht.“

„Oh, wie praktisch“, murmelte Kyle. „Aber du hast ja sicher nichts dagegen, wenn ich mir was besorge.“

Celfie schüttelte den Kopf.

Kyle grinste. „Dann hole ich mir eine Durian.“

„Was ist das denn?“, wollte Fluschfummel wissen.

„Ein sehr praktisches Essen“, grinste Kyle. „Es ist eine große Frucht und sie stinkt. So schlimm, dass man damit nicht mal U-Bahn fahren darf.“

„Sie stinkt und schmeckt gut?“, fragte Fluschfummel neugierig.

„Oh, ja!“, gab Kyle zurück. „Sie schmeckt super und die Leute bleiben dir von der Pelle, wenn du so ein Ding isst. Es ist das richtige Essen, wenn du ungestört bleiben willst. Das ist eine echte Stinkefrucht mit eingebautem Schutzwall sozusagen.“

Celfie kicherte. Die Vorstellung ging ihr wieder bis ins Herz und weiter runter, bis in den Bauch. Es schien auf der Erde auch wirklich lustige Dinge zu geben, die einem durch und durch gingen. „Dann hol eine Durian. Ich möchte sie gern riechen!“

Kyle nickte und führte sie weiter. Unter der Brücke hervor kletterten sie auf die Straße.

„Kommt einfach mit mir mit. Ich bin so schmutzig, dass die Leute mir ausweichen. Ich bin Kyle, der Keil.“

Er setzte eine finstere Miene auf und fing an, vor sich hin zu murmeln: „Scheißverdammter Hungerleider! Aus dem Weg, ihr Halsabschneider. Vollidiot! Ich trete dir in den Arsch. Dummbeutel. Angsthase Pleitegeier! Käsefüße!“

Der Junge ging immer schneller und tatsächlich sprangen die

Leute vor ihm zur Seite. Celfie beobachtete ihn aufmerksam. Es war, als teile sich die Menge vor ihnen, um ihnen Platz zu machen. Gleichzeitig sahen die Leute sie nicht an, sondern blickten rasch zur Seite.

Das war wirklich interessant. Offenbar besaß man auch als das Gegenteil von Glenn Single Despott Macht. Ganz so eindeutig schien es auf der Erde um das Miteinander nicht bestellt zu sein.

Kyle lief direkt auf einen kleinen Laden zu und stellte sich dort in die Tür. Dabei veränderte sich sein Gesichtsausdruck noch mehr. Hatte er eben nur mit finsterer Miene vor sich hin geschimpft, sah er jetzt wirklich wütend aus. Seine Augen brannten und erinnerten Celfie an ihre eigenen Augen, nur dass das Licht in ihnen nicht hell war, sondern dunkel glühte. Wie ein grimmiger Schatten stand Kyle in der Tür und schimpfte halblaut, während ein Mann neben ihm eintrat.

„Fresssack, vollgefressener! Wohl Kacke im Mund! Dreckiger Straßenköter!"

Erschrocken wich der Mann aus und wandte sich Hilfe suchend der Verkäuferin zu, die ratlos die Schultern zuckte. Im selben Augenblick drehte sich Kyle einmal um die eigene Achse, ergriff unbemerkt eine Frucht von der Auslage, schob sie unter sein T-Shirt und ging immer noch fluchend davon.

„Mitkommen!", flüsterte er Celfie und Fluschfummel zu.

Durch die Menge, die ihm auswich, gingen sie davon.

Celfie sah Kyle betrübt an.

Eben noch hatte sie gedacht, dass das Leben hier vielleicht nur ein Spiel mit vielen Seiten war. Manche Menschen taten dabei schön und eitel und posaunten hinaus, dass jeder ihnen gehorchen sollte. Andere tanzten umher wie dreckige, kaputte Bilder und stießen um sich, sodass die anderen auswichen. Wieder Andere krochen wie unsichtbare Würmer herum und nahmen sich unbemerkt, was sie brauchten. Aber jetzt wurde Celfie klar, dass es kein Spiel war. Angst zu verbreiten, schien der einfachste Weg zu sein, um das zu bekommen, was man wollte. Glenn schüchterte die Leute mit Macht und Drohungen ein. Damit, dass alle Angst davor hatten, was er vielleicht als nächstes tun würde.

Am Ende lief es immer auf dasselbe hinaus. Jeder drohte dem anderen, so gut er eben konnte. War das die Welt, in die sie geraten war? War Kyle auch nur ein Angstmacher?

Celfie sah ihn an. „Musst du immer so sein, wenn du etwas essen willst?"

Der Junge nickte grimmig. So schnell schien sich das finstere Wesen, das er angenommen hatte, nicht wieder vertreiben zu lassen.

„Das ist Kyle, der Keil", sagte er. „Auf die Art und Weise hole ich mir, was ich brauche."

Celfie schwieg. Wie sollte sie damit umgehen? War er wirklich der richtige Partner für sie bei dem, was sie vorhatte?

Schweigend gingen sie ein Stück weiter, bis der Laden nicht mehr zu sehen war. Kyle deutete auf eine Sitzbank an einem verlassenen Spielplatz. „Hier ist gut." Er setzte sich hin, zog die Frucht hervor und brach sie mit den Fingern auf.

Celfie beschloss, ihre Frage hintanzustellen und sich nur auf den Moment einzulassen. Sie schnupperte neugierig. Die Durian roch wie viele Früchte auf einmal. Sie roch sogar nach noch mehr. Sie roch nach allen möglichen Dingen.

„Sie riecht so bunt wie ein Regenbogen!“, verkündete Celfie.

Kyle lachte. „Das hat du gut beschrieben.“ Dann fing er an, das gelbe Fruchtfleisch abzurupfen und zu essen. „Aber die meisten Leute sagen, sie stinkt wie die Hölle.“

Auch Fluschfummel reckte die Nase. Der rosa Punkt zitterte. „Ich verspüre zwar keinen Hunger, aber der Geruch ist echt lustig!“, kicherte sie.

Celfie sah zu, wie Kyle sich Stück um Stück die Frucht in den Mund schob. In Farbek musste man nichts essen und offenbar galt das auch für Bilder, die auf der Erde zum Leben erweckt wurden. Aber die Menschen mussten es offensichtlich. Celfie hatte das auch bei Glenn und Hugo schon gesehen.

Die Menschen aßen alles Mögliche. Besonders Hugo schien viel Essen zu brauchen. Er hatte immer irgendetwas im Mund, auf dem er herumkaute. Klebriges Zuckerzeug in allen möglichen Formen und Farben, das Celfie vom Anblick her gut gefallen hatte, ihr aber Bauchschmerzen bereitet hatte, als sie Hugos Aufforderung gefolgt war und sich versuchsweise etwas davon in den Mund gesteckt hatte. Deswegen wäre Celfie nach diesem Versuch auch nie auf den Gedanken gekommen, ihre eigene Welt aufzuessen. Hier jedoch gehörte das offenbar zum Leben dazu.

Kyle brach ein weiteres Stück Durian ab und der Duft wehte über den Spielplatz. Celfies und Fluschfummels Einschätzung des Geruchs schienen tatsächlich nicht alle Menschen zu teilen. Eine Frau mit einem Kinderwagen, die ankam, warf ihnen einen missbilligenden Blick zu. Schnell machte sich Fluschfummel flach. Die Frau registrierte die grüne Spraymaus überhaupt nicht. Stattdessen sah sie Kyle an und sagte scharf: „Das ist ein Kinderspielplatz, keine Pennerbude! Und ihr solltet euch mal wieder waschen, hier stinkt es widerwärtig."

Kyle sagte nichts. Stattdessen hielt er der Frau die Durian hin und wedelte damit vor ihrer Nase.

Angeekelt zuckte diese zurück.

Kyle grinste nur und biss dann in die Frucht, dass es nur so spritzte.

„Igitt! Bleib mir mit deiner Stinkerei vom Leib!" Hastig machte die Frau auf dem Absatz kehrt und eilte davon.

„Die übliche Wirkung!" Seelenruhig aß Kyle weiter, kaute und schluckte.

Celfie sah der erschrockenen Frau nach. Ihre Frage kam ihr wieder in den Sinn und sie fasste sich ein Herz. „Kyle?", fragte sie. „Musst du anderen wirklich Angst machen, um etwas zu essen zu bekommen?"

„Meistens", antwortete der Junge kauend. „Geht nicht anders." Damit war das Thema für ihn offensichtlich erledigt. Hingebungsvoll aß er weiter.

Celfie fand es immer wieder erstaunlich, dass die Menschen ihre eigene Welt verzehrten. Aber Kyle schien das gelbe Fruchtfleisch gutzutun. Seine Haut leuchtete immer kräftiger, je länger er aß, und in seine Augen trat ein zufriedener Ausdruck. Celfie fragte sich, wie es ihr gegangen wäre, wenn sie Hunger litte? Hätte sie dann nicht auch alles getan, um etwas zu essen zu bekommen? Und war es nicht logisch, die Methoden der Allermächtigsten zu benutzen? Wenn diese es schafften, durch Drohungen zu den Allermächtigsten zu werden, war es dann nicht glasklar logisch, dasselbe auch für eine Stinkefrucht zu tun?

Ja, entschied Celfie.

Während Kyle weiter aß, sah Celfie sich um. Hinter einem Sandkasten und mehreren Spielgeräten wuchsen ein paar magere Büsche, die nur halbherzig eine Hauswand bedeckten. Durch das Blattwerk leuchtete etwas.

Celfie sah genauer hin. Dann flüsterte sie plötzlich aufgeregt: „He! Dort ist ein Graffiti!“

Kyle nickte und schluckte. „Nicht nur eins! Sind aber keine Bilder, nur *Tags*. Und die sind auch nicht alt.“ Er deutete in die Höhe. „Guck mal lieber da, am Schornstein!“

Celfie hob den Blick. Sie war so voller Fragen über die Welt hier, die Menschenstadt und das Menschenleben, dass ihr darüber ein beträchtlicher Teil der Gegend um sie herum entgangen war.

Jetzt aber leuchteten ihre Augen auf.

Auf den Schornstein hoch oben auf dem Dach war ein dunkles Bild gesprayt. Es zeigte einen großen Mann, dessen schmales Gesicht von einem Regenhut verdeckt war. In einer Hand hielt er mit nur zwei Fingern ein langes Messer und sah unter seinem Regenhut unfreundlich hervor. Doch das Bild war nicht einfach nur einmal da, sondern um ein paar Zentimeter verschoben noch ein zweites Mal. Auf diese Weise sah es aus, als hielte der Mann das Messer nicht nur in der Hand, sondern als zucke es zwischen seinen Fingern hin und her. Genauso zitterten seine Augen und seine Hutkrempe.

„Zittermesser“, rief Celfie.

„Kennst du das Bild?“ Kyle hob den Kopf.

Celfie nickte. „Ja, natürlich! Es muss schon länger dort sein, als ich auf der Erde bin.“

„Das ist schon ewig da", sagte Kyle. „Aber du warst doch noch nie hier."

„Alle Bilder leben in Farbek. Wenn sie hier sind, sind sie auch bei uns. Vielleicht sind sie auch erst dann bei uns, wenn sie hier ihr Leben beenden, also, wenn die Farbe trocken ist. Oder vielleicht sind sie erst bei uns, kommen dann eine Weile her, während sie gemalt werden und die Farbe trocknet, und kehren wieder zurück nach Farbek. Ich weiß es nicht, Kyle, ich bin auch nur ein Bild."

„Ich dachte, du bist ein Mädchen?!", grinste Kyle.

Celfie lachte laut auf. „Jetzt hast du es begriffen!" Sie strahlte Kyle an. Ihr Herz klopfte wie tanzende Sonnenpunkte in einer Pfütze. Dann fuhr sie fort: „Wenn ich aus Farbek komme, muss auf der Welt ein Bild von mir existieren. Und auf alle Fälle lebt Zittermesser in Farbek. Er sieht wirklich grimmig aus, aber er ist ein kluges Wesen. Deshalb müssen wir jetzt da hoch!"

Kyle stieß die Luft aus und schüttelte den Kopf. „He! Celfie-Mädchen! Das ist nicht so einfach. Man muss erst ins Haus kommen und dann noch auf den Dachboden. Und da ist immer noch eine Tür aufs Dach. Und die sind alle verschlossen. Und jetzt ist es außerdem hell. So was geht nur nachts, sonst sind wir dran."

„Aber wir müssen da hoch!", beharrte Celfie. „Wir können doch die Wände hochsteigen, wir machen einfach Weltendrehen."

Kyle sah sie an. „Wir können nicht einfach mitten am Tag an der Hauswand hoch. Wenn die Leute das sehen, haben wir schneller die Bullen am Hals, als wir bis drei zählen können."

„Gibt es denn keinen Weg hinten rum? Hat dieses Haus keine Rückseite?" Celfie sah Kyle durchdringend an.

Der Junge hielt inne und wurde plötzlich rot. „Äh … Das weiß ich nicht“, gab er zu. Dabei starrte er Celfie wie gebannt in die die Augen.

„Dann werden wir das jetzt probieren“, entschied Celfie. Sie stand auf. „Los, Kyle ohne Krone! Nimm deine Frucht mit und iss sie unterwegs weiter. Und du mach dich schön flach, Fluschfummel.“

„Alles klar“, antwortete die Spraymaus.

Kyle blickte erst auf seine halbe Durian, dann auf Celfie, erhob sich jedoch gleichzeitig und rang sich zu einem Lächeln durch. „Okay, wir müssen da lang. Dahinten geht so eine enge Gasse ab. Durch die könnten wir zur Rückseite des Hauses kommen. Ich gehe vor.“

Ohne abzuwarten, setzte er sich in Bewegung.

Verwundert folgte ihm Celfie. So bereitwillig hatte sie Kyle bisher noch nie erlebt.

Plötzlich aber blieb Kyle stehen.

„Was ist denn?“, fragte Fluschfummel. Die grüne Spraymaus saß jetzt wieder flach wie ein Druckbild auf Celfies T-Shirt.

Kyle antwortete nicht. Aus zusammengekniffenen Augen beobachtete er die Straße. Direkt neben dem Spielplatz hatte ein kleiner Bus gehalten, aus dem eilig einige Männer in blauen Overalls stiegen.

„*Bosse*!“, sagte Kyle leise. „Was wollen die hier?“

„*Bosse*?“, fragte Celfie. „Was ist das denn?“

„*Bosse* kann alles heißen!“, zischte Kyle. „Sicherheitsbeauftragte von der U-Bahn, Aufpasser, Putzer. Solche Typen eben! Und das sind welche.“ Er nickte unauffällig zu den Ankömmlingen.

Die Männer trugen schwere Kanister auf den Rücken, aus denen Schläuche zu dünnen Metallspritzen führten, die sie in ihren behandschuhten Händen hielten. Vor den Augen hatten sie dicke Schutzbrillen aus durchsichtigem Plastik und einige von ihnen waren mit riesigen Schwämmen aus Stahlwolle ausgestattet.

„Los, los!“, kommandierte einer von ihnen mit lauter Stimme und wies auf die Hauswand hinter den Büschen. „Das ganze Geschmiere kommt weg! Und ihr da!“ Er zeigte auf drei Männer, die Schweißgeräte in Händen hielten. „Ihr geht an die Gullys. Jeder einzelne wird verschweißt. Keiner bleibt offen! Kanalratten und Schmierer haben hier ausgespielt.“

Er zog die hintere Tür des Busses auf und zog einen Schutzhelm mit einem durchsichtigen Visier hervor.

„Ich nehme den Sandstrahler und kümmere mich um das große Ding persönlich. Heute Abend muss der gesamte Straßenzug sauber sein. Die anderen Teams arbeiten auch schon. Und vergesst nicht die Fotos. Alles muss dokumentiert werden, sonst gibt es kein Geld.“

Die Männer gingen über den Spielplatz und drangen in die Büsche ein. Durch die abknickenden Zweige traten sie an die Hauswand und begannen dort sofort, diese mit der Flüssigkeit aus ihren Kanistern einzusprühen. Derweil fotografierte einer von ihnen, was sie taten. Sofort erfüllte der Geruch von sich auflösender Farbe die Luft, vermischt mit einem durchdringenden Gestank nach chemischen Mitteln.

„Was machen die da?“, flüsterte Celfie erschrocken.

„Das ist Lösungsmittel“, sagte Fluschfummel tonlos.

„Sie entfernen mit ihrem Sprühzeug die Tags von der Crew, die in der Gegend hier sprüht", murmelte Kyle. „Aber dass sie die Gullys verschweißen, habe ich noch nie gesehen."

Celfie horchte auf. „Sehen diese Putzkolonnen nicht immer so aus?"

Kyle schüttelte den Kopf. „Sonst ist das nur ein einsamer Hausmeister oder so. Aber das hier ist ja richtig groß angelegt. Wenn das in jeder Straße so läuft, dann gibt es in diesem Bezirk bald kein einziges Piece mehr."

Celfie riss die Augen auf.

„Und dass die davon Fotos machen, habe ich auch noch nie gesehen. Das machen sonst nur die Sprayer selbst, wenn sie fertig sind." Kyle fuhr sich aufgeregt mit den Fingern an die Nase.

Celfie begann zu rennen und lief an Kyle vorbei. „Weiter! Schnell!"

„He, wo willst du denn hin?" Kyle sah auf ihren Hinterkopf, heftete sich dann aber an ihre Fersen.

„Wir müssen Zittermesser retten!" Celfie rannte über die Kanalbrücke, überquerte die Straße und bog in die schmale Gasse, auf die Kyle zuvor gezeigt hatte. „Vielleicht steckt Glenn Despott hinter der ganzen Sache."

„Wieso sollte er das denn tun?", keuchte Kyle.

„Ich weiß es nicht." Celfie lief noch schneller. „Wenn er Aargh hat … Dann will er vielleicht verhindern, dass ich noch mehr Bilder wecke."

Am Ende der Gasse lag wieder eine Straße. In dieser waren allerdings keine Menschen unterwegs und nicht weit vor ihnen lag das Haus, auf dessen Schornstein das Bild prangte.

Doch als sie an dessen Rückseite anlangten, blieb Celfie wie angewurzelt stehen. Vor ihnen lag nicht nur die Rückseite des vierstöckigen Hauses, eine dicke Brandmauer aus alten Ziegeln und voller schwarzem Teer. Davor breitete sich noch dazu eine tiefe Baugrube aus und hinter dieser leuchtete an der Hauswand das riesige Bild eines Drachen.

„Oh!", machte Celfie.

Der Drachenkopf hatte Augen, aus denen es genussvoll funkelte. Neben dem Kopf hob der Drache eine seiner dreizehigen Vorderkrallen zu einem Gruß und auf den Ohren saßen dicke Kopfhörer.

„Kopfhörerdrache!", stieß Celfie hervor.

„Das kennst du auch?" Kyle hielt ebenfalls an und sah verwundert auf. „Du kennst ja jedes Bild hier! Und das hier kenne ja nicht mal ich. Ein Hammer!"

Tatsächlich war das Bild bestimmt über dreißig Meter lang. Es führte um die Ecke der Hauswand herum, wanderte ein Stück in einen alten Kaminschacht hinein und erschien dahinter wieder auf der nächsten Brandwand des folgenden Hauses, wo es sich dünner werdend in die Höhe zog. Der kunstvoll verschlungene Schwanz endete erst dicht unter dem Dach.

„Oh, ja, ich kenne es", antwortete Celfie. „Kopfhörerdrache ist ein guter Freund von mir und ein sehr altes Bild. Es ist länger in Farbek, als ich mich erinnern kann. Ich habe von ihm viele alte Geschichten gehört. Aber warum kennst du es nicht, Kyle?"

„Du erinnerst dich daran?", fragte Fluschfummel. Sie schob ihren Kopf hervor.

„Ja", rief Celfie. „Ganz deutlich!"

„Und warum?"

„Ich weiß nicht“, sagte Celfie. „Aber es ist so.“

„Erinnerst du dich dann jetzt auch an mich in Farbek?“, wollte Fluschfummel wissen.

Celfie sah ihre Freundin an. Dann schüttelte sie den Kopf. „Nein, leider. Vielleicht bist du einfach zu jung oder man kennt eben nicht wirklich alle. Oder manche lernt man erst kennen, wenn es an der Zeit ist. Aber Kopfhörerdrache kenne ich ganz bestimmt aus Farbek!“

„Wie auch immer“, Kyle deutete auf die Baustelle, „da stand früher ein Haus davor! Und, äh, ich habe mich hier lange nicht rumgetrieben, weil, also … Die Crew hier, die mögen mich nicht besonders …“

„Du hast ihre Bilder kopiert?“, fragte Celfie.

„Ja.“ Kyle nickte. „So kann man das sehen.“ Dann fuhr er schnell fort: „Das Bild muss jedenfalls hinter dem Haus versteckt gewesen sein, das hier abgerissen wurde.“

„Und das war sein Glück, nur so hat es so lange überlebt“, murmelte Fluschfummel, die Celfies Antwort verdaut zu haben schien und den Drachen ebenfalls hochachtungsvoll ansah.

„Ich werde ihn wecken!“, sagte Celfie entschlossen.

In diesem Moment ertönte hinter den dreien lautes Motorbrummen. Ein riesiger Tanklastwagen bog um die Ecke. „Da lang, ja da lang!“, rief eine ihnen bekannte Stimme. Es war der Anführer der Putzkolonne. Er trug seinen Helm mit dem durchsichtigen Visier, stand breitbeinig auf dem Tank des Lastwagens und hielt einen schweren, dicken Schlauch in der Hand. „Genau hier auf die Baustelle!“

Der Lastwagen bog von der Straße und rumpelte über eine

Sandrampe in die Baugrube. Quietschend kam er zum Stehen.

Rasch sprangen Celfie, Fluschfummel und Kyle hinter einen kleinen Bauschuppen.

„Das wird eine beeindruckende Aktion!“, rief der Anführer der Putzkolonne dem Fahrer zu. „Jetzt wird sich zeigen, was der Sandstrahler taugt. Tja, dann heißt es wohl, wir oder das Monster da!“

Celfie erbleichte. „Oh nein, Kopfhörerdrache! Wir müssen ihn retten. Er kann sich nicht selbst helfen.“

„Aber was sollen wir denn gegen den Sandstrahler tun? Das sind zwei erwachsene Männer!“ Kyle schüttelte furchtsam den Kopf.

Celfie lächelte ihm zu. „Kyle ohne Krone, ist dein Mundwerk vielleicht größer als dein Herz? Und besiegt deine Furcht deine Hoffnung? Dann hör zu, ich sage dir, was du tun kannst. Du wirst Sandsturm spielen. Denn in einem Sandsturm wird die Welt unsichtbar und alles kann verschwinden.“

„Das wissen wir!“, entgegnete Kyle wütend. „Deswegen benutzen sie das Ding doch, um die Bilder wegzukriegen. Und nenn mich bloß nicht feige!“

Celfie schüttelte den Kopf. „Du wirst natürlich mutig sein. Du musst nur dafür sorgen, dass dieser Mann den Sandstrahl nicht lange genug auf Kopfhörerdrache richten kann, um ihn auszulöschen. Statt auf das Graffiti zu strahlen, muss der Sand den Boden vor der Hauswand treffen. Dann wird er sich erheben und wie eine riesige Sandsturmwolke alles einnebeln und die Welt unsichtbar machen. Und während du dich darum kümmerst, Kyle ohne Krone, werden Fluschfummel und ich die Wand hochsteigen und die Bilder wecken.“

„Hammeridee!“, nickte der Junge.

„Und, traust du dich auch, sie in die Tat umzusetzen?“ Mit pochendem Herzen sah Celfie Kyle an.

Kyle erwiderte ihren Blick. „Okay!“, sagte er dann. „Ich tue es.“

SANDSTURM

Während Celfie und Fluschfummel über die Baustelle schlichen und einige wild wuchernde Büsche und ein paar Sandhaufen als Deckung nutzten, robbte Kyle auf dem Bauch hinter den Tanklaster und kauerte sich hinter einen Schuttberg. Als er Celfie und Fluschfummel hinter dem letzten Sandhaufen hervorkommen und sich dicht an der Hauswand hinknien sah, atmete er erleichtert auf. Zugleich hörte er über sich die Stimme des Anführers der Putzkolonne: „Ich bin dann so weit, du kannst das Ding anwerfen."

Kyle lugte um einen Stein und sah die Füße des Lastwagenfahrers, der aus der Fahrerkabine sprang. Er verfluchte sich selbst. Jetzt würde der Mann den Sandstrahler in Betrieb setzen. Er hatte Celfie zu lange hinterhergestarrt und nicht gehandelt. Aber dann schüttelte Kyle den Kopf.

Nein, er musste den Mann den Sandstrahler sogar anschalten lassen, bevor er sein Sabotagewerk begann. Wenn er den Schlauch schon vorher abgemacht hätte, würde der Mann den Sandstrahler ja überhaupt nicht in Gang setzen.

Kyle stöhnte. So ein Sabotageunternehmen hatte es wirklich in sich, das war ja fast wie Mathematik. Man durfte nicht den dritten Schritt vor dem ersten machen, sonst hatte man schon verloren … In diesem Moment hatte der Fahrer das hintere Ende des

Tanklastwagens erreicht und Kyle konnte sehen, wie er einen Hebel herunterdrückte. Sofort setzte sich der Sand aus dem Tank in Bewegung.

Eine Sandfontäne schoss direkt auf das Bild des Drachen.

Unter den heranfliegenden Sandkörnern lösten sich sofort einige Farbspritzer des Bildes. Jetzt musste Kyle handeln.

Der Fahrer trat neben den Laster und beobachtete, was an der Hauswand vor sich ging. Kyle unterdrückte seine Angst. Der Mann wandte ihm den Rücken zu und rechnete auch nicht mit ihm. Kyle richtete sich auf. Auf der Rückseite des Lasters befanden sich mehrere Hebel. Über einem war ein rotes Warndreieck aufgemalt.

NICHT LÖSEN – VERLETZUNGSGEFAHR

stand darüber in schwarzen Buchstaben. Das war der Richtige. Kyle überlegte nicht länger. Er rannte lautlos an den Laster heran und zog den Hebel herunter.

Mit einem heftigen Zischen löste sich der Schlauch vom Zapfen und sofort schoss eine gewaltige Sandwolke wie ein eingesperrter Sandsturm, der sich durch eine schmale Öffnung seinen Weg in die Freiheit bahnen musste, ins Freie.

Kyle sprang zur Seite.

Innerhalb von Sekunden nebelte eine gewaltige Sandwolke die gesamte Baugrube ein. Der Fahrer und der Anführer der Putzkolonne auf dem Tank brachen in lautes Geschrei aus. Doch es war zu spät.

Kyle war bereits hinter den großen Rädern verschwunden und

anschließen ließ sich der Schlauch an den Tanklaster jetzt nicht mehr.

* * *

Celfie Madison sah die ungeheure Sandwolke auf sich zukommen.

Sie spürte, wie ihr Herz hell aufjubelte.

„Er hat es geschafft. Los jetzt!"

Fluschfummel sprang an die Hausmauer und machte sich bereit zum Weltendrehen. „Alles klar!"

Siebenundvierzig Umdrehungen später standen sie vor dem Drachengesicht.

Celfie hielt inne. Sie versuchte, ihren Atem zu beruhigen, was in dem Sandsturm schwierig war. Mit zusammengekniffenen Augen richtete sie ihren Blick auf das Graffiti.

Dann hielt sie entschlossen die Luft an, öffnete ihre Augen und dachte, so konzentriert sie nur konnte, an Farbek. Farbek, dachte sie, Kopfhörerdrache, ich kenne dich aus Farbek. Wir sind dort zusammen durch die Luft geflogen, haben uns Geschichten erzählt und waren Freunde.

Ihre Augen leuchteten auf. Das Strahlen mischte sich mit dem umherwirbelnden Sand und schien dann durch diesen hindurch auf das Bild des Drachen.

Celfie spürte bei dieser Erinnerung, wie ihr Herz sich weit in die Welt ausdehnte. Selbst in einem Land ohne Zeit, dachte sie, schien es Verbindungen zu geben, die liebevoll in die unendliche Seele eines jeden Wesens hinabreichten.

„Das sind deine Wurzeln", sagte in diesem Moment eine tiefe und sanfte Stimme.

Celfie hörte auf, an Farbek zu denken, und richtete ihren Blick auf den Drachenkopf.

Das große Graffiti lächelte sie an. „Die Wurzeln eines jeden Wesens reichen durch alle Zeit und jeden Raum hinab in sein ursprüngliches Dasein. Dort, wo weder Zeit noch Maßangaben einen beherrschen, gibt es nur noch die Liebe. Du hast mich immer geliebt, Celfie Madison, und deine Liebe ist der erste und letzte Grund deines Seins."

„Kopfhörerdrache!", flüsterte Celfie erleichtert.

Wie Nadelstiche bohrten sich die Sandkörner in ihre Haut. Celfie spürte sie allerdings kaum. „Und deshalb erinnerst du dich hier an mich?"

Das große Graffiti sah sie aus seinen leuchtenden Blumenaugen an. „Aber ja. Erinnerst du dich denn nicht an mich? Der dunkle Tunnel? Der Mann, der in unsere Welt eingedrungen ist? Unser Plan?"

Celfie schüttelte den Kopf. „An dich erinnere ich mich. Aber an keinen dunklen Tunnel. Ich muss auf dem Weg hierher einiges vergessen haben … Was haben wir uns denn vorgenommen?"

Kopfhörerdrache hob seine Schnauze. Seine Augen weiteten sich und sein wilder Blick trotzte dem Sandsturm. Aus seinen Nüstern stoben dunkle Funken.

„Was ist denn mit ihm los?", rief Fluschfummel. „Er ist plötzlich ganz anders!"

„Er hört andere Musik", rief Celfie zurück.

„Heavy Metal!", nickte Kopfhörerdrache. Seine Stimme klang plötzlich gar nicht mehr sanft, sondern grollte tief und gefährlich. „Sandsturmgefahr?"

„So ungefähr!“, rief Fluschfummel mit aufgerissenen Augen. „Tut er mir auch nichts?“, fragte sie in Celfies Richtung.

„Hab keine Angst.“ Celfie schüttelte den Kopf. Zu Kopfhörerdrache gewandt schrie sie: „Der Sand legt sich gleich wieder und dann wirst du sichtbar. Deswegen musst du sofort von hier weg!“

Der Drache holte Luft. „Aber wohin soll ich denn gehen?“

„Auf das Dach!“, rief Fluschfummel. „Dort sehen sie dich nicht von da unten. Und jetzt hoch da, und zwar sofort. Der Sandsturm deckt dich.“

Kopfhörerdrache hob seinen großen Schädel aus der Wand. „Und dann?“

„Das wissen wir noch nicht“, schrie Celfie. „Aber wir finden einen Weg. Los jetzt! Wir haben keine Zeit mehr.“

„Zeit!“, schnaubte der Drache verächtlich. Dann aber schwieg er und schob sich in der Deckung des Sandsturms nach und nach auf das Dach des Hauses, bis er von unten nicht mehr zu sehen war. Jeden Zentimeter seines dreißig Meter langen Körpers musste der Drache in Deckung bringen. Celfie und Fluschfummel versuchten zu helfen, doch sobald der Drachenleib dreidimensional wurde, war es, als wollten sie Felsen anheben.

„Mach schneller, du Monstergewicht!“, ächzte die grüne Spraymaus. „Wenn sie dich sehen, bist du dran, egal, wie groß du bist! Du kannst doch über die Wand gleiten.“

„Ja doch!“ Kopfhörerdrache machte sich flach und begann dahinzugleiten. Doch auf einmal wurde er ganz ruhig in seinen Bewegungen und kroch nur langsam voran.

„Jetzt bist du flach! Aber nennst du das schnell?“, brüllte Fluschfummel.

„Johann Sebastian Bach!“, murmelte das große Graffiti.

„Mann!“ Fluschfummel stemmte ihre Hinterpfoten auf einen Dachziegel und legte ihr ganzes Gewicht in den nächsten Stoß auf eine herausragende Drachenschuppe. Celfie zog derweil an seinen Ohren.

Kopfhörerdrache schob sich wie eine Schnecke nach oben. Um sie herum begann der Sandsturm sich zu lichten.

„Mach jetzt!“, schrie die Spraymaus. „Beweg dich – oder das war das letzte Musikstück, das du je gehört hast.“

„Immerhin Bach!“, brummte Kopfhörerdrache. Dann aber glitt er plötzlich schneller weiter und verschwand auf dem Dach. Fluschfummel rutschte aus und fiel auf den Ziegel. Schnell machte sie sich flach.

Celfie sprang hinter den nächsten Schornstein.

Gerade in dem Moment, als der Drache den letzten Zipfel seiner Schwanzspitze einzog, hörte der Sandsturm auf.

Vorsichtig lugte Celfie um die Schornsteinkante nach unten.

„Was war das denn?“, rief es von dort. Der Anführer der Putzkolonne stand fassungslos auf dem Tanklaster und starrte den Fahrer an.

„Der Schlauch hat sich gelöst!“, brüllte der Fahrer zurück. „Irgend so ein Experte hat ihn nicht sauber befestigt. Die kriegen was zu hören in der Firma.“

„Mann, Mann, Mann!“ Der Fahrer schüttelte erbost den Kopf. Dann drehte er sich der Hauswand zu.

Vor ihm lagen nur noch die alten Mauersteine voller schwarzer Teerflecken. „Wo ist denn das Ding hin? Das ist ja blitzblank!“

Der Anführer der Putzkolonne sah wieder den Fahrer an.

„Das … Das ist … Also das ist ja … genial! Man muss einfach nur einen kleinen Sandsturm auslösen und das reicht aus. Weißt du, was wir jetzt machen?“

Der Fahrer schüttelte den Kopf.

„Wir füllen den Tank auf und lassen so einen netten Sandsturm einfach einmal durch jede Straße ziehen. Das ist so eine Art Superwaschmaschine. Und ich dachte, wir müssen hier stundenlang ackern. Aber nein, diese Technik hält, was sie verspricht. Los, jetzt, zurück zur Füllanlage!“

Der Fahrer kratzte sich am Kopf. „Okay, Chef“, murmelte er dann. „Wenn Sie meinen!“

„Natürlich meine ich das!“, brüllte der Anführer. „Besser geht es doch gar nicht! Erst werden wir alle von sämtlichen Baustellen in der Stadt an die neue Baustelle geholt, um so schnell wie möglich diese schrecklichen Schachtelhäuser fertigzustellen. Dann sollen wir auch noch den alten Turm daneben als besondere wohnliche Zugabe für Superreiche wiederaufbauen. Ich meine, das Ding liegt seit Jahren in Schutt und Asche …“

„Ja, da ist damals wohl ein Feuer ausgebrochen“, nickte der Fahrer. „Ich habe nie verstanden, warum das nicht abgerissen wurde.“

„Der Besitzer wollte das nicht!“ Der Anführer kam vom Tank geklettert. „Der Turm hat wohl seinem Vater gehört. Mondsohn oder so ähnlich. Ist ja auch egal. Kaum aber sind wir alle da und wollen unsere Arbeit erledigen, werden wir wieder weggerufen, um die Stadt zu putzen! Was soll das denn? Aber dieser Putzkolonnenarbeit werden wir uns jetzt entledigen. Wir holen uns einfach ein paar Tonnen Sandsturmnachschub und sandstürmen die ganze Stadt.“

Er lachte zufrieden, schob den Schlauch in die dafür vorgesehene Halterung und stieg in den Tanklaster.

„Na dann, meinetwegen." Der Fahrer schüttelte den Kopf und folgte seinem Chef.

Kurz darauf fuhr der Tanklaster laut brummend los.

Hinter den großen Reifen kam Kyle zum Vorschein. Keuchend winkte er zum Dach des Hauses empor.

„Hast du das gehört, Flusch?", fragte Celfie die grüne Spraymaus. „Mondsohn? Das klang wie ein anderer Moonson Tower? Kennst du den? Ist es vielleicht der alte Turm, von dem Glenn ein Bild auf seiner Tür hat?"

Fluschfummel schüttelte den Kopf. Doch in ihren kupferfarbenen Augen schimmerte es nachdenklich. „Keine Ahnung. Aber wenn die Bauarbeiter alle von dort abgezogen worden sind, klingt das auf alle Fälle wie ein guter Treffpunkt. Niemand achtet auf eine verlassene Baustelle."

„Du hast recht!", rief Celfie. „Wir müssen nur noch rausfinden, wo das ist." Sie wandte sich Kopfhörerdrache zu. „Alles in Ordnung?"

„Ja!", flüstert der Drache. „Ich bin nur etwas müde. Aber ich muss mich auch erst an diese Welt hier gewöhnen."

Er lag flach auf dem Dach, das unter seinem Bild aussah wie ein farbenprächtiges Ziegelmosaik, und atmete langsam ein und aus.

Celfie lächelte. „Dann sag mir jetzt, was wir vorhatten! Was meintest du damit? Was haben wir in Farbek verabredet?"

„Wir wollen natürlich Farbek retten, denn es ist in Gefahr", flüsterte Kopfhörerdrache. Er lächelte. „Ich höre immer noch Johann Sebastian Bach. Ist wirklich gut für die Seele." Er summte ein paar Takte, dann fuhr er fort: „Wir wussten, dass etwas geschieht mit dir, aber nicht, was. Wir haben gesehen, wie du in einem schwarzen Loch verschwunden bist. Wir konnten nichts dagegen tun. Aber als Fenstermädchen es als Erste bemerkt hat, hat sie es sofort allen anderen erzählt. Wir wussten also, dass etwas passieren würde. Das war, als die Angst nach Farbek eindrang. Und da es in Farbek keine Zeit gibt, haben wir alle es schon immer gewusst. Wir haben uns versprochen, einander zu helfen wo und wie auch immer wir können. Offenbar hat unser Versprechen dich zu mir geführt oder mich zu dir."

„Es hat uns zusammengeführt!" Plötzlich fiel Celfie wieder ein, wie sie nach ihrer Flucht aus dem Moonson Tower allein auf der Straße gestanden und Hilfe herbeigesehnt hatte. Und plötzlich sah sie sich auch wieder in Farbek, umgeben von ihren Freunden. Kopfhörerdrache und Fenstermädchen. Und Zittermesser! Der Gedanke katapultierte sie in die Gegenwart zurück.

Celfie kniete sich vor das Bild Zittermessers.

„Was machst du?" Kopfhörerdrache, der um den Schornstein herum flach auf den Dachziegeln lag, schob vorsichtig ein Auge hervor.

„Ich werde Zittermesser wecken."

„Zittermesser ist auch hier?"

„Ja", sagte Celfie. „Aber jetzt ruh dich aus."

Kopfhörerdrache blinzelte und nickte unmerklich, doch ein paar der Ziegel bewegten sich dennoch. Einer löste sich und rutschte vom Dach in die Baugrube.

„He!", klang Kyles Stimme plötzlich von unten herauf. „Passt gefälligst auf da oben."

„Wer ruft da?“, fragte Kopfhörerdrache. „Was ist das für ein ängstliches Bild?“

„Das ist kein Bild, das ist ein Mensch“, kicherte Fluschfummel. „Er heißt Kyle und er ist cool. Er hat für den Sandsturm gesorgt.“ Sie beugte sich über die Dachkante. „Wir sind gleich wieder da!“

„Und was ist mit dem Riesendrachen?“, kam es von unten.

„Es geht ihm gut, unser Plan hat funktioniert.“

Kyle lachte. „Kann ich ihn mal sehen?“

„Nicht jetzt!“, rief Celfie zurück. „Er muss sich ausruhen. Denk lieber darüber nach, ob du eine Baustelle in der Stadt kennst, die in der Nähe eines alten, verfallenen Turms liegt. Wahrscheinlich war es der erste Moonson Tower.“

„Aber …“, rief Kyle.

„Nicht jetzt!“, rief Celfie. „Ich muss mich konzentrieren. Oder hast du Zittermesser vergessen?“

„Äh, ja …“, kam es zurück.

„Wir haben Menschenhilfe?!“ Kopfhörerdrache stieß die Luft aus und lächelte. „Das ist gut“, murmelte er.

Celfie schwieg. Sie richtete ihren Blick auf Zittermesser.

Das Licht ihrer Augen strahlte. Wenige Sekunden später erwachte das Graffiti.

Es zitterte wie Espenlaub. „Was? Wie … Hallo? Wer? Mir ist schwindelig“, klagte es.

„Psst, Zittermesser“, flüsterte Celfie. „Ich bin es, Celfie Madison. Ich habe dich geweckt. Du bist auf der Erde und darfst dich jetzt nicht bewegen. Die Menschen dürfen nicht sehen, dass du lebendig bist. Kopfhörerdrache ist auch hier, er wird es dir gleich erklären. Er ruht sich nur aus. Und ich muss jetzt weiter.“

Das Graffiti versuchte, so still wie möglich zu sein.

„Celfie? Ich bin auf der Erde?"

Celfie nickte. „Ja."

Fluschfummel begutachtete argwöhnisch die zitternde Klinge des Messers, das das Bild in der Hand hielt. „Bist du damit auch vorsichtig?"

Die schmale Gestalt lächelte. „Keine Angst, Fluschfummel, Bilder schneiden keine Bilder."

„Du kennst mich?", rief Fluschfummel erstaunt.

„Aber ja!"

„Und warum kannte Celfie mich dann nicht?"

Zittermesser bebte heftig: „Mit dem schwarzen Tunnel ist die Zeit nach Farbek eingedrungen. Und du bist wahrscheinlich auf der Erde erst gemalt worden, als Celfie schon fort war. Wie dem auch sei, seit die Zeit da ist, vergeht alles in Farbek …"

„Heißt das, wir sterben jetzt in Farbek?", rief Celfie erschrocken.

Kopfhörerdrache hob den Kopf. „Kann sein", murmelte er. „Wir wissen es nicht. Alles verändert sich. Es gibt jetzt auch Furcht in Farbek."

„Wie jetzt?", keuchte Fluschfummel. „Ich denke, in Farbek ist alles frei und so."

Zittermesser lächelte Fluschfummel beruhigend zu. „Natürlich ist es das. Keine Angst. Aber auch die Freiheit hört leider auf, wenn die Zeit nach ihr greift. Mit dem Tod kommt nämlich die Unfreiheit. Und mit der Zeit kommt der Tod. So ist das nun mal."

„Und warum erinnere ich mich nicht an dich? Oder an Farbek?"

„Du warst in Farbek nicht in den Plan eingeweiht", flüsterte Kopfhörerdrache. „Du und Celfie habt euch erst auf der Erde kennengelernt. Vielleicht ist es deswegen. Vielleicht erinnert sich Celfie hier auch an Zittermesser und mich nur durch unsere alte Freundschaft. Ihr seid neue Freude, junge Freunde. Ich weiß es nicht, Fluschfummel. Es hängt alles irgendwie mit den Hin und Her zwischen den Welten zusammen, mit dem schwarzen Tunnel und mit der Zeit. Aber jetzt gehören wir alle zusammen!"

Plötzlich lächelte Fluschfummel glücklich.

„He, Celfie!", rief Kyle aufgeregt von unten. „Ich habe nachgedacht. Im alten Stadtzentrum steht echt so ein alter Turm. Der ist irgendwann mal abgebrannt. Da sind vor ein paar Tagen lauter große Kräne aufgebaut worden."

„Dann soll er wirklich wieder aufgebaut werden", murmelte Celfie.

Von unten kam wieder Kyles Stimme. „Habt ihr gehört? He, seid ihr noch da?"

Rasch beugte sich Celfie über die Dachkante. Kyle stand vier Stockwerke unter ihr und starrte sie an.

„Ja, Kyle ohne Krone!"

„Mir ist noch was eingefallen!" Kyle stand in der Baugrube, hatte den Kopf weit in den Nacken gelegt und sah aus, als beunruhige ihn etwas. „Direkt neben dem alten Turm liegt ein Friedhof. Also, ich glaube sogar, der Turm ist ein Teil des Friedhofs, so 'ne Art Riesengrab. Da liegt irgend so ein berühmter Ich-weiß-nicht-wer begraben."

„Ein Turm als Grab nur für einen einzigen Menschen?", fragte Celfie. Plötzlich stand sie auf. „Dort müssen wir hin! Es muss der erste Moonson Tower sein! Ich bin ziemlich sicher. Glenn Despott hat ein Bild davon auf seiner goldenen Bürotür." Sie gab Fluschfummel ein Zeichen und sah Kopfhörerdrache und Zittermesser an. „Dort treffen wir uns heute Nacht! Macht euch nicht auf den Weg, ehe es dunkel wird. Sucht euch ein hohes Haus, von wo ihr die Stadt überblicken könnt, dann findet ihr den Turm bestimmt."

„Und was machst du, Celfie Madison?", fragte Zittermesser.

„Ich werde auch dorthin kommen, aber unterwegs versuchen, so viele weitere Bilder zu wecken, wie ich kann", antwortete Celfie. „Hilf mir nach unten, Flusch."

„Viel Glück!" Zittermesser lächelte zittrig. „Wir werden uns auf den Weg machen, wenn es dunkel wird. Hoffen wir, dass wir uns bald wiedersehen."

„Das werden wir!", entgegnete Celfie. Sie stellte sich dicht an die Dachkante. „Komm, Flusch!"

Die grüne Spraymaus setzte sich schon in Bewegung.

Kurz darauf kamen Celfie und Fluschfummel weltendrehend wieder in der Baugrube an.

Kyle sah sie aufgeregt an. „Und was jetzt?"

„Wir machen uns auf den Weg zu diesem Turm und wecken bis dahin so viele Graffiti, wie wir können."

„Und wenn wir da geschnappt werden? Ich meine, so ein verfallenes Gebäude … Da ist bestimmt mal was ganz Schreckliches passiert. Vielleicht spuken da Tote. Sollen wir uns nicht lieber alle im Schwimmbad treffen? Da ist nachts auch niemand."

„Warum denkst du dir immer nur das Schlimmste aus, Kyle?", fragte Celfie. „So machst du niemandem Mut!"

„Damit es mir nicht passiert!“, gab Kyle zurück. „Das nennt man Vorsicht.“

„Aha!?“, machte Celfie. Dann entgegnete sie: „Bei mir ist das anders. Ich vertraue darauf, dass ich jeden Moment das Richtige tue. Und die Angst versuche ich einfach zu überspringen!“ Sie überlegte. „Glenn Single Despott lässt alle Graffiti in der Stadt entfernen. Niemand anders als er könnte auf so eine Idee kommen. Und wenn dieser alte Turm der Turm seines Vaters war und er ihn jetzt wieder aufbauen lassen will, dann hängt das alles mit meiner Entführung aus Farbek zusammen. Wir müssen dorthin! Das heißt aber auch, es ist wirklich gefährlich. Und ich kann für deine Sicherheit nicht garantieren. Willst du trotzdem mitkommen, trotz deiner Angst?“

Kyle reckte den Kopf. „Ich habe gesagt, dass ich vorsichtig bin, nicht, dass ich Angst habe.“

Celfie sah ihn durchdringend an. Das Licht in ihren Gletscheraugen schimmerte hell. „Sag mir die Wahrheit, Kyle ohne Krone!“

„Ja-ha!“, rief Kyle. „Ich komme mit! Auch, wenn da eigentlich kein kluger Mensch hingehen würde.“

Celfie lächelte. Sein Mut schien größer zu sein als seine Furcht und das freute das Mädchen aus Farbek.

LEBEN & VERGEHEN

Um keine Aufmerksamkeit zu erregen, bestand Kyle darauf, dass sie weder Bus noch U-Bahn fuhren. „Das sind zwar sehr beliebte Orte für Graffiti, aber da werden überall diese Putz-Typen rumlaufen und es gibt nicht so viele Fluchtwege. Wir gehen besser zu Fuß und gucken in den Straßen."

Damit hatte er vollkommen recht.

Immer wieder kamen Celfie, Fluschfummel und Kyle an Putzkolonnen vorbei, die an Bussen und U-Bahn-Eingängen damit beschäftigt waren, Graffiti und Schriftzüge zu entfernen. Sie passierten Tanklaster mit Lösungsmitteln, Männer mit Schweißgeräten, Kanister mit seltsam riechenden Flüssigkeiten und nicht zuletzt weitere große Sandstrahler.

Fluschfummel wimmerte leise bei diesen Anblicken. Sie saß platt auf Celfies T-Shirt und das Mädchen aus Farbek hielt seinerseits den Blick gesenkt, um nicht aufzufallen.

Es kostete sie Zeit, diese Menschen und Putzkolonnen zu umgehen und Bilder zum Leben zu erwecken, ohne dabei bemerkt zu werden. Sie durchstreiften dunkle, einsame Gassen und verlassene Spielplätze, krochen unter Brücken und kletterten auf einsame Dächer.

Außerdem erwachten die meisten Bilder sehr langsam und die drei konnten ihnen nur sanft und vorsichtig erklären, wer sie waren, was geschehen war, wie die Bilder sich zu verhalten hatten und wohin sie in der Dunkelheit kommen sollten.

Waren die Graffiti allerdings erst einmal wach, kletterten und schoben sie sich rasch an den Hauswänden empor und verstecken sich, so gut sie vermochten, unter Balkonen, Dachvorsprüngen, auf Vordächern und hinter Schornsteinen.

„Wir werden nur wenige retten können", sagte Fluschfummel traurig. „Wenn wir nur alle deine Gabe besäßen, Celfie."

„Denk daran, dass die Weggewischten immer noch in Farbek sind!", versuchte Celfie sie zu trösten. „Nicht mehr hier zu sein bedeutet nicht, nicht mehr da zu sein."

„Aber sie werden vielleicht auch dort untergehen, wenn Glenn Despotts Pläne aufgehen. Wir wissen zwar immer noch nicht, was er mit Farbek vorhat, aber es kann nichts Gutes sein", befürchtete die grüne Spraymaus.

Celfie schwieg. „Das ist möglich", meinte sie dann und sah einer ein Meter großen Fliege mit Schmetterlingsflügeln in einem Supermannkostüm nach, die mühsam auf einem Flügelstumpen, der nicht zu Ende gemalt worden war, auf ein Dach robbte.

Viele Bilder waren unfertig. In der Ebene war es kein Problem für sie, sich zu bewegen, aber sobald sie sich in die Dreidimensionalität erhoben, schwankten sie und fielen immer wieder hin.

„Menschen haben dann wenigstens Krücken oder Rollstühle oder Prothesen", sagte Kyle. „Aber die armen Dinger haben nichts. Warum bleiben sie nicht einfach flach?"

„Das ist nicht leicht", erklärte Fluschfummel. „Wenn du einem dreidimensionalen Körper hast, dann möchtest du ihn auch benutzen. Es ist ein tolles Gefühl!"

„Ich hoffe nur, dass sie uns helfen können", flüsterte Kyle, während sie an einigen Lastern mit Putzkolonnen vorbeihuschten.

Celfie schüttelte den Kopf. „Unterschätze diese Wesen nicht, Kyle ohne Krone. Sie alle haben nicht weniger Kräfte als du. Nur, weil sie unvollkommen wirken, heißt das noch lange nicht, dass sie keine vollkommenen Wesen sind. Hier auf der Erde sind sie in euren Augen vielleicht nicht alle perfekt, aber in Farbek leuchten ihre Leben nicht weniger als meine Augen."

Celfie bog um die nächste Ecke und ging auf einen riesigen Skorpion zu, der kopfüber an einer alten Mauer hing und die Vorübergehenden aus Autoscheinwerfer-Augen anstarrte. Es war eine verlassene Straße, kein Mensch war weit und breit zu sehen. Celfie sandte ihr Licht auf den Skorpion. Während das Graffiti langsam zum Leben erwachte, erklärte sie Kyle: „Wir müssen rausfinden, warum auf einmal alle Graffiti vernichtet werden sollen. Warum versucht Glenn nicht einfach, mich zu fangen? Wäre das nicht einfacher?"

Kyle beäugte den Skorpion misstrauisch und hielt einen sicheren Abstand zu seinem spitzen Stachelschwanz. „Ich glaube, das ist gar nicht so schwer zu verstehen."

Fluschfummel hob ihre Schnauze. „Und woher hast du dein plötzliches Wissen?"

„Ich habe nachgedacht", antwortete Kyle.

„Ach, ja?" Celfie warf ihm einen schnellen Blick zu. Sie wandte sich dem Graffiti zu, das jetzt wach war, stellte sich diesem flüsternd vor und weihte es in den Plan ein.

Mühsam kroch der Skorpion über die Mauer und verschwand langsam auf der anderen Seite.

Celfie wandte sich wieder Kyle zu. „Dann sag mir, was du denkst. Aber lass uns dabei weitergehen und nach weiteren Graffiti Ausschau halten."

Kyle sah dem Skorpion nach und setzte sich in Bewegung. An der Mauer vorbei, bog er in einen schmalen, von Unkraut überwucherten und mit Müll übersäten Pfad neben einigen S-Bahn-Gleisen ab. „Dieser Glenn Despott hat Aargh. Er hat bestimmt irgendwas mit ihm vor. Und ich schätze, der genügt ihm auch dazu. Wenn das nicht so wäre, hätte er nämlich bestimmt weiter nach dir und Flusch gesucht. Das tut er aber offensichtlich nicht. Trotzdem will er aber nicht, dass du mehr Bilder aufweckst, und lässt sie daher alle wegputzen. Die Frage ist nur, warum?"

„Wenn das so ist, machen wir auf alle Fälle genau das Richtige!", schlussfolgerte Celfie.

„Das glaube ich auch", bestätigte Kyle. „Mir ist noch was aufgefallen. Ich glaube, Glenn denkt, du bist noch immer unten in den Kanälen. Deshalb lässt er sie zuschweißen."

„Und warum versucht er nicht, mich zu fangen? Oder mich zu töten wie all die anderen Bilder? Das wäre doch einfacher, als alle anderen wegputzen zu lassen." Celfie blieb stehen. Ließ Glenn Despott alle Bilder auf der Erde wirklich wegen ihr vernichten? Der Gedanke stach ihr so schmerzhaft ins Herz, dass sie wieder die Stecknadel mit dem blutroten Kopf vor sich sah und zusammenzuckte. „Dann werden sie ja alle wegen mir umgebracht!"

„Das kann schon sein", sagte Kyle vorsichtig. „Aber mehr gegen dich unternimmt er nicht, weil, na ja … Ich denke, er will dich behalten."

„Behalten?", fragte Celfie. Sie schaute an den Wänden einiger alter Häuser hoch, die ein Stück vor ihnen neben den Gleisen aufzuragen begannen. Es waren schmutzige alte Wohnblocks. Auf diesen war kein einziges Bild zu sehen.

Kyle nickte. „Genau."

„Wie kommst du darauf?", fragte sie.

Kyle blieb stehen. Celfie schaute ihn fragend an. Sie spürte, dass es für ihn nicht leicht war, den Blick ihrer gletscherleuchtenden Augen zu erwidern, aber er blinzelte nicht, sondern forschte neugierig in ihnen nach. Kyle selbst hatte dunkle, traurig wirkende Augen, die funkeln konnten, wenn er lachte. Ihr Licht schien nicht gleichmäßig aus dem ganzen Auge, wie bei ihr, sondern bahnte sich wie ein einzelner Sonnenstrahl aus der Mitte im Inneren einen Weg ins Freie. Es war auch kein alles umhüllendes Licht wie das ihre, sondern glich eher einem Pfad in den Menschen hinein, einem Pfad, dem man folgen konnte und dann vielleicht irgendwo in diesem Menschen ankam. Vielleicht im Herzen.

„Wenn man dich so ansieht", unterbrach Kyle ihre Gedanken, „also, ich meine, wenn man das aushält, dann kriegt man echt das Gefühl, als könnte man in deinen Augen schwimmen oder so. Vielleicht auch fliegen …" Er stockte. „Also, ich meine, man vergisst direkt den Himmel über sich, wenn man das Licht sieht. Das ist, als könnte man darin schlafen oder aufwachen, na ja, weißt du, so wie die Bilder das ja auch tun …" Er verstummte.

Für einen Moment sah er aus wie ein kleiner König, der zwischen verrosteten Bahngleisen und grauen Wohnblocks durch die Welt schritt. Danke für diese Worte, Kyle, dachte Celfie.

Als hätte er sie gehört, sprach Kyle in diesem Augenblick weiter.

„Siehst du die Häuser hier?"

„Natürlich. Sie sind nicht besprüht."

„Genau!", lächelte Kyle finster. „Das ist eine arme Gegend. In den Häusern hier sind die Wohnungen klein und dir fällt die Decke auf den Kopf. Hier sprüht man nur an die Wände, wenn einem gar nichts anderes übrig bleibt. Wenn du von hier kommst, dann willst du nicht hier sprayen, sondern woanders und groß und so, dass es alle sehen müssen! Fast alle geilen Graffiti in der Stadt sind Bilder von Typen wie mir, nur dass die anderen besser malen können als ich. Es sind Bilder, die aus den Seelen kommen, die zeigen sollen, dass man da ist."

Celfie lauschte Kyles Worten.

„Dann kommst du also von hier? Ist das hier dein Farbek?"

Kyle schüttelte den Kopf. Er holte Luft: „Nein, das hier ist wohl eher mein schwarzer Tunnel oder so. Meine Mutter hat hier gewohnt … Und mein Vater … Ja, ich glaube, der kannte meine Mutter gar nicht wirklich. Und sie ihn auch nicht. Die waren bestimmt nicht ‚voller Liebe' und so, als sie mich gezeugt haben. Ich war so ein Unfall, verstehst du?"

„Nein", sagte Celfie.

Kyle verdrehte die Augen. „Sie hat gesagt, ich hätte keinen Rückenwind in ihre mögliche Eheschließung gebracht. Kapierst du das, Flusch?"

Die grüne Spraymaus schüttelte die Schnauze. Dann fragte sie vorsichtig: „Meinst du, als du gemalt wurdest, war kein Windhauch zu spüren?"

„Ja, genau!", grinste Kyle und verdrehte die Augen. Dann tippte er sich an die Stirn und zeigte Celfie und Fluschfummel einen

Vogel. „Ihr habt echt keine Ahnung. Als Mensch wird man nicht gemalt, sondern gezeugt. Also, dazu reicht nicht ein Maler wie bei euch. Ich meine, ihr kommt aus der Fantasie eines einzigen Menschen. Und deswegen seid ihr so wunderschöne Träume. Es gibt so viele von euch, weil es ebenso viele gibt, die genau wissen, dass ihre Träume nie Wirklichkeit werden. Oder sie sich einfach nur wünschen, dass ihre Träume wahr werden. Ihr seid die Bilder der Spinner."

Er schaute auf die kahle Wand neben sich.

„So einen Traum von einem Bild, selbst wenn man ein schlechter Sprayer ist, kann man immer noch alleine in einer Nacht hinbekommen. Aber bei einem wie mir geht das nicht. Da müssen erst eine Frau und ein Mann zusammenkommen. Die sind sozusagen wie Pinsel und Papier." Er überlegte kurz. „Oder eher wie ein Edding und eine Wand?" Kyle grinste. „Klar? Na ja, und dann ist man da. Auf alle Fälle wird man dann von den Eltern in Empfang genommen. Mit strahlenden Augen meistens, fast so wie deine, Celfie." Er grinste Celfie an. Und plötzlich leuchteten sie ein wenig dunkel und hell auf einmal.

„Wenn alles glattgeht", fuhr Kyle fort, „bleiben die Eltern für ihr ganzes Leben zusammen und behüten dich und lieben dich und wollen nur das Beste für dich. Aber das ist nicht immer so. Überhaupt nicht. Meine waren nie zusammen. Meinen Vater kenne ich nicht. Und meine Mutter auch nicht so richtig."

Er straffte die Schultern.

„Und trotzdem glaube ich, dass sie mich mag. Sie lädt mich nicht ein, dass wir zusammen wohnen oder so. Aber sie sagt immer zu mir: ‚Mein Sohn!'"

Plötzlich blieb Kyle stehen und sah Celfie wieder an. Aber diesmal suchte er nicht ihren Blick. Er sah sie nur an und verkündete: „Und ich schätze, so ist das auch mit Glenn und dir, Celfie! Er hat dich gemalt und deswegen hängt er an dir."

Celfie war ebenfalls abrupt stehen geblieben. „Du glaubst, Glenn hat mich gemalt?"

„Ja", sagte Kyle. „Todsicher. Der liebt dich genauso, wie ich Aargh liebe."

„Aber warum sollte er das?", rief Celfie. „Er hat mich entführt, er greift meine Welt an. Er macht alle Bilder kaputt. Er bringt den Tod nach Farbek."

„Weiß ich auch nicht!" Kyle zuckte die Schultern und lief weiter. „Ich bin ja kein Hellseher. Ist aber irgendwie trotzdem logisch. Jeder, der den Tod kennt, bringt den Tod. Ist eben so. Meine Mutter will mich auch nicht bei sich haben. Aber die würde mich trotzdem nie zerstören, obwohl sie mich ja hier auf der Welt sozusagen ‚in den Tod geschickt hat'. Jedes Leben endet schließlich mit dem Tod. Klar, wenn ich jetzt was anfangen würde, was ihr das Leben schwer macht, dann würde sie alles tun, damit das nicht klappt. Aber trotzdem würde sie mich nicht zerstören. Und darum lässt Glenn die Bilder eben wegputzen und versucht, dich in den Kanälen einzusperren. Er wird alles tun, damit du ihm nichts anhaben kannst."

Celfie senkte den Kopf. Was Kyle da sagte, klang wirklich klug. Und natürlich konnte Glenn sie gemalt haben. Nur, dass er sie liebte, konnte sich Celfie nicht vorstellen. Das musste doch irgendetwas mit dem Herzen zu tun haben. Und Glenns Handlungen ihr gegenüber kamen sicher nicht aus dem Herzen. Was aus dem Herzen kam, fühlte sich anders an. Aber vielleicht gab es ja noch eine andere Art Liebe? Eine böse, vernichtende, kalte Liebe? Eine Art Angstliebe oder eine Art Machtliebe?

Sie nickte langsam. „Das könnte so sein. Welche Macht haben denn Bilder auf der Erde?“

Kyle schnaufte. „Keine Ahnung. Also, ein Graffiti kann den Leuten gefallen. Aber eigentlich nervt es viele wohl nur. Aber ein geiles Bild in deinem Kopf, das kann total stark sein. Träume, verstehst du!“

„Was ist ein geiles Bild?“

Kyle grinste Celfie an. „Na eins, das dich nicht mehr loslässt. Wenn du was siehst und denkst, das ist die Wahrheit, das stimmt einfach, was anderes gibt es nicht. Wenn du an es glaubst und alles andere kleiner wird.“

„Wie kleiner?“, fragte Celfie.

„Unbedeutender“, gab Kyle zurück. „Wenn du denkst, du kannst nur noch das lieben und nichts anders mehr. Wenn der ganze andere Scheiß dahinter verblasst. Kennst du das nicht, wenn du was liebst?“

Celfie sah Kyle mit offenem Mund an: „Du meinst, dass ein Bild in deinem Kopf alles andere überstrahlt?“

„Genau!“, rief Kyle. „Das ist die totale Liebe und Motivation!“

„Für mich ist das die totale Enge, Kyle ohne Krone!“, rief Celfie fassungslos. „Das ist, wenn du entscheidest, du willst eins schön finden und alles andere nicht. Das mag gut sein, um einen Menschen zu machen, wie du es beschrieben hast. Aber die ganze Welt ist das nicht! Die ganze Welt ist die ganze Welt, mit allem, was da ist.“

Wieder blieb Kyle stehen und sah Celfie an. Ihre gletscherblauen Augen wirkten traurig.

„Aber man braucht ein Ziel“, sagte er.

Celfie schüttelte den Kopf. „Ich verstehe euch Menschen nicht“, flüsterte sie. „Ihr beginnt die Liebe mit einem anderen und weiter kommt ihr nicht. Ihr müsst euch auf ein einziges Ziel konzentrieren. Mehr als eins könnt ihr nicht erreichen. In Farbek lieben wir alle Bilder, die da sind. Wir lieben die zerstörenden Bilder so wie die sanften. Sie widersprechen einander nicht. Hier bei euch ist das anders. Hier leidet ihr und habt Angst vor dem anderen. Ihr könnt nur wenige Bilder in euch ertragen.“

Kyle zuckte unsicher mit den Schultern.

„Ist möglich“, sagte er.

„Und deswegen will Glenn Farbek zerstören“, fuhr Celfie fort. „Um nur ein Bild in der Welt zu erleben, nämlich seines. Um nie wieder Angst haben zu müssen. Und das müssen wir verhindern. Kommt, Freunde, wir müssen weiter! Wir dürfen keine Zeit verlieren, das ist doch hier so, oder?!“

DIE WÄCHTERIN

Der Hügel, auf dem die Baustelle sich befand, war bis fast an die Kuppe mit von Gärten umgebenen Häusern bestanden, um die sich hohe Mauern erhoben.

„Hier wohnen reiche Leute“, erklärte Kyle. „Verhaltet euch unauffällig, damit niemand denkt, wir seien Diebe. Je braver wir aussehen, desto eher denken die Leute, wir sind Hausangestellte auf dem Weg von der Arbeit nach Hause.“

„Aber hier ist doch niemand auf der Straße“, wunderte sich Celfie.

„Aber überall gibt es Kameras“, sagte Kyle.

Er nickte kurz in Richtung einer Einfahrt mit einem prächtig geschwungenen Tor. Tatsächlich saß auf einem Pfeiler eine Kamera, deren Linse auf die Straße gerichtet war.

„Ihr lebt in einer Welt voller Bilder“, stellte Celfie fest. „Und doch ist es so anders als Farbek. Bei euch dienen Bilder zu vielen Zwecken und werden benutzt, um einander zu manipulieren und euch zu überwachen. Bei uns leben sie einfach ihr Leben.“

„Wir sind jetzt fast am Ziel“, sagte Kyle. „Die ganze Gegend hier, dieser Hügel, war früher ein Friedhof. Als die Stadt noch kleiner war. Aber dann ist sie gewachsen, wie alle Städte. Hat sich immer mehr ausgebreitet. Und man hat angefangen, hier Häuser zu bauen. Da oben auf der Kuppe, beim abgebrannten Turm, ist noch ein Rest von diesem Friedhof übrig. Es gibt tausend Geschichten über diese Gegend. Der Besitzer des Turms wollte sich da nach seinem Tod ein Prunkgrab bauen lassen. Ich meine, als er noch gelebt hat, war sein Turm sein Hauptquartier. Aber danach wurde es sein Grab. Erst herrscht man da und dann liegt man da begraben. Angeblich ist er da drin sogar in einem Drachenfeuer verschmort. Dann hat er den Turm ja wohl selber zu seinem Grab gemacht. Ich habe diese Geschichte für reine Erfindung gehalten. Aber ich meine, jetzt weiß ich ja von Celfie, dass Erfindungen und Ideen lebendig sind. Also ist die Geschichte vielleicht wirklich wahr."

Unsicher sah er Celfie an.

Tatsächlich führte die Straße an der letzten Villa vorbei nicht auf einen Friedhof, sondern mitten auf eine große Baustelle. Dort standen Kräne und Bauwagen regungslos zwischen gewaltigen Sandgebirgen.

„Ist das schon der Turm?" Fluschfummel streckte den Kopf aus Celfies T-Shirt. „Das sieht gar nicht alt und verbrannt aus. Und ich sehe auch keinen Friedhof."

Kyle schüttelte den Kopf. „Nein, der kommt erst weiter hinten. Das ist die Schachtelstadt, von der die Bauarbeiter vorhin gesprochen haben."

„Schachtelstadt?", fragte die Spraymaus.

„Ja, so nennen die das. Die Häuser sehen ja auch alle aus wie Schuhkartons mit Brücken dazwischen." Kyle zuckte die Schultern. „Aber offiziell heißt es anders."

Er wies auf ein Schild. Es prangte am Rande der Baustelle an zwei hohen Holzpfählen. Ein sehr großes Haus war darauf gezeichnet zu sehen. Viele quer übereinandergestapelte Hochhäuser ragten bis in den Himmel. Zu ihren Füßen wuchsen einige Bäume, die nur so groß wie Ameisen waren. Darunter stand in goldenen Buchstaben:

LEBEN SIE IM HIMMELSPARADIES – LUXUS FÜR JEDERMANN!
AUSKUNFT ERTEILT: MOONSON-LIVING

Direkt neben dem Baugelände erhob sich ein hoher dunkler Wald, aus dem ein genauso eisiges Schweigen drang wie von der menschenverlassenen Baustelle. Kyle bog von der Straße in einen schmalen Waldweg ein, der sich dunkel zwischen den Bäumen dahinzog.

Celfie hielt ihn fest. „Kyle ohne Krone! All das Land hier auf dem Hügel gehört Glenn Despott. Das hat doch was zu bedeuten!?“

Kyle hob die Hände. „Was soll das schon zu bedeuten haben? Mann, Celfie-Mädchen, das ist doch immer so und das ist normal! Glenn gehört fast die ganze Stadt. Manche sind eben reicher als andere. Und ihm gehört eben auch die Baustelle.“

Celfie folgte Kyle tiefer in den Waldweg hinein. Manchmal fiel es ihr schwer, die Gleichgültigkeit auf der Erde gegenüber den herrschenden Bedingungen zu verstehen. Was Kyle da eben gesagt hatte, mochte für die Erde gelten. Aber in Farbek war es anders. Dort gehörte niemandem irgendetwas. Dort brauchte auch niemand irgendetwas zu besitzen, weil jeder immer dort sein konnte, wo er wollte. Ohne Zeit wünschte man sich einfach an einen anderen Ort und war dort. Ohne Zeit hatte man keine

Angst vor Tod oder Verlust. Hunger und Not kannte man auch nicht. Und damit gab es auch keine Gier.

Und doch machten Kyles Worte Celfie stutzig. Denn viele der Wesen in Farbek waren von Menschen gezeichnet, gemalt, gesprüht und ausgedacht worden. Warum aber waren die Menschen in ihrer Fantasie so frei und in ihrem Leben auf der Erde so untertänig und leicht zu unterdrücken? Warum gewöhnten sie sich so schnell an alles, selbst, wenn sie es nicht mochten? Lag es nur daran, dass sie Hunger hatten und ihre Erde aufessen mussten und deswegen immer damit beschäftigt waren, etwas zu essen zu bekommen?

Celfie nickte ernst. „Die meisten von euch haben die Freiheit mehr im Kopf als im Leben."

Kyle schwieg. Hintereinander folgten sie dem Pfad. In der zunehmenden Dunkelheit drückte sich Fluschfummel tiefer in Celfies T-Shirt.

Nach einer Weile blieb Kyle stehen. „Kannst du für etwas Licht sorgen, Celfie? Ich renne sonst gleich gegen den nächsten Baum."

Celfie nickte. Sie dachte an ihre Heimat. Sofort erhellte eishöhlenfarbener Glanz den Weg und sie setzten sich wieder in Bewegung.

Der weiche Erdboden dämpfte ihre Schritte. Bäume und Sträucher huschten vorüber und verschwanden wieder im Schatten.

Dann tauchten die ersten Grabsteine auf.

Niedergesunken standen sie am Wegrand und wurden nur von Gestrüpp umrankt.

„Das ist nur der äußere Teil", sagte Kyle. „Der Turm kommt erst dahinter."

Er schlich tiefer in den Wald. Celfie folgte ihm ohne einen Laut. Sie nahm den feuchten Duft des Bodens wahr, spürte die Schatten und die Dunkelheit und lauschte auf das Rascheln der Zweige und Blätter.

Ein Käuzchen schrie.

„Ist die Natur nicht schön?“, flüsterte Fluschfummel. Die grüne Spraymaus hatte ihren Kopf vorgestreckt und atmete die klare Luft ein.

„Ja“, gab Celfie zurück.

Kyle hob eine Hand. „Wir sind angekommen! Da …“

Er wand sich durch ein dichtes Gebüsch und wies auf ein hohe, steinerne Mauer, die nach rechts und links in den Wald führte. Sein Finger deutete in die Höhe.

„Und da ist auch der Turm!“

Hinter der Mauer erhob sich die rußgeschwärzte Ruine des Turms. Wie ein hohler Zahn ragte sie in die Höhe und ihre brüchigen Zacken verschmolzen mit dem Nachthimmel.

Einige Kräne waren darum aufgebaut worden.

„Der Turm muss gebrannt haben und dann eingestürzt sein“, meinte Kyle.

Fluschfummel blickte auf die Mauer. „Warum kümmert sich Glenn denn so plötzlich wieder um ihn?“

„Es könnte das Grab seines Vaters sein“, erinnerte Celfie sie. „Lasst uns den Eingang suchen.“

Das Mädchen begann, um die Steinmauer herum zu laufen. Es gab keinen Weg und es war nicht leicht, sich einen durch das hohe Gestrüpp zu bahnen. Dornen zerkratzten ihre Beine und Äste schlugen ihr ins Gesicht.

„Eine Mauer ohne Tor ist doch Blödsinn, wie soll man da reinkommen?“, murmelte Kyle. Er hatte recht.

In diesem Moment erschien vor ihnen eine etwas hellere Stelle im Mauerwerk.

„Da!“ Fluschfummel sprang auf Celfies Schulter.

„Passt bloß auf!“ Kyle blieb stehen.

Celfie ließ ihre Augen aufleuchten.

Vor ihr schälte sich ein von einem Gittertor verschlossener Eingang aus der Dunkelheit. Direkt daneben befand sich eine winzige steinerne Hütte.

Das Häuschen hatte schwarze Fensterhöhlen, und nicht in allen hielten Glasscheiben Wind und Regen vom Eindringen ab. Insgesamt aber wirkte es intakt. Aus dem Schornstein drangen silberne Rauchfäden, die sich fein in der Luft verteilten, je höher sie stiegen.

Das Haus strahlte sanfte Wärme aus.

„Ob es bewohnt ist?“, flüsterte Kyle.

„Natürlich“, flüsterte Fluschfummel. „Da macht es sich jemand warm.“

Celfie nickte. Plötzlich vernahmen sie ein Knarzen. Fluschfummel hatte sich nicht geirrt. In der Türöffnung erschien eine alte Frau. Sie tastete sich am Türrahmen vor und fragte in die Dunkelheit. „Ist da jemand?“

Die Frau lauschte.

„Die ist blind!“ Kyle machte unwillkürlich einen Schritt zurück. „Ihre Augen sind ganz weiß. Eine Blinde als Pförtnerin? Das ist doch sinnlos!“

Die Frau hob den Kopf. „Ich kann euch aber gut hören! Wer

seid ihr? Das Tor ist verschlossen. Ich darf niemanden rein lassen. Kennt ihr meinen Sohn?“

Celfie wandte sich ihr zu. Im Licht ihres Blickes tauchte ein faltiges Gesicht mit mattblauen Augen auf.

„Ich bin Celfie Madison“, sagte sie klar und trat einen Schritt auf sie zu. „Bist du die Mutter von Glenn Single Despott?“

Die alte Frau stieß ein meckerndes Lachen aus. „Glenn Despott war nie mein Sohn. Und ich war nie seine Mutter. Aber ihr dürft nicht hier sein! Schert euch weg. Niemand darf diesen Ort betreten. Niemand darf diese Wurzel anrühren, ehe Glenn Despott es nicht erlaubt. Jeder, der hier versucht einzudringen, wird mich mit dem Tod meines Sohnes strafen.“

„Was soll das heißen?“ Kyle schüttelte verwirrt den Kopf.

Celfie lächelte. Inzwischen verstand sie die Machtspiele auf der Erde immer besser. Sie ging einen weiteren Schritt auf die blinde Frau zu.

„Wer ist dein Sohn?“

Die Frau drehte den Kopf und antworte nur mit einer Gegenfrage. „Wer seid ihr?“

„Das sind Kyle ohne Krone und Fluschfummel, die Spraymaus. Noch sind wir zu dritt, aber wir werden sehr viel mehr werden heute Nacht. Wer ist dein Sohn? Wartest du hier auf ihn? Und warum bedroht Glenn ihn mit dem Tod?“

Die alte Frau riss den Mund auf und wandte Celfie ihr Gesicht zu. „Mach keinen Schritt weiter, Mädchen, sonst muss mein Sohn sterben. Willst du das?“

„Wir können dir nur helfen, wenn du uns alles erzählst“, sagte Celfie. „Gleich werden andere kommen und du wirst den Turm nicht länger bewachen können. Wer ist also dein Sohn? Ist es Hugo Gelbstift?“

Die Frau zuckte zusammen und hob ihren Kopf zu den Sternen. „Bitte, geht jetzt!“ Ihre Lippen formten weitere, lautlose Worte.

In diesem Moment schoben sich die ersten Bilder aus der Stadt an die dunkle Mauer heran.

Hinter dem Rücken der blinden Frau glitt eine dicke Fliege mit Schmetterlingsflügeln in einem Supermannkostüm durch die Baumstämme. Die Graffiti taumelten, wankten, krochen oder hüpften voran. Eine Gestalt, die aussah wie ein riesiges Gesicht, in dem anstelle zweier Augen zwei Fensterhöhlen standen, drehte sich immer wieder um sich selbst und näherte sich der Mauer. Etwas, das einer goldenen Uhr glich, glitzerte zwischen den Bäumen auf.

„Ich glaube, da geht es lang!“, hauchte eine sanfte Stimme.

„Adlerkopf? Wohin?“ Es war nur ein Wispern.

„Weiter, nur weiter. Das Ziel ist nah!“, gab die Stimme zurück.

Celfie wandte sich der blinden Frau zu. „Hörst du das? Du wirst diesen Turm nicht länger behüten können. Heute Nacht endet deine Aufgabe.“

„Was wollt ihr?“ Die blinde Frau begann am ganzen Körper zu zittern. „Kennst du meinen Sohn?“

Celfie nickte. „Hugo Gelbstift? Ja, den kenne ich.“

„Wo ist er?“, rief die alte Frau aufgeregt. „Hast du ihn gesehen? Ich warte schon so lange auf ihn. Glenn Despott hat gesagt, er würde meinen Sohn töten, wenn ich Fremde einlasse.“

Celfie ging auf die blinde Frau zu. Sie streckte ihr die Hände entgegen und nahm die der alten Frau in ihre. Die alte Frau ergriff sie.

„Du bist jung! Und ich spüre, dass du einen liebevollen Blick besitzt", murmelte Hugos Mutter im selben Moment. Ihre schmalen Fingern strichen über Celfies Hände und hinauf bis zu ihren Unterarmen. Sie lächelte unter ihren lichtlosen Augen. „Warum bist du hier?"

„Um Farbek zu retten", sagte Celfie. Sie beugte sich näher an das Gesicht der alten Frau heran.

„Ich muss meinen Sohn retten", flüsterte diese. „Glenn Single Despott beherrscht ihn in seinem Turm. Mein armer Hugo malt für ihn. Er tut alles, was Glenn Despott von ihm will. Dabei wollte er doch immer nur goldene Butterstreusel malen. Er war schon immer einer, der gerne gehorcht hat. Ich hätte aufstehen sollen und aufbegehren. Man muss für seine Freiheit kämpfen. Aber ich hatte Angst."

Celfie hielt ganz still. „Du tust das also für ihn?"

Auf den Wangen von Hugo Gelbstifts Mutter glühte es warm auf.

„Ja. Ohne mich ist er doch verloren", erwiderte sie. „Kannst du meinen Sohn zu mir bringen?"

Celfie zögerte.

Dann nickte sie entschlossen und spürte sofort, dass die alte Frau ihre Bewegung wahrnahm. „Ihr Menschen begehrt nach dem einen Wesen, das ihr am meisten liebt. Es tut mir leid, dass ihr nicht weiterkommt und alle anderen ebenso lieben könnt."

Sie nahm die alte Frau am Arm und führte sie zurück ins Haus. Dort setzte sie sie auf einen Stuhl, der in dem kahlen Raum stand.

„Wenn ich es vermag, werde ich Hugo zu dir bringen."

„Du bist ein gutes Kind", antwortete die alte Frau. „Deine Stimme klingt warm. Ich hoffe, du wirst keine Niederlage erleiden."

Celfie schüttelte den Kopf.

„Ich kenne nur das Leben", sagte sie. „Ich kenne weder Sieg noch Niederlage. Nur du wartest auf das eine oder das andere. Und auch wenn ich die Angst kennengelernt habe, werde ich mich nicht von ihr beherrschen lassen."

BILDERSTURM

Celfie Madison stand zwischen zwei vermoosten Grabsteinen und blickte den Ankömmlingen entgegen. Fluschfummel saß auf ihrer Schulter. Hinter ihnen ragte die verbrannte Ruine des alten Turms auf.

Um sie herum versammelten sich immer mehr erwachte Graffiti.

Celfie deutete auf ein großes Loch im Turm, das einst ein Tor gehalten haben musste. Um dieses herum rankten sich steinerne Ornamente, die an verschlungene Flügel erinnerten.

„Diese Lücke sieht aus, als habe dort früher die Tür von Glenn Despotts Arbeitszimmer gesessen", sagte sie. „Diese Muster habe ich auch auf der goldenen Tür gesehen."

„Du hattest schon immer einen Blick für Formen und Details, Celfie Madison!", lachte eine raue Stimme. Eine Gestalt mit einer Spraydose in der Hand sprang hinter dem Turm hervor. Sie trug ein zähnefletschendes Grinsen in einem blauen Hundegesicht und ließ nun aus ihrer Spraydose einen Farbstrahl durch die Luft wandern, der sich sanft auf einige alte Grabsteine legte und sie rot, gelb, blau und grün aufleuchten ließ. „Dann würde ich sagen, es werde farbiges Licht!"

„Hallo, Spraydog!" Celfie stand im Farbennebel, der den alten Steinen neues Leben einhauchte.

Sie hob den Blick.

Auf der weiten, baumlosen Fläche dahinter erhoben sich viele steinerne Grabmäler mit spitzen Dächern. Sie sahen aus wie kleine Häuser, fast wie das Wärterhäuschen am Eingang, nur dass sie prunkvoller und reich mit kunstvoll verzierten Steinen versehen waren. Der Friedhof wirkte wie eine alte Stadt voller Gassen und Plätzen, Torbögen und Dächern – viele Grabhäuschen waren allerdings eingefallen und auch viele Grabsteine waren umgestürzt oder standen schief. Auf keinem von ihnen stand ein Name.

„Angeblich einer der schönsten Friedhöfe der Welt, angelegt für William Rhapsody Moonson. Der aber nie hier begraben wurde. So sagen es zumindest die in Farbek bekannten Kinderzeichnungen seines Ziehsohnes Glenn Single Despott. Man sagt, der alte Moonson sei spurlos verschwunden." Hinter Celfie wankte ein Mann ohne Unterleib heran, der nur langsam vorankam, indem er seine massige Gestalt hin und her warf. Auf sein Gesicht fiel ein Schatten, sodass es nicht zu erkennen war. Er hatte die Hände gefaltet, als würde er beten, und seine Handgelenke waren mit zwei goldenen Uhren aneinandergefesselt, die durch eine goldenen Kette verbunden waren.

„Goldgefesselter", flüsterte Celfie. „Dann ist es also, wie wir vermutet haben."

„Habt ihr das?" Die Gestalt ließ sich auf einen Grabstein sinken. „Nun, ich bin froh, dich hier zu treffen. Sieh nur, wie viele wir sind."

Celfie nickte lächelnd.

Im Mondlicht leuchteten Celfie, Fluschfummel und Kyle inzwischen auf jedem Zentimeter Stein Farben entgegen.

Die hohe lange Mauer rund um den Friedhof war kein rußgeschwärztes Gemäuer mehr, sondern bildete ein einziges, von vielen Gestalten bevölkertes Graffiti. Und auch quer über die Häuschen und den verfallenen Turm in der Mitte erstreckten sich Bilder. Das ganze Gelände war ein einziges ineinanderverwobenes Bild von den verrücktesten Wesen.

Spraydog, der blaue Hund, lachte. „Starke Bilder.“ Er schickte einen Regenbogen aus seiner Dose in den dunklen Nachthimmel. „Zu Ehren der Bilder auf dieser Erde. Und im Andenken an alle, die wir heute hier nicht retten konnten. Möge ihr Leben in Farbek voller Freude sein!“

Doch Celfie schüttelte den Kopf. „Es ist nicht ausgemacht, dass das Leben in Farbek weiterbestehen wird.“

„Was?“, rief der blaue Hund.

Celfie richtete sich auf. Im Licht ihrer Augen glühten die Bilder um sie herum eisig unter dem nächtlichen Himmel.

„Ihr alle seid hier!“

Im blauen Schein tauchte nacheinander ein um das andere Bild auf: das Graffiti einer Frau, das auf einer zerbrochenen Grabplatte lag. Ausgestreckt wie eine vom Wind verwehte Blüte lag die Frau dort, mitten in ihrer Brust ein Herz, das leuchtend blaue Strahlen aussandte. Ein Stück weiter stand ein Astronaut, auf dessen Helm fremdartige Wesen in verschiedenen Farben saßen und Karten spielten. Um ihn herum ordneten sich bunte Farbkleckse zu unbekannten Schriftzügen zusammen.

Celfies Blick fiel auf Kopfhörerdrache, der sich mehrere Male um den alten Turm wand. Ein Lächeln ließ ihren Blick noch heller strahlen. „Du hast es geschafft!“

Das Graffiti nickte müde. In seinen Augen stand zu lesen, dass er sich sehr hatte anstrengen müssen.

Zu Celfies Füßen huschte Fluschfummel mittlerweile aufgeregt hin und her und reckte ihre kupferfarbenen Augen immer wieder in eine neue Richtung. „Wow!", murmelte die grüne Spraymaus. „So viele verschiedene Bilder! Sternenmäßig viele freie Gedanken aus tausend Köpfen. Und alle werden uns helfen!"

Celfie stand inmitten der bekannten Gesichter aus ihrem Leben in Farbek. Der Tag war lang gewesen und es war verrückt gewesen, sie hier wiederzusehen und zu erkennen. Nicht nur Kopfhörerdrache und Zittermesser. Da waren so viele andere. Sie waren hier ganz eindeutig nicht so frei wie in Farbek, doch sie gaben ihr Kraft, egal wie verloren sie hier wirkten …

Celfie, Kyle und Fluschfummel machten sich auf in Richtung Turm.

Als sie durch das Loch schritten, in dem einst das Tor gewesen war, berührte Celfie Kopfhörerdraches Vorderklauen, die genau über dem alten Eingang saßen.

Auch im Inneren war alles voller Bilder.

An einer Wand war das Gesicht eines Mädchens zu sehen. Anstelle von Augen trug sie zwei Fensterhöhlen, durch die sich andere Bilder von draußen zeigten.

„Fenstermädchen", murmelte Celfie.

„Was sagst du?", fragte Fluschfummel, die hinter ihr hersprang.

Celfie hörte die Frage ihrer kleinen Freundin nicht. Sie sah an die Mauer über sich. Dort stand ein schwarzer großer Mann mit Hut, der einen kleinen weißen Hund an einer Leine hielt.

„Schwarzmann“, flüsterte Celfie. „Und Weißhund! Ich bin froh, dass ihr hier seid.“

Dicht hinter den beiden, die zusammen ein Graffiti bildeten, war eine Frau mit wehenden roten Haaren an der Decke zu sehen. Aus ihrer stolzen Stirn erhob sich ein traurig blickender Adler. „Adlerstirn“, sagte Celfie.

Das Mädchen aus Farbek schien ganz in die Welt der Bilder eingetaucht zu sein. Durch Fenstermädchens Augen entdeckte sie das Gesicht Zittermessers.

„Zittermesser“, sagte Celfie. „Da bist du auch! Ich bin froh, dass du hier bist.“ Sie hob den Kopf. „Oh, es ist herrlich, euch alle zu sehen. Ich fühle mich so befreit und leicht.“

Sie trat wieder hinaus unter den dunklen Himmel und betrachte noch einmal das Meer aus Bildern. Die Farben schienen aus sich heraus zu leuchten. Manche glommen eisig wie Celfies Augen, andere glänzten wie kostbare Metalle oder funkelten wie Sterne. Und die Bilder sprachen untereinander. Sie sahen sich fragend um, wechselten Worte, und mit ihrem seltsamen Augen, achteckigen Flügeln, wehenden Haaren, langen Farbnasen, Weltraum-Tentakeln, Goldkettenfesseln, Spraydosen und Schwanzspitzen berührten sie sich gegenseitig staunend.

Kaum hörbar wiederholte Celfie die Namen all derer, die sie in den letzten Stunden erweckt hatte, und ließ dabei das gletscherfarbene Licht ihrer Augen über sie gleiten: „Fenstermädchen, Kopfhörerdrache, Schwarzmann und Weißhund, Adlerstirn, Spraydog, Zittermesser, Goldgefesselter …“

Das Licht in den Bildern um Celfie wuchs an.

In diesem Moment fühlte sie, dass sie zum ersten Mal seit ihrer

Ankunft auf der Erde wieder ganz bei sich war. Die Anwesenheit der anderen Graffiti ließ sie in eine zeitlose Stille eintauchen. Alles, was war, nährte sie, war friedlich und wohltuend.

Celfie öffnete ihre Augen weiter, und das türkisblaue Licht aus ihnen erfüllte den Turm und den Friedhof, floss über die Mauern und Steine, leuchtete zwischen den Bäumen, die sich hinter der alten Mauer erhoben und erfüllte für einen Moment die gesamte Luft bis zu den Sternen.

Plötzlich richtete Celfie Madison sich auf. „Ich danke euch für eure Gegenwart!", flüsterte sie. Aber ihre Stimme war dabei so kräftig. „Und nun hört mir bitte zu!"

Ihre Stimme drang in jeden Winkel.

Die Gespräche der Bilder nahmen ab und sie wandten sich ihr zu.

„Ihr alle seid hier, weil ich eure Hilfe brauche. Ihr alle seid hier, um Farbek zu retten."

Eine bedrückende Stille machte sich rund um die Turmruine breit. Aus den Gesichtern der Graffiti schlugen Celfie fragende Blicke entgegen.

„Kannst du dich erinnern?", rief Adlerstirn. „Hast du dich nicht verändert? Bist du keiner … von ihnen geworden? Niemand ist schließlich je zuvor nach Farbek eingedrungen. Niemand hat je zuvor ein Wesen aus Farbek entführt."

Celfie schüttelte den Kopf. „Ich bin, wer ich bin", sagte sie bestimmt.

„Aber wer bist du denn, hä!?" Zwei Paar Hände, von denen zwei einander schüttelten und die zwei weiteren Hände dabei gleichzeitig einen Revolver auf die unsichtbare Gestalt hinter der anderen Hand richteten, spielten nervös mit ihren Zeigefingern. „Bist du dir sicher, nicht diesem Gangster zu helfen?"

„Immer mit der Ruhe, Zuckfinger!"

Kopfhörerdrache setzte eine seiner vielen Tatzen von einer der Hauswände auf den Boden. „Das ist Celfie Madison!", sagte er. „Das Kind mit den hellen Augen. Sie hat uns geweckt. Das hätte sie nicht getan, wenn sie nicht mehr sie selbst wäre."

„Kind mit den hellen Augen?", rief ein auf dem Kopf stehender Affe. „Hellaugenkind? Das bist du? Ich habe schon viel von dir gehört. Und jetzt treffen wir uns nicht in Farbek, sondern auf der Erde. Das ist echt komisch. Aber komisch heißt ja nicht unbedingt schlecht!"

Der Affe drehte sich einmal um sich selbst wie ein Brummkreisel und kicherte.

In Celfies Gesicht breitete sich ein Lächeln aus und ihre Augen strahlten noch heller.

„Ja", sagte sie. „Celfie Madison Hellaugenkind. Ich muss euch allerdings sagen, ich hatte meinen Namen hier eine Weile vergessen."

„Vergessen? Wie kannst du deinen Namen vergessen?", rief eine Stimme. Sie gehörte der Fliege mit Schmetterlingsflügeln im Supermannkostüm.

Der Goldgefesselte hob seinen Kopf und seine aneinander geketteten Arme. „So ist das hier auf der Welt mit der Zeit. Man kann vergessen. Es ist nicht ihre Schuld, es wurde ihr angetan. Ist es nicht so, Celfie Madison Hellaugenkind?"

Celfie nickte. „Wir alle sind hier in der Zeit. Und das bedeutet, wir wissen nicht mehr gleichzeitig, was der andere weiß. Und nicht einmal alles, was wir wussten, bleibt uns in Erinnerung. Es ist eine seltsame Zeit, eine gefährliche Zeit. Die Bilder der Erde brauchen unsere Hilfe aus Farbek. Und die Bilder in Farbek brauchen die Hilfe der Bilder der Erde. Der Mann, der mich entführt hat, Glenn Single Despott, macht Jagd auf alle Graffiti hier. Er hat eines gefangen genommen. Und mit diesem plant er etwas. Aber ich weiß nicht was. Ich fürchte aber, dass es die Vernichtung von Farbek ist, so wie wir es kennen."

Unter den Graffiti brach Unruhe aus.

„Oh, das ist aber gar nicht lustig!", rief eine karierte Schnecke mit drei Köpfen und Rollstuhlrädern am Gehäuse, von denen eines heftig eierte. „Dann sind wir ja in beiden Welten bedroht."

„Genau", flüsterte Fenstermädchen. „Wir müssen etwas unternehmen."

Adlerkopfs Stimme ertönte. „Wir können nicht zulassen, dass Farbek vernichtet wird. Wo sollen wir denn dann leben? Und was würde mit den Menschen geschehen, wenn Farbek nicht mehr da ist?"

Auf dem verlassenen Friedhof wurde es wieder still.

„Wenn Farbek von einem Menschen angegriffen wird, dann müssen wir ihn aufhalten", sagte Kopfhörerdrache. Er reckte seinen mächtigen Körper in die Höhe, sodass seine Muskeln knackten. „Farbek ist der einzige Ort der Freiheit für alle Menschen. Was würde mit ihnen geschehen, wenn es Farbek nicht mehr gäbe? Würden sie überhaupt noch Bilder malen und Ideen spinnen?"

„Aber niemand…", rief die Fliege mit Schmetterlingsflügeln im Supermannkostüm, die auf einem Ast saß und sich vom Wind hin und her schaukeln ließ. Plötzlich krallte sie sich so fest an den Ast, dass dieser wie erstarrt stillstand. „Niemand kann doch einfach so eine ganze Welt vernichten!“

Celfie spürte, wie Kyle hinter ihr zusammenzuckte. Sie wandte sich um. In seinen Augen stand Furcht.

„Ich bin nicht sicher“, sagte Celfie. „Doch was auch immer geschieht, es wäre bestimmt nichts Gutes.“

„Das sehe ich auch so!“, pflichtete ihr die Rollstuhlschnecke bei.

Kyle schnappte nach Luft. „Aber wieso? Was wisst ihr denn alles, was Fluschfummel und ich nicht wissen?! Ich meine, es geht hier doch wohl auch um uns!“

Celfie nickte. Kyle hatte recht. Jetzt, da sie von den anderen Wesen Farbeks umgeben war, veränderte sich etwas in ihr, aber das konnte der Erdenjunge natürlich nicht wissen. Für Celfie war es, als sei sie in einen wogenden Ozean aus Bildern getaucht, der das Vergessen, das sie in dem schwarzen Tunnel befallen hatte, wieder aus ihr herauswusch. Viele Fragen lagen plötzlich vor ihr als Antworten. Denn natürlich war Glenn Single Despott bei seinem ersten Auftauchen in Farbek gesehen worden. Glenn selbst wusste nicht, dass es dort keine Zeit gab, oder zumindest nicht, was das bedeutete. Nämlich, dass alles in Farbek, was einmal dort war, egal wann, für immer dort war und damit jeder auch Dinge aus der Zukunft wissen konnte und nicht nur aus der Vergangenheit, wie auf der Erde. Ohne Zeit gab es weder Vergangenheit noch Zukunft. Man konnte also Dinge aus der Zukunft lernen und in der Vergangenheit wissen.

„Du hast recht, Kyle ohne Krone“, sagte Celfie. „Ich erkläre es dir. Glenn war zweimal in Farbek. Beim ersten Mal war es nur ein sehr kurzer Besuch. Später kam er dann wieder. Aber für uns war er seit seinem ersten Auftauchen gegenwärtig. Und dann haben wir nach ihm gesucht. Bald wussten wir, dass er wiederkommen würde. Wir wussten es, aber wir konnten nichts dagegen tun. Denn auch die Dinge aus der Zeit, die ihr Zukunft nennt, können in Farbek in der Vergangenheit gewusst werden. Einige von uns hatten Glenns ersten Besuch gesehen. Andere dem zweiten Auftauchen beigewohnt. Und je mehr wir fragten, desto mehr erfuhren wir."

Die Rollstuhlschnecke nickte. „So war es! Er kam aus einem schwarzen Tunnel, der sich plötzlich aus dem Nichts öffnete wie das Maul einer einäugigen Schlange …"

„Er packte Celfie und riss sie mit sich in seinen schwarzen Schlangenaugentunnel", ergänzte Kopfhörerdrache. „Er war ein Wesen, das einfach kam und ging und dazwischen nicht da war. Es war unheimlich!"

Celfie nickte. „Ich konnte nichts tun. Und den anderen ist es nicht gelungen, mir zu Hilfe zu eilen."

„Obwohl wir es uns vorgenommen hatten", rief der Goldgefesselte. „Alles, was wir tun konnten, war, uns zu überlegen, was vielleicht möglich wäre, wenn Celfie dort überleben würde, wo auch immer er sie hinbrachte."

Celfie seufzte. „Wir haben verabredet, dass ich die anderen hole, wenn ich einen Weg finde. Nur, als ich hier auf der Erde ankam, hatte ich das alles vergessen, weil ich durch den schwarzen Tunnel in die Zeit gefallen bin." Sie schaute Fluschfummel an. „Ohne dich und Kyle hätte ich mich niemals erinnert. Und erst jetzt, da wir alle wieder zusammen sind, kommt alles wieder zu mir zurück."

Fluschfummel schluckte. „Du erinnerst dich nur daran, wer du bist, weil du mich zum Leben erweckt hast?"

„Ja", sagte Celfie. „Genau so ist es. Du hast mir Kraft gegeben. Und Kyle ebenso. Alles gehört und hängt zusammen." Sie blickte in die Sterne über dem Turm. „Und wisst ihr, was an alldem das Wahnsinnige ist?", flüsterte Celfie dann. „Glenn Single Despott ist wohl wirklich mein Vater. Mein Maler."

Kyle sperrte den Mund auf. Fluschfummel schüttelte sich vor Wut. Schwarze, violette und rote Flecken flogen aus ihrem moosgrünen Körper. „Dieses Ungeheuer!", spie sie aus.

An ihrer Seite tauchte plötzlich wie aus dem Nichts Adlerstirn auf.

Sie räusperte sich. „Kann jemand nur ein Ungeheuer sein?", sagte sie dann sanft. „Wenn er Celfie gemalt hat, muss er dann nicht auch eine andere Seite in sich tragen?"

„Aber er hat die Angst nach Farbek gebracht. Davor kannten wie keine Furcht", krächzte Adlerkopf.

Celfie nickte. „Und das hat mit Glenn Single Despott zu tun – und mit dem Erbauer dieses Turms hier."

„Moonson", flüsterte Adlerstirn. „William Rhapsody Moonson. Auch er muss ein mächtiger und böser Mann gewesen sein. Und Glenn ist sein Erbe."

Celfie ließ das Licht ihrer Augen aufleuchten. „Vergiss nicht, wir sind viele. Und ich glaube, wir müssen mutig sein und spielen."

„Spielen?", fragte Kyle erstaunt. „Hast du spielen gesagt? Was soll denn das bringen?"

Auch Fluschfummel piepste kläglich auf. „Ich kann mir nicht vorstellen, dass man gegen einen wie Glenn etwas mit einem Spiel ausrichten kann!“ Unruhig rutschte sie auf ihrem langen Schwanz hin und her.

Der Goldgefesselte hüpfte auf und ab. „Doch!“, schrie er dabei. „Wir machen einen Bildersturm! Kommt alle zusammen! Nichts fördert den Mut mehr als ein schöner Bildersturm.“

„Einen Bildersturm! Gute Idee, Goldgefesselter! Kommt alle zusammen“, rief Celfie. Die Graffiti sahen einander an und lachten. Dann liefen und humpelten, wankten und drehten, schwankten und krochen, robbten, rutschten und hinkten sie alle auf einander zu.

„Es ist wirklich nicht gerade leicht, hier voranzukommen!“ Schwarzmann, dessen weißer Hund ihn die ganze Zeit in die andere Richtung zerrte, machte einen wilden Hüpfer und wurde doch sofort von Weißhund zurückgerissen. „Entschuldige, Blacky!“, knurrte der weiße Hund. Er zog und zerrte und plötzlich verwickelte er sich mit seiner Leine in Kyles Beinen.

„Hey, passt doch auf!“ Kyle zog seine Beine vorsichtig aus der Leinenschlinge. Weißhund stieß ein wildes Gebell aus und fügte dann rasch hinzu: „Mir ist schon so schwindelig vom vielen Drehen, dass ich gleich überschnappe. In Farbek können wir einfach die ganze Zeit stehen bleiben und die Welt um uns drehen lassen. Hier muss man immer alles selber machen und sich dauernd für eine Richtung entscheiden. Das ist echt total anstrengend.“

„Ihr müsst euch umeinander drehen!“, rief Flusch. „Einer steht und schleudert den anderen weg. Und dann bleibt der andere stehen und schleudert den ersten weiter. Das ist wie Weltendrehen. Ihr dürft euch nur nicht beide gleichzeitig bewegen."

„Eine gute Idee!", sagte Schwarzmann und Weißhund kicherte hell: „Anziehungskrafttänzchen gefällig?"

Er ließ einen kleinen weißen Haufen fallen und drehte sich dann so schnell weg, dass der schwarze Mann um ihn herum wirbelte. Schwarzmann trat direkt in den Haufen. Mit rudernden Armen hielt er gerade noch das Gleichgewicht. Der kleine weiße Haufen spritzte umher. Weißhund kicherte.

„Wie kannst du kacken, wenn du nichts isst?", rief Fluschfummel.

„Na, hör mal! Ich habe nicht gekackt. Ich bin ein Farbspritzer!", quietschte der kleine weiße Hund vergnügt.

„So wie ich?!", rief Fluschfummel.

„Ja, schon immer gewesen", lachte Weißhund.

„Sehr witzig!" Der schwarze Mann schnaufte.

Kyle grinste und war einfach nur fasziniert von den Bildern um ihn herum. „Cool!"

„Kommt alle noch dichter", rief mit bebender Stimme Zittermesser, der nun auf der Mauerkrone tanzte und sein Gesicht und seine schmale Messerklinge zitternd hin und her schwang. Über ihm leuchtete der klare Sternenhimmel. Er sprang auf einen verfallenen Grabstein. „Mir ist so schwindelig", klagte er. „Hier zittert es auch in mir. In Farbek zittere nur ich für die anderen."

„Mach dir nichts draus! Das liegt an der Erde! Sie dreht sich so schnell, dass du doppelt so viel zitterst." Ein Graffiti, das nur aus einem großen Gesicht bestand, in dem anstelle zweier Augen zwei große Nasenhöhlen saßen, sprang lachend herbei, indem es die Luft ausstieß und den Rückstrahl als Antrieb benutzte. Unglücklicherweise traf es dabei Fluschfummel, die sich schnell hauchdünn auf dem Erdboden ausrollte.

Weißhund grinste die grüne Spraymaus an: „Heißes Grün übrigens, das du am Leib hast!“ Er lächelte die Spraymaus an und aus seinem Maul tropften ein paar lange weiße Spuckefäden, die er in die Luft schleuderte, sodass sie klecksend an einem alten Grabstein zerplatzten. „Und du hast auch wirklich eine schöne, verwaschene Schnauze. Sie erinnert mich an meine vielen Gesichter, bevor ich fertig gemalt wurde.“

Zittermesser kicherte und zitterte noch schneller. „Ich habe noch mehr Gesichter als er, willst du sie sehen?“

„Später!“, ächzte Fluschfummel und richtete sich wieder auf. In ihren kupferfarbenen Augen spiegelten sich die immer enger zusammenrückenden Bilder.

Auch Kyle sah sich um. In den Augen des Jungen standen Verwirrung und Beglückung zugleich, wie Celfie bemerkte. Sie nahm seine Hand und führte ihn zu einem Grabstein. „Setz dich hier hin und schau zu.“

Sie war wirklich neugierig, wie er den Bildersturm finden würde. Celfie trat ein Stück von Kyle weg und legte die Hände zusammen.

„Auf, auf!“, rief sie und ging dabei leicht in die Knie.

Die Bilder holten Luft. „Auf in den Bildersturm!“

„Jaaaaa!“, rief der Goldgefesselte und ließ sich auf seine gefesselten Arme sinken.

Um ihn herum begannen die ersten Bilder, sich umeinander zu drehen und zu tanzen. Erst zögernd, dann immer wilder und ausgelassener fielen weitere ein und bald wirbelten sie alle umher.

Und plötzlich beugten sich alle auf einmal tief hinab.

Celfie ging ebenfalls in die Knie, bis sie mit den Händen flach auf dem Boden vor sich in der Hocke dasaß. Sie spannte ihren Körper an, legte alle Kraft in ihre Hände und Füße und stemmte sich gegen die Erde. Dann sah sie Fluschfummel an. „Spring auf und halt dich an mir fest! Und zwar richtig!"

„Was?", rief die grüne Spraymaus.

„Halt dich fest, es geht gleich los!"

Fluschfummel sprang auf Celfies rechten Fuß und kletterte von da aus weiter auf ihre Schulter.

Das Mädchen aus Farbek hob ihren strahlenden Blick und schickte eine gewaltige Lichtwolke über sich.

„Los!", rief sie.

Sie sprang auf, streckte ihre Hände hoch über ihren Kopf und schnellte empor. Und dann flog Celfie Madison Hellaugenkind in die Höhe und alle Bilder folgten ihr.

Celfie spürte, wie Fluschfummel die Luft anhielt. Um sie herum tobte das türkisblaue Licht und es wimmelte nur so von Bildern. Alle jauchzten und drehten sich umeinander.

„Du kannst ja fliegen, Celfie!", quiekte Fluschfummel. „Kann ich das auch?"

„Probier es doch mal!", lachte Celfie. „Aber bleib im Licht! Ohne das Licht meiner Augen ginge das hier nicht!"

Fluschfummel sah nach unten. „Wir sind aber ganz schön hoch!"

Celfie grinste. „Nur Mut!"

Fluschfummel holte Luft. Dann spannte sie ihren moosgrünen Körper und sprang. Mit einem Jubeln sauste sie am Kopf des Mädchens vorbei.

„He!“, kam es plötzlich von unten. „Hallo!“ Kyle stand neben dem Grabstein. „Warum nimmst du mich nicht mit?“

Celfie sah zu ihm hinab. „Kyle ohne Krone, komm doch her!“, rief sie und merkte, dass es ihr Spaß machte, den Jungen ein wenig zu necken und herauszufordern. Sie spürte kleine, lustige Stiche im Herzen, wie warme Regentropfen. Celfie streckte die Arme noch höher, drehte sich einmal um sich selbst und stieg weiter hinauf in den Lichtschein. Im nächsten Moment war sie über der Turmruine und nun tanzten und wankten über ihrem Kopf nur noch die Sterne. Celfie sandte ihr Licht aus, so weit sie nur konnte, und blickte in den Bildersturm um sich herum.

„Kopfhörerdrache!“, flüsterte sie.

In selben Moment ließ sich der riesige bunte Körper neben sie fallen.

„Hol Kyle zu uns!“

„Wird erledigt!“ Das riesige Bild wirkte wieder vollkommen bei Kräften.

Kopfhörerdrache sauste nach unten, packte Kyle mit seinen Klauen und warf ihn sich auf den Rücken. „Los, komm, Menschenjunge!“ Dann raste er mit ihm zurück in die Höhe, vorbei an Celfie.

„Wow!“, hörte sie Kyle schreien. „Das ist ja das reinste, superkrass geilste … Kosmotarium!“

„Ein Anblick, den vor dir noch kein Mensch erlebt hat, Kyle ohne Krone!“ Celfie flog neben ihn. Diesmal hielt er ihrem funkelndem Blick ohne Anstrengung und Unsicherheit stand. Wieder spürte sie einen prickelnden Freudenschauer im Herzen. „Na, hast du mich da unten vermisst?“ Um sie herum war die Welt ein riesiges, tanzendes Bildermeer. „Jetzt weißt du, wie es bei mir zu Hause aussieht!“

Kyle nickte glücklich.

Celfie atmete den Himmelsduft ein. Und wurde dann langsamer. „Es wird Zeit, an unsere Aufgabe zu denken!“

„Alles klar, Celfie!“, rief Spraydog und schickte dem Mond einen letzten bunten Farbnebel entgegen.

Der Goldgefesselte ließ seine Ketten klirren.

„Komme!“, rief die Fliege mit Schmetterlingsflügeln im Supermannkostüm.

„Wir auch!“ Adlerstirn und Adlerkopf kamen zurück. Und auch die übrigen Graffiti kehrten um und versammelten sich einige Meter über der Turmspitze um Celfie Madison.

„Und was machen wir jetzt?“ Kopfhörerdrache schwebte mit Kyle auf dem Rücken dicht über der Ruine still in der Luft. Immer schneller strömten die Graffiti zusammen und wenige Sekunden später war der Himmel über der Erde wieder das, was er schon seit Jahrmillionen gewesen war, ein unendlich weit leuchtendes Sternenmeer.

Celfie wandte den Blick über den verfallenen Turm und die Bäume in Richtung Stadt. „Wir müssen zum neuen Moonson Tower. Und darum passt euch jetzt bitte den Bedingungen auf der Erde an. Wir dürfen nicht auffallen.“

„Was soll denn das heißen?“, rief die Fliege mit Schmetterlingsflügeln im Supermannkostüm.

Celfie warf Kyle einen auffordernden Blick zu.

Der Junge tippte sich auf die Brust. „Ich soll denen erklären, was es heißt, sich wie ein Bild zu benehmen?"

„Klar!" Celfie nickte. „Du weißt das am besten."

„Also, ähm, tja!" Kyle reckte seine magere Brust vor. Er holte Luft, räusperte sich, biss sich verlegen einmal auf die Unterlippe und sagte dann schnell: „Dann sage ich mal, also, es gilt für jeden: Macht nichts kaputt! Keine Häuser und so. Da leben vielleicht Menschen drin. Und lasst sie in Ruhe, wenn sie ihre Ruhe haben wollen. Und ich würde sagen, redet auch nicht mit ihnen oder nehmt irgendwie anders mit ihnen Kontakt auf, denn das könnte sie erschrecken. Bilder sprechen hier nämlich normalerweise nicht. Und sie tanzen auch nicht!"

Er nickte ernsthaft.

„Alles klar!" Eine glitzernde Augenmaske mit dem Weltall hinter der einen und einer feuerroten Doppelhelix hinter der anderen Augenhöhle sowie einigen bunten Luftballons an den Seiten, die sie in die Höhe zogen, tanzte durch die Luft. „Wir werden brav sein wie schnuckelige Bilderbücher!"

Celfie strahlte. Alle Angst war von ihr abgefallen. Die Rufe und Anblicke ihrer Gefährten aus Farbek gaben ihr neue Kraft und den unverwechselbaren Mut, den alle Lebewesen in ihrer Welt ausströmten. „Nun müssen wir handeln. Meine Augen haben Aargh zum Leben erweckt. Und Glenn Single Despott hat etwas mit ihm vor. Was auch immer es ist, wir müssen es verhindern."

„Das müssen wir ganz bestimmt", rief Zittermesser. „Aber was werden wir tun?"

Celfie sah ihn an. „Alles, was nötig ist, um Farbek zu retten!"

Zittermesser nickte so heftig, dass er noch schneller vibrierte. „Machen wir uns auf den Weg, Freunde. Es ist an der Zeit."

* * *

Staunend saß Kyle hinter Celfie, Fluschfummel und ein paar anderen Graffiti auf Kopfhörerdrache. Mit dabei waren auch Zittermesser, der Goldgefesselte, Schwarzmann und Weißhund, Adlerstirn und Adlerkopf, Fenstermädchen und Spraydog. Kopfhörerdrache spannte die Muskeln.

„Fertig?", rief er. „Kann es losgehen?"

„Schleuderflug!", rief ein Mädchen mit grünen Zöpfen und Dollarzeichen als Augen. Kyle kam es vor, als säße er auf dem Dach eines startenden Flugzeugs.

Kopfhörerdrache ging in die Knie und sprang ab.

Es war nicht wirklich wie auf einem Flugzeug. Es war eher wie auf einer Riesenheuschrecke, dachte Kyle. Kopfhörerdrache hob ab, sein Körper krümmte sich, und alle rutschten von vorne nach hinten oder eher von oben nach unten. Schon schoss Kopfhörerdrache wieder zurück. Jetzt rutschten alle wieder zurück. Es fühlte sich an, wie auf einer riesigen Welle zu reiten, nur eben wirklich direkt auf der Welle. Auf und ab und auf und ab ging es voran auf dem Drachenrücken.

Kyles Magen fuhr für einen Moment Achterbahn. Doch dann spürte er die starken Muskeln unter der überraschend weichen Haut von Kopfhörerdrache. Und die Bewegungen gingen langsam in seinen Körper über. Plötzlich grinste er und brüllte laut: „Hammergeil! Das ist wie eine Rutsche ohne Ende!"

Genauso war es als kleines Kind gewesen, sich dem Vergnügen einfach hinzugeben. Die ganze Welt von der Rutsche zu erleben. Frei zu sein!

Kyle streckte die Arme aus. Und plötzlich war die Erde weit weg und die Sterne über ihnen kamen immer näher. Der Erdenjunge jauchzte. Im nächsten Moment ging es nach unten auf die Dächer zu. Kopfhörerdrache hatte den höchsten Punkt seines Sprungs hinter sich gelassen und ließ sich fallen. Kyle fühlte sich wie ein Cowboy auf einem bockenden Pferd, als Kopfhörerdrache mitten auf der Baustelle für den neuen Moonson-Wohnpark landete, die Kyle, Celfie und Fluschfummel vor wenigen Stunden überquert hatten.

Unter dem meterlangen Körper von Kopfhörerdrache quietschte, knarzte und zerbarst etwas.

„Das Schild!“, rief Fluschfummel. „Du bist auf dem Schild gelandet und hast es zerquetscht.“

„Nicht nur das“, keuchte Kyle. Unter dem Körper des Graffitis ragten nicht nur die zerbrochene Holztafel und zwei zersplitterte Latten hervor, sondern auch noch ein paar platt gedrückte Baggerschaufeln und mehrere Stahlträger, an denen geborstene Betonklötze hingen. „Er hat den ganzen Maschinenpark und ein halbes Haus plattgemacht.“

„Oh!“, entschuldigte sich das Riesengraffiti. „Aus der Höhe sah es einfacher aus. Ich dachte, ich lande in dem Sandhaufen da drüben.“

„Kopfhörerdrache!“, schalt ihn Celfie. „Mach bloß nicht die ganze Stadt kaputt! Da wohnen Menschen in den Häusern. Wir wollen nur zu Glenns neuem Turm!“

Kopfhörerdrache senkte den Kopf. „Sorry, Celfie! Das lag nur an der Musik. Ich höre gerade ziemlich einlullenden Elektropop, da habe ich mich zu früh entspannt.“

„Kann er seine Kopfhörer nicht abnehmen?“, fragte Kyle. „Ich meine, das könnte echt gefährlich werden.“

„Natürlich nicht“, kicherte Fenstermädchen hinter ihm. „Du wirst also wach bleiben müssen, um auf ihn zu achten.“

Celfie aber nickte Kyle zu. „Du hast recht, diese Art der Fortbewegung ist auf Dauer zu gefährlich. Hier standen zum Glück nur ein paar leere Betonklötze, aber da beginnt ein Wohngebiet.“

Sie beugte sich vor. „Kopfhörerdrache! Kyle und ich reiten weiter auf dir, aber nur auf deinem Kopf. Deinen Körper machst du flach und gleitest über den Boden und die Gebäude. So richten wir keinen Schaden an.“

Kopfhörerdrache tat, was Celfie vorgeschlagen hatte, und zog sich in die Fläche zurück.

Gleich darauf schob sich die seltsame Gesellschaft wieder über die Mauern und Straßen der Stadt. Celfie Madison nickte zufrieden. So war es sicherer.

SEIDARAP

Glenn Single Despott betrat das Zimmer mit dem purpurroten Sofa und den goldenen Wänden. Er hatte getan, was er hatte tun wollen.

Er hatte die ganze Stadt in Aufruhr versetzt.

Wo auch immer die kleine Celfie steckte, sie und ihre grüne Begleiterin würden genug damit zu tun haben, sich vor dem Tod zu fürchten. Seine Putzkolonnen hatten ganze Arbeit geleistet. Für die Nacht hatte er den Männern natürlich freigegeben. Nachtzuschläge waren zu teuer. Und morgen wäre sowieso alles zu Ende. Oder genauer gesagt: Alles würde beginnen.

Vor ihm in der Ecke des goldenen Zimmers auf einem Drehstuhl saß diese Aubergine mit Gittern vor den Augen.

Glenn wäre bei diesem Anblick fast schlecht geworden. Aber dann rief er sich zur Ordnung. Er musste es sich einfach als modernes Kunstwerk vorstellen, das bei ihm saß wie in einem Museum. Ein lebendiges modernes Kunstwerk.

Langsam machte er einen Schritt auf das Ding zu. Ob er es vergolden sollte? Dann hätte das Etwas vielleicht wirklich hierher gepasst. Doch ehe Glenn seinen durchaus interessanten Gedanken zu Ende bringen konnte, wimmerte das Ding plötzlich und sah ihn an.

„Aargh“, machte es leise.

So leise, dass Glenn es kaum verstand.

„Wie bitte?"

„Aargh", wiederholte das Wesen.

„Aargh?", wiederholte Glenn mit gespieltem Sanftmut. „Bist du Aargh?! Der böse Aargh?"

Das Wesen nickte dankbar. Glenn tat so, als wiche er erschrocken zurück.

„Hugo hat es mir bereits berichtet. Du fühlst dich nicht wohl in deiner –" Glenn wollte eigentlich Haut sagen, verbesserte sich dann aber gerade noch rechtzeitig und sagte laut: „Gestalt?"

Das Wesen schluckte und eines seiner Augen sank fast bis zum Boden, von wo es vorsichtig zu Glenn hochschielte. Dann nickte es.

„Papa Mama böse! Gemacht Aargh Bein ohne!", sagte es. „Rad auch ab. Immer stolper! Replots! Aber du kannst. Malmann sagen ab Rad dran."

„Er hat gesagt, du hast ein Rad ab?", fragte Glenn erstaunt. Was hatte Hugo wieder angestellt. Glenn musste sich beherrschen, nicht zu fluchen. Wenn er Hugo nicht besser im Auge behielt, würde der ehrgeizige Maler eines Tages wirklich noch ein großes Unglück heraufbeschwören. Natürlich durfte niemand so ein perfekt unvollkommenes Wesen wie diesen Aargh verändern, außer Glenn selbst. Das war der Witz der Sache. Aber das wusste Hugo natürlich nicht und durfte es auch niemals erfahren.

Glenn atmete einmal tief ein. Dann wandte er sich wieder Aargh zu.

„Aber du bist perfekt, Aargh!", sagte Glenn ruhig.

„Nein! Fehlt Bein ein! Um ich falle."

„Nur im Moment“, sagte Glenn behutsam. „Weil du am falschen Ort bist.“

Das Wesen ließ auch sein zweites Auge tief zu Boden sinken und schielte Glenn von unten an, als gucke es aus einem Gully.

Da kam es ja schließlich auch her. „Wirklich! Komm, ich zeige dir etwas.“

„Was du mir?“, fragte das Wesen vorsichtig. Doch ein Auge wanderte etwas höher, was Glenn für ein Zeichen von Neugier hielt.

„Wohin Aargh?“, fragte es weiter.

„Nur durch die goldene Tür da!“ Glenn ging voran und fuhr dabei fort: „Ich gehe vor und du kannst es ja mal versuchen. Wenn du nicht willst, drehst du eben wieder um. Aber das, was ich dir zeigen will, ist der erste Schritt ins Paradies. Nach Farbek.“

„Kebraf Seidarap?“, fragte das Ding.

Glenn horchte auf. Das klang wie Farbek Paradies rückwärts.

„Ja, Kebraf Seidarap!“, sagte Glenn.

„Du kannst Aarghs Sprache?!“, rief das Ding.

„Ich kann jede Sprache“, lächelte Glenn Despott, froh über seine schnelle Auffassungsgabe. „Ich liebe jedes Wesen und spreche auch jede Sprache.“

Seine Lüge hatte zur Folge, dass das Wesen plötzlich anfing, einen langen Schwall Wörter auszustoßen. Aber das scherte Glenn nicht im Geringsten. Als Junge hatte er es geliebt, in seiner eigenen Geheimsprache mit seinen Spielsachen rückwärts zu sprechen. Und natürlich vergaß man so etwas nicht. Infolgedessen redete er selbst jetzt einfach etwas lauter rückwärts weiter, während er innerlich übersetzte: „Also, wenn du mitkommst, ist es der erste Schritt ins Paradies. Der geht auch auf einem Bein ganz leicht. Hüpf dich frei, verstehst du? Und im richtigen Paradies, also in Farbek, bist du dann ganz frei. Denn ich werde dir zwei Beine geben."

Eigentlich hatte Glenn nur vorgehabt, dem Ding das Gefühl zu geben, dass er ihm die Freiheit schenken konnte, indem es sich in Farbek unbehindert bewegen konnte. Aber wenn Aargh gerne zwei Beine haben wollte, nun, auch das ließ sich natürlich bewerkstelligen. Ihm war es egal, wie das Ding in Farbek aussehen würde.

„Frei!", sagte das Wesen.

„Ja, frei. Du kannst tun, was du willst."

„Werde ich schön sein? Zwei Bein?", fragte Aargh und reckte seinen Körper erwartungsvoll.

„Schöner als schön und freier als frei. Du kannst alles tun, wonach dir ist. Du bist dort der König, deswegen trägst du ja eine Krone. Und zwei Beine bekommst du natürlich auch."

„Krone, oh ja!", lachte das Wesen. Es stand auf und humpelte mühsam hinter Glenn her.

Glenn öffnete die Tür.

Als das Wesen die Schwelle erreichte, riss es beide Augen auf. Glenn nickte sich befriedigt zu.

Im Raum hingen zehntausende Kinderzeichnungen aus aller Welt. Und zwar nur die schönsten. Glenn hatte sie extra für diesen Moment gesammelt. Er hatte gehofft, das Bild, das ihm dienen sollte, damit beruhigen zu können, falls es unsicher war. Und natürlich war die Idee genial gewesen, wie alle seine Ideen.

„Paradies“, sagte das Wesen. „Kebraf!“

„Nur der erste Schritt“, sagte Glenn. „Aber sieh sie dir nur an. Das sind alles deine Freunde.“

Das Wesen schob seine Augen so weit auseinander, dass es den ganzen Raum überblicken konnte.

„Schön“, wimmerte es.

„Und in Farbek ist es noch schöner!“, fügte Glenn hinzu.

„Wirklich?!“

„Hmm“, machte Glenn. „Das ist das wahre Paradies und ich bringe dich hin. Natürlich nur, wenn du willst.“

„Keine Flucht?“

„Aber nein, niemals. Du bist der König.“

„Oh!“

„Oh, ja!“, ahmte Glenn ihn nach. „Wollen wir dahin gehen?“

Das Wesen sah auf die wunderschönen Bilder ringsherum und dann auf sein eines Bein. „Mein Vater mich schlecht.“

Glenn sah nun seinerseits überrascht auf. „Wer ist denn dein Vater?“

„Mädchen mit Eisnegua.“

„Ach so!“ Glenn lachte erleichtert. Er hatte schon befürchtet, das Wesen könnte sich an seinen Maler erinnern und ihm in einer Art Liebe zugetan sein, die er ihm dann auch noch hätte austreiben müssen. Aber das war zum Glück nicht der Fall.

„Das Mädchen ist nicht dein Vater!“, erklärte Glenn. „Das ist nur Celfie. Sie ist ein bisschen verrückt. Aber nicht wirklich gefährlich. Auf ihre Art hilft sie mir sogar, solche wie dich zu retten!“

„Retten? Ja? Netter?“, fragte das Wesen. „Vater thcin, oh ja?!“

„Oh, ja“, wiederholte Glenn und beschloss, dass es nun an der Zeit war, das Graffiti zu seinem Instrument zu machen. „Sie ist nicht dein Vater“, sagte er langsam. „Denn dein Vater bin ich!“

„Du bist Vater?!“

„Oh ja!“, sagte Glenn. Jetzt fing es an, ihm Spaß zu machen. „Ich habe Farbek gemacht mit all dem hier.“ Er zeigte auf die Bilder. „Ich bin der Vater und Farbek ist die Freiheit. Das Paradies. Dort solltest du auch hin, nur hat die verrückte Celfie dich gestohlen. Daher musste Hugo dich zu mir zurückbringen. Weil ich dich liebe.“

Aargh lachte. „Und ich Aargh im Seidarap Farbek?“

„Du bist König Aargh im Seidarap Farbek und frei“, sagte Glenn und fügte dann hinzu: „Und heute Nacht, wenn alle schlafen, bringe ich dich dahin. Mit zwei Beinen! Oh, ja!“

Glenn verzog den Mund zu einem breiten Lächeln. Er war fast am Ziel. Fast. Doch einen Schritt musste er noch gehen. Und er wusste, dass dies der schwerste Schritt war. Der Tod. Denn der Weg nach Farbek führte durch diesen.

DUNKLE ERINNERUNGEN

Kopfhörerdrache, Schwarzmann und Weißhund, Fenstermädchen, der Goldgefesselte, Adlerstirn, Adlerkopf, Spraydog und Zittermesser glitten dicht beieinander über die Häuser wie Wolkenschatten, die ab und zu kurz im Licht einer Laterne oder eines Werbeschildes auftauchten und dann wieder im Dunkel der Nacht verschwanden.

Die anderen Bilder hatten weitere Schwärme gebildet und strichen nun von überall her um die Häuserecken. Jede Gruppe hatte die Aufgabe, so vorsichtig wie möglich zum Moonson Tower vorzudringen.

Sie waren alle flach, nur der Kopf von Kopfhörerdrache ragte aus der Zweidimensionalität hervor. Auf seiner Stirnplatte saßen Celfie, Kyle und Fluschfummel.

Begeistert beobachtete die kleine Maus das Schauspiel, das sich ihr bot.

„Als ob wir einfach durch die Luft fliegen würden!“ Sie tätschelte Kopfhörerdrache am Ohr.

„Komisch“, sagte Kyle, der die ganze Zeit über die Straßen im Auge behielt. „Es sind gar keine Sprayer unterwegs. Dabei ist das ihre Stunde. Es ist nach Mitternacht. Und nach dem, was hier heute passiert ist, müssten sie alle was Neues machen wollen.“ Immer wieder schüttelte er den Kopf. „Diese Putzkolonnen müssen sie alle vertrieben haben. Und ich dachte immer, die lassen sich von niemandem verjagen."

„Sie sind nur vorsichtig, Kyle. Genau wie wir!", flüsterte Celfie.

„Aber das ist verrückt", sagte Kyle. „Tagsüber wurde hier alles geputzt und jetzt passt niemand mehr auf. Ich meine, wenn ich wollte, könnte ich jetzt die ganze Stadt zutaggen. Das passt doch nicht! Das sieht doch so aus, als wäre es diesem Glenn in Wirklichkeit ganz egal, wie viele Graffiti in dieser Stadt noch übrig bleiben. Das muss doch was bedeuten. Und ich glaube, ich weiß auch, was! Sein Ziel ist nicht diese Stadt! Ich glaube, sein Ziel ist Farbek. Er war schon zweimal dort und das bedeutet, er kann dort auch ein drittes Mal hin."

„Du meinst, er ist schon auf dem Weg?" Die Stimme von Zittermesser klang, als habe die in alle Richtungen schwingende Gestalt in Eiswasser gefasst. „Aber warum? Er hat Celfie geholt, damit sie ihm hier ein Bild weckt, das er entführen konnte. Warum aber sollte er das jetzt nach Farbek bringen? Es ist doch schon da – in seiner Farbekgestalt! Was sollte denn da passieren mit einem zweiten Bild?"

Kyle schüttelte den Kopf. „Das weiß ich nicht. Aber ihr habt gesagt, dass mit Glenns Auftauchen die Angst ausgebrochen ist. Und Aargh ist zwar nicht unbedingt angsteinflößender als Glenn, aber ganz sicher sehr viel ängstlicher."

Sie glitten eine Hochhausfassade hinab und über eine Kreuzung. In der Ferne fuhr ein Auto mit hellen Scheinwerfern vorbei. Rasch machte Kopfhörerdrache sich ganz flach und Celfie und Kyle duckten sich in den Schatten eines Müllcontainers. Im Licht der Scheinwerfer waren fast alle Hauswände blitzblank.

Zwischendurch sah man jedoch auch ein paar Graffiti oder Reste von ihnen und auf einigen großen Parkplätzen standen die Wagen der Putzkolonnen.

„Wisst ihr was?“, rief Kyle, als das Auto sich wieder entfernt hatte. „Ich glaube, dass Glenn die Stadt von Graffiti reinigen lässt, ist nur ein Ablenkungsmanöver. Es ist doch klar, dass man nicht wirklich alle Bilder so schnell vernichten kann. Und wenn man es ernst meint, dann macht man nachts keine Pause. An großen Baustellen wird auch Tag und Nacht gearbeitet.“

Fluschfummels verwaschene Schnauze zuckte unruhig hin und her und aus ihrem moosgrünen Körper flogen ein paar rote Tropfen. „Heißt das, wir sind auf ihn reingefallen?“

„Alles ist möglich“, summte Kopfhörerdrache, während er seinen Kopf wild wippend wieder hervorstreckte.

„Wie bist du denn drauf?“, fragte Kyle.

„Reggaemäßig!“, erklärte das Riesengraffiti.

„Ach so!“ Kyle sprang zugleich mit Celfie und Fluschfummel wieder auf die Stirnplatte von Kopfhörerdrache und klammerte sich unruhig an seinen Kopfhörer. „Ich hoffe nur nicht, dass Glenn Despott uns so einfach ausgespielt hat.“

„Wie dumm von uns, wie klug von ihm!“, murmelte Celfie, während sie weiterglitten. „Wir schleichen uns an, so vorsichtig wir nur können, und Glenn zieht derweil seinen Plan durch. Aber wir müssen vorsichtig bleiben. Unser Widersacher hat in jedem Fall nicht nur uns abgelenkt, er hat vor allem auch die Aufmerksamkeit aller Bewohner auf die Graffiti gelenkt. Wenn die Menschen uns jetzt sehen, alarmieren sie die Polizei und wer weiß, wen sonst noch.“

Kyle stupste sie an.

„Was ist?“, fragte Celfie.

„Da!“ Kyle zeigte vor sie.

Vor ihnen erhob sich das höchste und schwärzeste Gebäude der Stadt.

„So sieht er aus?“, flüsterte der Goldgefesselte.

„Gewaltig“, fügte Fenstermädchen hinzu.

Celfie sah auf das Haus, in dem sie viele Wochen gefangen gewesen war.

„Wo hat er dich da drin festgehalten, Celfie Hellaugenkind?“, fragte Adlerstirn, die von einem Schornstein auf die Dachziegel glitt.

Celfie streckte den Arm aus und deutete auf die oberen Etagen, als in der allerobersten plötzlich ein eishöhlenblau schimmerndes Licht aufflackerte. Auf einmal sah der Moonson Tower aus wie eine schwarze Kerze, an deren Docht eine elektrische Flamme angesprungen war.

„Was ist das?“, stieß Kyle hervor. „Das sieht aus wie das Licht in deinen Augen, Celfie, nur viel kälter.“

Celfie nickte. Unruhig bewegte sie ihre Finger und streichelte Kopfhörerdrache hinter dem Ohr.

„Was ist, Celfie Madison Hellaugenkind?“, flüsterte der Drache sanft.

„Warum“, fragte Celfie unruhig, „leuchtet es dort wie aus meinen Augen? Hat Glenn mich erschaffen, damit ich Böses in die Welt bringe? Bin ich schuld an all diesem Übel?“

„Welches Übel?“ Kopfhörerdrache richtete sich auf und schüttelte den Kopf.

Neben ihm erschienen in den Augen von Fenstermädchen der alte und der neue Moonson Tower nebeneinander. „Ja, welches Übel, Celfie Madison?“, wiederholte Fenstermädchen. „Übel ist, dass Glenn Despott dich gegen deinen Willen entführt hat. Wozu auch immer er dich geschaffen hat, du musst ihm nicht dienen.“

„Wir sind freie Wesen, egal, wer uns erdacht hat!“ Adlerstirn reckte ihr stolzes Haupt in die Nachtluft. „Er konnte nicht anders, als dir die Freiheit zu geben, damit du sein kannst, wer du bist! Ohne die Freiheit hättest du nie ein Bild auf der Erde zum Leben erweckt.“

„Aber er hat mir die Freiheit nur gegeben, damit ich ihm diene!“, rief Celfie verzweifelt. „Wenn ich es nicht getan hätte, dann wäre jetzt alles anders.“

Adlerkopf hob seinen Schnabel. „Das konntest du nicht wissen. Deine Freiheit endet nicht an seinen Wünschen! Vergiss das nicht.“

* * *

Glenn Single Despott sah durch das Panoramafenster seines Arbeitszimmers auf die Stadt.

Die Phiole mit dem Gift stand hinter ihm auf dem Schreibtisch. Eben hatte er sie aus ihrem Versteck geholt und nun begann sie allmählich zu leuchten. Ein wenig erinnerte ihn das Licht darin an die Augen seiner kleinen Celfie. Er betrachtete das Auflodern der weißblauen Flammen in der Fensterspiegelung. Doch noch war es nicht so weit. Noch musste er sich gedulden. Erst musste das Gift gleißend hell werden, davor wirkte es nicht.

Glenn Single lenkte seinen Blick auf das verbrannte und eingestürzte Mahnmal seines Ziehvaters in der Ferne. Zu Lebzeiten schon hatte sich dieser im Fuß des ersten Moonson Tower eine eigene Grabstätte anlegen lassen. Und doch hatte Glenn ihn dort nie zur Ruhe betten können.

Denn sein Ziehvater war damals einfach verschwunden und nie wieder aufgetaucht.

* * *

Es war einige Jahre nach dem Verschwinden Moonsons gewesen und sein Ziehvater war offiziell für tot erklärt worden.

Das bedeutete, Glenn durfte das Erbe antreten. Aber obwohl er damals bereits volljährig war, war er in Wirklichkeit noch ein dummer Junge. Was mit seinem Vater geschehen war, begriff er nicht.

Stattdessen ließ Glenn sich treiben. Geld dazu hatte er genug.

Moonsons Tod war der Tod eines einst mächtigen Mannes und alles, was Glenn verstand, war, dass der Tod, egal wie mächtig man war, für jeden das Gleiche bedeutet.

Der Tod war der Tod und mit ihm war alles Erreichte dahin.

Dieser Gedanke wurde so stark in Glenn, dass er aufhörte, an sich selbst zu glauben.

Nichts konnte ihn damals aufbauen. Er vermisste seinen Ziehvater entsetzlich. Und schließlich fing Glenn an, mit seinem Leben zu spielen.

Wenn der Tod eh kam, konnte er ihn auch einladen.

Aber das Leben selbst schlug ihm ein Schnippchen.

Er dachte damals, dass er sich vielleicht zu Tode fressen konnte und wurde deswegen fetter und fetter.

Es war ein gelangweiltes Experiment des Überdrusses. Und schließlich klappt es ja auch. Jedenfalls zunächst.

Glenn lag gerade im Bett und kritzelte gelangweilt mit einem schwarzen Filzstift in einer Fernsehzeitung am Werbefoto eines extrem durchtrainierten Sportlers herum, der für irgendeine Hautcreme Werbung machte, als er einen Schwächeanfall erlitt und gleich darauf überzuckert und ohnmächtig in seinem Bett zusammenbrach.

Dann allerdings passierte etwas wirklich Merkwürdiges.

Plötzlich befand er sich in einem langen dunklen Tunnel. „Das ist es jetzt also wirklich, Glenn, du hast es geschafft. Das ist das Ende!", sagte er sich noch.

Dann flog er in den dunklen Tunnel hinein.

Dabei dachte er seltsamerweise an Moonson und einen Satz, den sein Ziehvater gerne bei der Arbeit vor sich hingemurmelt hatte und der Glenn als Kind immer wie ein Zauberspruch vorkam: „Jedes Ende ist ein Anfang, jeder Anfang ist ein Ende. Jede Trennung ist ein Schmerz, mit jedem Tod zerbricht dein Herz."

Während er den Satz in sich hörte, tauchte plötzlich neben ihm ein dunkel glühendes schwarz-violettes Licht auf, dessen Kontur komischerweise genau wie sein Ziehvater aussah. Mit ausgestreckten Armen zeigte die dunkel wabernde Lichtgestalt in eine Richtung. Glenn folgte mit dem Blick und sah, dass er nicht länger in einem einzelnen Tunnel war, sondern in einem Labyrinth aus vielen Tunneln. Doch welchen nehmen? Bevor er länger überlegen konnte, murmelte das Glühwesen etwas, das wie ‚Farbek' klang. Dann fasste das Ding plötzlich nach Glenn und eine Art Stromstoß schien ihn in einen der Tunnel zu schleudern.

Dann folgte totale Dunkelheit.

Und dann war er tatsächlich in Farbek gelandet.

So etwas hatte Glenn zuvor noch nie gesehen. Natürlich nicht.

Die Erinnerung an Farbek war auch nach seiner Rückkehr auf die Erde immer noch erschreckend und kurios. Farbek war eine Welt der seltsamsten Wesen.

Es kam ihm vor, als schwebe er durch eine Art unendliche Fata Morgana aller jemals von irgendjemandem gemalten oder sonst wie erschaffenen Bilder. Von der Skizze bis zum hundertfach verbesserten Bild. Jede Idee, jeder Traum, jedes Werk und jede Vorstellung war hier lebendig.

Und mit ‚lebendig' meinte er, dass sie wirklich lebten. Das war kein Museum, sondern eine Welt der lebendigen Bilder.

Glenn wusste sofort, was er dort vor sich sah.

Denn er selbst hatte an diesem Tag, dem eigentlich letzten seines Lebens, offensichtlich eines der dort anwesenden Wesen dorthin gebracht.

Denn im nächsten Moment stand seine Kritzelei aus der Fernsehzeitung vor ihm. Glenn erkannte die superschlanke Gestalt des jungen Sportlers sofort. Er hatte das Bild schließlich so verändert, dass der grinsende Schönling mit einem abgehackten Bein auf Krücken humpelte und seinem Werbegrinsen ein paar deftige schwarze Zahnlücken verpasst. Auch die triefenden Glubschaugen, Warzen, Narben und kleinen Spinnen, die sich von den Ohren abseilten, stammten von Glenns Filzstift.

Die Gestalt war höchstlebendig und bester Dinge. Und sie schien glücklich zu sein. Sie hüpfte zwischen anderen Bildern herum und niemand machte sich über sie lustig.

Glenn verstand sofort, dass er im Reich der Fantasie gelandet war. Sein müder Geist war schlagartig wieder wach!

Hier lebten die Bilder, die die Menschen gemalt hatten. Hier lebten selbst böswillige und zerbrochene Träume und fiese Kritzeleien anscheinend im reinen Glück.

Farbek strahlte eine verblüffende Lebensfreude und Kraft aus, so stark, dass Glenn sich innerhalb von Sekunden wohl und lebendig fühlte wie noch nie.

Er streckte die Hand aus und berührte das verkrakelte Wesen, sein Wesen, das er erschaffen hatte. Das Wesen fühlte sich weich an und lachte, als er es berührte. Glenn flüsterte: „Ich bin es, Glenn, dein Erschaffer."

Das Wesen lachte ihn noch heftiger an und wollte gerade etwas erwidern, als Glenn wie von einem ultrastraffen Bungeeseil zurückgerissen wurde.

Mit einem Aufschrei war Glenn in seinem Bett erwacht.

Er rang heftig nach Luft und alles, aber wirklich alles, tat ihm weh.

Seine Köchin stand an seinem Bett, zusammen mit einem Notarzt, der beruhigend auf ihn einsprach.

Aber Glenn suchte nur fieberhaft nach der Zeichnung in der Fernsehzeitung. Als er sie fand, huschte ein Lächeln über sein Gesicht. Wo vorhin noch der Werbeslogan für einen Hautcreme gestanden hatte, stand jetzt „Glenn, der Erschaffer".

Das war der Start für alles Weitere.

Glenn war sofort klar: Man konnte sterben und damit in eine andere Welt gelangen.

Eine Welt, die die Welt, aus der man kann, veränderte! Man musste sich dort nur als ihr Erschaffer kundtun.

Und irgendwie hatte sein verschwundener Ziehvater ihm dahin den Weg gewiesen. Doch das war jetzt nebensächlich.

Glenn, der Erschaffer … Das waren die Zauberworte.

Jetzt musste Glenn nur noch herausfinden, wie man starb, ohne zu sterben, und wie man den Wesen in Farbek, und zwar allen Wesen dort, klarmachte, dass er der Erschaffer war, ohne dass er für immer in Farbek sein musste oder die gesamte Bildwelt der Erde eigenhändig umgestaltete. Denn das würde er erstens niemals schaffen und zweitens wollte Glenn nicht dort sein. Er wollte auf der Erde weiterleben. Denn er war ein Mensch und er wollte die Erde beherrschen.

Und so war Glenn auf die Angst gekommen und auf seinen Propheten.

In den kommenden Wochen und Monaten machte sich Glenn, versorgt von einer eigens angestellten Krankenschwester und unterstützt von einer Personal Trainerin, fit und studierte.

Und nach einigen Wochen wurde er fündig. Ein Artikel in einem alten Lehrbuch der Hexenkunst beschrieb das Auftauchen eines Wesen auf der Erde namens Fairebing. Dessen Anwesenheit auf der Erde hatte angeblich einige merkwürdige weitere Ereignisse zur Folge gehabt. Die Menschen begannen in der Gegenwart Fairebings, Dinge lebendig werden zu sehen, die das normalerweise nicht waren.

Es schien sich tatsächlich um eine Art Hexe zu handeln. Eine Hexe, die behauptete, aus einer anderen Welt zu kommen, und die nicht wusste, wie ihr dies geschehen war.

Und schließlich fand Glenn einen weiteren entscheidenden Hinweis. In der Gegenwart dieser Gestalt und beim Blick in ihre Augen wurden die Bilder in den Köpfen der Menschen lebendig. Und zwar außerhalb ihrer selbst, sichtbar für alle.

Die Hexe Fairebing war schließlich wieder verschwunden und die ganze Geschichte in Vergessenheit geraten.

Glenn aber war sofort klar, dass diese seltsame Muse nicht das Wesen Fairebing, sondern ein Wesen aus Fairebing, und das hieß aus Farbek, gewesen sein musste.

Und Glenn war der einzige Mensch auf der Erde, der von diesem Ort wusste und auch wie man dorthin gelangte. Und natürlich war ihm auch klar, was man mit diesem Wissen erreichen konnte!

Wenn es im Reich der Ideen nur noch eine einzige Idee gab, nur eine einzige Vorstellung, nur noch ein einziges Bild, nur noch eine einzige Fantasie, an die alle glaubten – dann konnte daneben nichts anderes mehr existieren. Wenn den Menschen dann nämlich, sobald sie anfingen, über irgendetwas nachzusinnen, immer diese eine Idee von ganz allein in den Kopf kam und von dort in ihre Worte floss und weiter in ihre Wünsche und in ihre Taten? Dann würden die Menschen alle an eines glauben oder vielmehr: es verehren.

Und dann würde dieses eine folgerichtig alle Lebewesen beherrschen, die denken konnten, sich Vorstellungen machten oder etwas träumten.

Wieder fiel ihm der Satz seines verschwundenen Ziehvaters ein, an den er, kurz bevor er nach Farbek gekommen war, gedacht hatte. Das war kein Zufall gewesen, dachte Glenn. Und auch die dunkel leuchtende Gestalt im Todestunnel nicht, die ihn nach Farbek gelenkt hatte. Wenn man eins und eins zusammenzählte, sah es ganz so aus, als lebte sein Ziehvater noch, wenn auch nicht mehr auf der Erde, sondern in einer anderen Welt. Und wie er Moonson kannte, hatte dieser bestimmt schon zu Lebezeiten von dieser anderen Welt und von Farbek gewusst. Vielleicht hatte sein Verschwinden ja genau damit zu tun.

Glenn hätte zu gerne mit Moonson darüber geredet oder in seinen persönlichen Aufzeichnungen danach geforscht. Doch der Turm des alten Moonson war abgebrannt. Und danach war sein Ziehvater für immer fort gewesen.

Das Einzige, was übrig geblieben war, war die große goldene Tür, die Glenn in den neuen Turm hatte einbauen lassen.

Die Tür mit dem geheimnisvollen Satz.

Glenn lief sofort zu ihr.

OMNES PERCURRUNT SECRETUM, NEC ANIMADVERTUNT

‚Jeder geht durch das Geheimnis hindurch, ohne es zu bemerken'.

Und plötzlich wurde ihm alles klar. In der Tür musste ein Geheimnis versteckt sein, was anderes sollte der Satz sonst bedeuten?!

Vorsichtig baute er die Tür auseinander.

Und entdeckte wahrhaftig ein meisterliches Kunstwerk.

Glenn musste zugeben, dass er so etwas nicht vermutet hatte.

Die schwere Tür war reines Zauberwerk. Wenn man es erst einmal herausgefunden hatte, öffnete sich auf einen Druck auf den ersten Buchstaben des rätselhaften Satzes ein Fenster im Turm des Reliefs. Dahinter grinste einen das böse Gesicht eines Kobolds an, der die Zunge rausstreckte. Man musste die Zunge ergreifen und zur Seite schieben, dann verdrehte der Kobold die Augen und blickte nun zu einem Brunnen am Fuße des Turms. An diesem war eine Kurbel angebracht, die man nicht drehen, sondern drücken konnte. Tat man dies, schob sich der ganze Turm lautlos zur Seite und hinter ihm kam eine Reihe Geheimfächer zum Vorschein. Hier fand Glenn schließlich den Schatz. Einige Phiolen mit einem blau leuchtenden Gift und hinterlassene Aufzeichnungen seines Ziehvaters.

Die Aufzeichnungen bewiesen ihm, dass er recht hatte. Es war möglich, durch den Tod andere Welten und Reiche zu betreten. Dazu diente das Gift, das sein Ziehvater angeblich aus einer Drachenschuppe gewonnen hatte. Moonson hatte dazu auch einige Warnhinweise gegeben, aber die interessierten Glenn nicht. Er wollte Farbek beherrschen und danach konnte ihm nichts mehr passieren. Denn er würde diese Welt vollkommen beherrschen. Mit etwas, das es dort bisher nicht gab, das ihm aber vollkommene Herrschaft garantierte: mit Angst.

Dazu entwickelte Glenn einen Plan.

Dieser sah vor, dass er einen einfältigen und ängstlichen Propheten in Farbek einschleuste, der ihn als Erschaffer der gesamten Welt verkündete. Denn was in Farbek geschah, das geschah auf der Erde, so hatte Glenn es anhand des Krakelbildes in der Zeitschrift gesehen.

So ein Wesen konnte kein Mensch sein. So ein Wesen konnte nur ein Bild sein, ein auf der Erde zum Leben erwecktes Bild, das Glenn nach seinem Willen erziehen würde und das in Farbek nicht auffiel. Ein gehorsames, lebendiges Bild, dem die anderen Bilder in Farbek Glauben schenken würden.

Diesen Propheten musste er nach Farbek einschleusen, damit er dort seinen Namen verkündete. Es musste ein Wesen sein, das ganz und gar an Glenn glaubte. Ein Wesen, das vollkommen von Glenn abhängig war.

Glenn war sofort klar, dass eine einfache Kritzelei, wie die in der Fernsehzeitung, dazu nicht reichte. Die Wesen, die er in Farbek gesehen hatte, einschließlich seines Werkes, waren geradezu überschäumend glücklich und frei gewesen. Sie kannten bestimmt keine Angst. Angst aber war die Grundvoraussetzung für Gehorsam.

Und Angst wiederum gab es hier auf der Erde. Also musste Glenn logischerweise ein Bild von der Erde zum Leben erwecken und es als seinen Agenten, seinen Propheten nach Farbek schicken.

Um nun ein Bild zum Leben zu erwecken und es dann einzuschüchtern, zu verängstigen und von sich abhängig zu machen, benötigte Glenn einen Erwecker. Er selbst konnte keine Bilder auf der Erde lebendig machen. Oder noch besser: eine Erweckerin, denn Mädchen waren gemeinhin schwächer als Männer.

Sie musste ein freies Wesen aus Farbek sein, das über diese spezielle Gabe verfügte. Und sie musste Glenn dienen, ohne es zu merken. Dieses Wesen würde Glenn erschaffen und es dann aus Farbek entführen.

Es war eine einfache Rechenaufgabe, wie er sich klarmachte. Er brauchte ein freies Wesen aus Farbek, um ein unfreies Wesen von der Erde zum Leben zu erwecken, es zu erziehen und dann nach Farbek zu schicken. Mit dessen Hilfe würde er diese Welt in Besitz nehmen, um anschließend die Erde zu beherrschen.

Es war ein taktisches Machtspiel, das sich Schritt für Schritt vollziehen ließ. Und an seinem Ende würde er stehen: Glenn, der Erschaffer!

Der erste Schritt also war die Erschaffung.

Er musste ein Bild des mächtiges Wesens malen, das er später aus Farbek entführen würde.

Deswegen hatte Glenn Hugo zu sich geholt. Hugo war ein bekannter Fälscher, der von der Polizei verfolgt wurde und sich deswegen in den finnischen Wäldern versteckte. Glenn hatte ihn mit einem raffiniert ausgedachten Artikel in einer regionalen Zeitung über die Möglichkeiten der Nanoschrift in der Werbung aus seinem Versteck gelockt. Und dann festgestellt, dass Hugos peinliche Liebe zu seiner Mutter ihn zu einem perfekten Sklaven machte. Was für ein unglaublicher Einfaltspinsel! Aber er konnte jeden Stil perfekt kopieren, den man ihm vorlegte. Das musste man ihm lassen.

Hugo wiederum hatte gedacht, dass Glenn ihm nur aus Langeweile zusehe, wenn er in sein Atelier kam. Aber in Wirklichkeit war es Glenn so gelungen, sich bei ihm abzugucken, was er brauchte. Er hatte Hugo beiläufig gefragt, wie van Gogh diese oder jene Stelle Haut gemalt hätte, und es sich dann von dem eitlen Dummkopf vormachen lassen.

So hatte er zeichnen gelernt. Und ein Bild nach seinem Abbild geschaffen. Deswegen sah Celfie Glenn Single Despott so ähnlich. Sie hatte das gleiche schmale und ein wenig bleiche Gesicht und die gleichen dunklen Haare. Nur, dass sie ein Mädchen war. Aber noch etwas an ihr war anders. Schließlich sollte Celfie sich nicht in ihm erkennen, wenn sie Glenn gegenüberstand.

Sie hatte die wunderbarsten Augen, die Glenn je gesehen hatte. Die Augen seines früheren Kindermädchens, Mademoiselle Madison aus Hong Kong.

Mademoiselle Madison war neben seinem Ziehvater die einzige Person in Glenns Leben gewesen, die er je geliebt hatte. In stillen Stunden gestand Glenn Single Despott sich sogar ein, dass er nur Mademoiselle Madison aus reinem Herzen geliebt hatte. Denn sie war gütig und liebevoll zu ihm gewesen und hatte ihm jeden Abend eine chinesische Gute-Nacht-Geschichte erzählt.

Glenn hatte Celfie vier Jahre lang gemalt. Er liebte das Bild und nannte es Celfie Madison. Es war ein wunderbarer Name. Nur er allein wusste, was er bedeutete.

Als er endlich fertig war, war klar, dass er es wieder zerstören musste.

Es war schrecklich gewesen. Noch nie hatte Glenn Single Despott ein solches Schmerzgefühl verspürt wie in diesem Moment.

Er hatte das Bild zunächst fein säuberlich zerreißen wollen. Aber das hatte er nicht über sich gebracht.

Dann hatte er überlegt, das Bild zu verbrennen. Doch auch das war ihm zuwider gewesen. Trotzdem musste es sein.

Nicht auszudenken, wenn die kleine Celfie Madison, durch welchen unglücklichen Zufall auch immer, hier bei ihm auf das

Bild von sich gestoßen wäre. Es hätte ihr etwas verraten können. Dass sie von ihm gemalt worden war. Dass sie zu einem Zweck erschaffen worden war. Dass er sie immer schon gekannt hatte. Der kluge Mann hinterließ niemals Spuren, auch nicht, wenn sein Herz in ihnen steckte.

Schließlich hatte er einen Weg gefunden, der ihn zufriedenstellte.

Noch schwieriger aber als die Vernichtung des Bildes, an dem er so lange und hingebungsvoll gearbeitet hatte, war die Entführung der lebendigen Celfie Madison aus Farbek gewesen.

Glenn hatte sich dazu noch einmal umbringen müssen.

Immerhin hatte er den Tod diesmal besser inszeniert, als sich einfach zu überfressen.

Mittlerweile standen ihm die Phiolen seines Ziehvaters zur Verfügung. Und er wusste, dass er nach der Einnahme des Giftes genug Zeit haben würde, um zu tun, was zu tun war, ehe er wieder erwachte.

Den Weg durch den schwarzen Tunnel hatte er diesmal alleine gefunden.

In Farbek war es ihm dann zum Glück gelungen, Celfie zu finden. Und zwar auf Anhieb. Damit hatte er auch gerechnet. Schließlich war er auch beim ersten Mal gewissermaßen über seine Kritzelei gestolpert.

Da er nicht wusste, wie man ein solches Wesen entführte, hatte Glenn Despott Celfie einfach gepackt und mit roher Gewalt festgehalten.

Er war wieder in den schwarzen Tunnel zurückgerissen worden und dann im Moonson Tower aufgewacht – in seinen Armen eine ohnmächtige Celfie Madison, die er sofort einsperrte. Die Entführung war geglückt!

Und Glenn hatte Punkt zwei ausgestrichen.

* * *

Aargh schlief und es sah aus, als habe jemand Glenns goldenen Teppich mit Edding bemalt. Voller Abscheu blickte Glenn auf das Ding hinab. Dann wanderte sein Blick durch das große Panoramafenster. Irgendwo dort draußen in der Stadt war auch die kleine Celfie, die er gemalt und die ihm all dies erst ermöglicht hatte.

Wahrscheinlich hockte sie immer noch tief unten in einem Kanal und blickte durch den feuchten Gullyschacht hinauf in den schmalen Streifen Himmel, den man eventuell durch das Gitter sehen konnte.

Glenn schüttelte den Kopf.

Es war nur ein Stück Mond zu sehen, es war eine nahezu blasse Sternennacht ohne Leuchtkraft. Nein, sie würde dort unten nichts zu sehen bekommen außer Dunkelheit.

Er zuckte die Schultern. Sie war ein Wesen, das von ihm selbst dazu geschaffen worden war, ihm zu dienen. Er musste und er konnte ihr jetzt nicht weiterhelfen. Vielleicht hätte er sie wirklich auslöschen sollen, nachdem sie ihm das lebendige Graffiti beschafft hatte.

Aber Glenn wollte nicht morden. Und gewiss nicht die kleine Celfie. Wenn er an sie dachte, fühlte er etwas wie ein Grimmen im Bauch. Konnte es sein, dass die Gedanken an sie Gefühle in ihm auslösten?

Nein, sagte er sich. Die kleine Celfie war nur …

Glenn atmete ein und wieder aus und dann dachte er: sein Werk!

Man tötete sein Werk nicht. Nicht, wenn man es … Glenn biss sich auf die Lippen … selbst erschaffen hatte?!

Er schaute zu Aargh. Dann rief er unvermittelt: „Wach auf, du Rumgewusel. Mach dich auf die Beine!"

Das Graffiti regte sich nicht.

Glenn seufzte. „Hoch, du kleines Scheusal!" Er trat auf Aargh zu und stieß ihm die Schuhspitze in die Rippen.

Das Graffiti schlief weiter. Glenn zog die Augen zu Schlitzen zusammen.

Am liebsten hätte er Aargh zusammengeknüllt und in die Mülltonne gesteckt. Aber das ging nicht, wenn man das Ding noch brauchte!

Glenn warf einen Blick durch den Raum. Hier hatte er sie gemalt und das Bild später vernichtet.

Glenn fühlte wieder das Bauchgrimmen.

Er blickte auf die Phiole. Sie leuchtete heller.

Die Vernichtung von Celfies Bild hatte ihm aber auch den Weg gewiesen, wie er seinen Propheten unbeschadet nach Farbek bringen konnte.

Alles ergab einen Sinn!

Glenn schluckte. Gleich würde er das Gift trinken. Und dazu würde er dasselbe mit Aargh tun, was er damals auch mit Celfies Bild gemacht hatte.

Glenn warf einen erneuten Blick zum alten Moonson Tower. Undeutlich erkannte er die schwarze Ruine, die sich im ehemaligen Zentrum der Stadt wie ein hohler Zahn erhob. Heute stand sie auf dem kleinen Hügel nur noch am unteren Ende der Stadt. Dafür stand sein Moonson Tower ganz oben auf der Spitze.

Und daran würde sich nichts mehr ändern, im Gegenteil. Jede Stadt auf der Welt würde bald ihren Moonson Tower haben. Und jeder, der zu seinen Füßen daran vorbeiging, würde seinen Namen mit solcher Ehrfurcht aussprechen, dass Glenn nie mehr etwas fürchten musste.

Glenn wandte sich wieder Aargh zu. Es blieb ihm nicht erspart. Gleich musste er das Graffiti in sich aufnehmen. Auch wenn er viel lieber Celfie Madison noch einmal in sich aufgenommen hätte. Dieses Wesen in ihm war seltsamerweise das schönste Gefühl gewesen, das Glenn je verspürt hatte. Es hatte sich angefühlt wie ein Schwarm von Schmetterlingen, der in ihm auf und ab tanzte und der ihn bis in die Wolken hob. Noch immer konnte er das Kribbeln spüren.

Die Idee, dieses Gefühl mit Aargh zu übertönen, missfiel Glenn zutiefst.

Aber es ging nicht anders.

„Wach auf!“, sagte Glenn Single Despott noch einmal, und diesmal deutlich und mit befehlendem Ton in der Stimme. „Wach auf, Aargh! Das ist deine letzte Chance, diese Welt noch einmal zu sehen.“

Glenns Schule

Die Graffiti beobachteten den Moonson Tower.

Aus der obersten Etage drang weiterhin dieses schwache Leuchten, als spielten schwarze Schatten im Schein einsamer Gletscherhöhlen.

„Was ist das?“, rief Fenstermädchen. „Es sieht aus wie das Licht in deinen Augen, Celfie. Aber es ist so – dunkel!“

„Ja!“, sagte Kyle. „Das flackert genau wie deine Augen!“

„Aber woher stammt es?“, rief Weißhund.

„Ich weiß es nicht. Aber wir werden es herausfinden“, sagte Celfie entschlossen.

Straße für Straße, Hochhaus für Hochhaus, schob sich die Gruppe näher auf das seltsame Leuchten zu. In der Innenstadt waren um diese Stunde keine Menschen mehr unterwegs, und Celfie, Fluschfummel und Kyle reisten auf der Stirn von Kopfhörerdrache gefahrlos wie auf einem dahinfliegenden Balkon.

Kyle seufzte.

„Was ist?“, erkundigte sich Celfie.

„Du hast da vorhin etwas gesagt, Celfie Und ich musste die ganze Zeit darüber nachdenken. Hast du dir überlegt, was ist, wenn er dich wirklich liebt?“

„Du meinst Glenn Single Despott?“

„Ja, natürlich.“

Celfie überlegte. Auf der Stirn des Jungen hatten sich besorgte Falten gebildet. Konnte es sein, dass ihm dieser Gedanke nicht gefiel? Und das nicht nur, weil er Glenn Single Despott nicht mochte, sondern vielleicht, weil er selbst sie gernhatte? Sie spürte wieder das Pochen ihres Herzens. Ganz deutlich. Aber diesmal war es ein warmes, schweres Pochen.

„Glaubst du wirklich, ich könnte einem Menschen vertrauen, der das Land meiner Herkunft vernichten will und mich extra dafür erschaffen hat?“, fragte sie Kyle sanft. „Ich trage keinen Hass in mir, Kyle ohne Krone, und ich gehe nicht zu Glenn Single Despott, um ihn zu vernichten. Ich gehe zu ihm, um ihn aufzuhalten. Und selbst, wenn er mich lieben sollte, selbst um alles in der Welt, weil ihm das dazu dient, seinen Plan zu verwirklichen, würde ich diese Liebe auf diese Weise niemals erwidern.“

Kyle schluckte. Dann sagte er leise: „Ich glaube, ich hätte meinen Vater immer geliebt, wenn ich ihn nur getroffen hätte.“

Er blickte Celfie tief in die Augen. Sie glommen wie ferne Lichter aus dem Weltall, wie zwei Spiralnebel. Kyle hatte plötzlich das Gefühl, dass er selbst gerne einer dieser beiden Spiralnebel gewesen wäre.

Celfie lächelte. „Du schaffst es immer mehr, mich anzusehen. Du bist stark, Kyle.“

Du bist die Erste, der ich wirklich ganz und gar vertraue, dachte er. Ich liebe dich. Kyle spürte, wie seine Brust weit wurde.

Laut sagte er nichts.

Celfie erwiderte seinen Blick. „Er hat mich geschaffen, Kyle. Aber er hat mich nicht aus einem liebenden Herzen geschaffen, sondern aus Herrschsucht. Vielleicht denkt er, dass ich deshalb abhängig von ihm bin oder ohne ihn nicht existieren kann. Aber das ist nicht so. Und jetzt müssen wir handeln."

Sie wandte sich wieder dem Moonson Tower zu. Er lag nur noch wenige Straßen vor ihnen. Hastig tat Kyle dasselbe.

Nebeneinander standen sie auf der Stirnplatte von Kopfhörerdrache.

„Bist du bereit, Kopfhörerdrache?", rief Celfie.

„Ja, Celfie Madison Hellaugenkind!", kam es tief und wohltönend zurück. „Bereit mit afrikanischen Trommeln."

Das Licht aus Celfies Augen ließ die glatte Fassade des Moonson Tower eisig schimmern. „Auf, auf dann!", sagt sie gelassen. „Unser Weg liegt vor uns."

„Ganz schön hoch." Kyle blickte an der Fassade des Turms hinauf. Sie schien tausend Meter lang zu sein.

„Wir sollten uns zum Aufstieg trennen", schlug Celfie vor. „Falls etwas passiert, kann einer dem anderen besser helfen. Und Kopfhörerdrache sollte sich flach machen. Sein Kopf ist zu auffällig." Sie schaute Kyle an. „Wer soll dich hochtragen?"

„Ich mache das!", rief Fluschfummel. „Jetzt spielen Kyle und ich noch mal Weltendrehen."

Kyle sah das kleine Graffiti an. „Ist das dein Ernst? Das ist höher als beim ersten Mal im Kanal."

„Mein voller Ernst!", rief Fluschfummel. „Mal sehen, was du so draufhast."

Kyle schluckte. „Was ist, wenn ich abrutsche? Fängst du mich etwa auf?"

„Du wirst nicht abrutschen. Fluschfummel ist eine gute Weltendreherin." Celfie blickte zu Schwarzmann und Weißhund. „Und wie wäre es, wenn wir drei auch eine Runde Weltendrehen spielen? Ich wette, wir sind schneller als die beiden lahmen Erdenabkömmlinge." Sie lachte herausfordernd.

„Hey!", rief Kyle. „Bist du verrückt? Wir können doch nicht so ein lebensgefährliches Spiel auch noch um die Wette machen! Ihr wisst schon, was Schwerkraft bedeutet, oder?"

„Hey, aber doch!", rief Celfie zurück. „Natürlich spielen wir um die Wette. Das macht mehr Spaß."

„Ja, los! Komm!" Fluschfummel lachte und helle gelbe Flecken flogen aus ihrem moosgrünen Körper. Im nächsten Augenblick klebte die Spraymaus bereits an der Glasfront des Hochhauses und reckte Kyle ihren langen Schwanz und den rosa Punkt ihrer Schnauze entgegen.

„Komm schon, Kyle!", rief sie. „Ich werde weder Schwanz noch Schnauze einziehen. Vetrau mir! Und jetzt ab die Post, es geht nach oben."

So schnell, wie Kyle es sich nicht hatte vorstellen können, begannen sie den Aufstieg. Stockwerk für Stockwerk drehten sie sich auf und ab.

Seine ersten Schritte waren noch unsicher, aber dann merkte Kyle, wie er und Fluschfummel den perfekten Rhythmus fanden. Es war ein bisschen, nein, es war genau wie Hüpfen zu spielen oder auf Steinen zu balancieren oder sich einfach nur im Kreis zu drehen.

Kyle lachte und sah plötzlich ein kleines Stück der Schnauze von Kopfhörerdrache, der dicht unter ihm kam und grinste.

„Fröhlicher Klezmer, die lachende Klarinette!", verkündete Kopfhörerdrache.

Kyle lachte zurück und stieg gemeinsam mit Fluschfummel weiter nach oben.

Neben sich konnte er den Goldgefesselten ausmachen, Spraydog und Fenstermädchen und natürlich Celfie, die mit Schwarzmann und Weißhund am Drehen war und ihr Licht sanft in die Höhe schickte.

Über ihnen allen waren Adlerkopf und Adlerstirn.

„Schneller, Flusch. Celfie hat uns gleich“, rief Kyle.

Doch im nächsten Moment ertönte von oben ein erstickter Ruf. Es war Adlerstirn, die ihr Haupt an das oberste Fenster drückte: „Ist das Aargh?“

„Aargh?“, rief Kyle. „Was ist mit ihm?“

„Sei vorsichtig, Kyle!“, quiekte Fluschfummel. „Glenn Despott darf uns nicht bemerken.“

„Das wird er nicht“, kam es von oben zurück. „Denn wir kommen zu spät!“ Adlerstirn klang besorgt.

„Oh, nein!“, flüsterte Adlerkopf.

„Lasst mich sehen!“, flüsterte Kyle. „Bitte, lasst mich nach Aargh sehen!“

Er blickte hinüber zu Celfie, die ihm auffordernd die Hand zustreckte. Kyle nahm Anlauf und sprang von Fluschfummels Nase auf Weißhund. Sofort tauchte Kopfhörerdrache unter ihm auf, löste sich aus der Fläche des Glases und schob ihm seinen Kopf unter die Füße. Einen Augenblick später landete auch Celfie neben Kyle auf der Schildplatte.

Vor ihnen erstreckte sich das oberste Panoramafenster, hinter dem das blaue Licht inzwischen wild lodernd flackerte.

Was Kyle, Celfie und die anderen Gestalten, die außen an der

Scheibe des Moonson Towers klebten, im nächsten Augenblick sahen, verschlug ihnen den Atem.

In dem Raum hinter der Scheibe stand auf einem riesigen goldenen Schreibtisch ein dickbauchiges Glasgefäß mit einer eingravierten Drachenfigur darauf und einem langen und engen Hals. Darin befand sich eine leuchtende, dickflüssige Substanz. Sie war es, die das sonderbare Licht ausstrahlte. Aus der Nähe betrachtet, war es viel dunkler und kälter als Celfies Augen. Im Zimmer befand sich auch Glenn Single Despott. Und er war nicht allein. Vor ihm auf dem Boden lag Aargh.

Glenn war der Scheibe abgewandt und schien zu dem Graffiti zu sprechen.

„Wir müssen hören, was er sagt!“, drängte Kyle.

„Aber das Glas!“, flüsterte Fenstermädchen. „Wir können uns flach machen, aber wir kommen nicht einfach da rein. Wir sind und bleiben Bilder.“

„Vielleicht kann ich etwas hören!“ Kopfhörerdrache sah Celfie an. „Versuch, eine meiner Ohrmuscheln umzudrehen und an das Glas zu drücken.“

„Aber aus so einem Ding kommt Musik raus – und dringen keine Töne ein!“, zischte Kyle. „Und wenn Glenn uns entdeckt, lässt er uns hier runterschießen oder so.“

Kopfhörerdrache brummte. „Wo etwas rauskommt, kann auch etwas reingehen! Wir versuchen es. Los, Hellaugenkind. Es passt gerade, ich höre die Musik der Stille.“

Celfie beugte sich über das Ohr von Kopfhörerdrache und zog die Ohrmuschel ab. Das große Graffiti zuckte vor Schmerz zusammen, gab aber keinen Laut von sich.

„Geschafft!", flüsterte Celfie. Sie drehte die Muschel gegen die Scheibe und drückte sie lautlos dagegen.

Im selben Moment ertönte aus dem langen Körper von Kopfhörerdrache Glenn Single Despotts Stimme. Sie klang verzerrt und knisterte zwischen den Drachenschuppen wie eine alte Schallplatte, aber sie war deutlich zu vernehmen.

Kyle konnte es kaum ertragen, dass er Glenn und Aargh sehen und hören konnte und doch außerstande war, etwas zu tun.

* * *

Glenn Despott stand über das pummelige Graffiti gebeugt, das auf seinem goldenen Teppich lag, und kickte es zum wiederholten Mal mit der Fußspitze leicht in die Seite. Dann rief er laut: „Wach auf, Aarghilein!"

Gleich darauf schlug das Graffiti die Augen auf. Aus seinem flachen Körper sprangen sie empor wie zwei Popkörner.

„Hallo Aarghi!", lächelte Glenn jetzt zuvorkommend. „Es ist so weit. Was für ein Bein hast du dir denn immer gewünscht?"

„Bein! Bein", rief Aargh, sprang auf und hüpfte dabei auf seinem einen Bein einmal in die Höhe, ehe er wieder hinfiel. Von unten sah er Glenn aus großen Augen an. „Bein gehen, Bein zu Gehen, schönes Bein, so wie eredna!"

Glenn nickte. „Ich wusste, dass du ein Bein willst, genauso wie das, das du schon hast, und keinen Firlefanz, wie ihn dir sicher der dumme Hugo versucht hat anzumalen. Das will jedes Wesen. Wir alle gehen schließlich auf zwei gleichen Beinen.. Also möchtest du noch mal so ein Bein, wie du es schon hast, richtig?"

Wenn Glenn Despott es darauf anlegte, konnte er sehr väterlich wirken.

„Richtig, richtig, githcir!“, rief Aargh und sah Glenn mit leuchtenden Gitteraugen an.

„Dann komm, mach dich gaaanz flach“, sagte Glenn. „Mach dich ganz, gaaanz flach. Und zwar hier drauf!“

Er breitete ein goldenes Blatt Papier vor dem kleinen Graffiti aus. „So, und jetzt leg dich darauf.“

Aargh zögerte nicht. Das goldene Blatt lag vor ihm wie ein Floß, mit dem er gleich auf den großen Fluss der Freude fahren würde. Mit einem einzigen Sprung landete er genau in der Mitte des Blattes und ließ sich sanft in das goldene Papier gleiten. Schließlich lag er wie ein gemaltes Bild vor Glenn.

Dieser zog schwungvoll seinen teuren Füller aus der Tasche und malte Aargh langsam ein zweites Bein. Es war nicht schöner und nicht hässlicher, nicht besser und nicht schlechter. Es war einfach ein zweites, hingekritzeltes Bein. Aber Glenn legte demonstrativ die Zunge zwischen die Zähne und tat so, als arbeitete er hingebungsvoll an seinem Kunstwerk.

„Jetzt hast du zwei Beine“, lachte er kurz darauf. „Zumindest auf dem Papier. Aber ich kann dich dorthin bringen, wo deine beiden Beine wirklich und wahrhaftig deine beiden Beine werden.“

„Du kannst?“, fragte Aargh leise.

„Natürlich kann ich das“, sagte Glenn. „Alle anderen haben dich verlassen. Dein Maler, dieser schwachsinnige Hugo mit seinen goldenen Monden, die verrückte Celfie. Aber ich bin bei dir! Nur Glenn ist bei dir.“

„Ja, run Glenn …“

„Und ohne Glenn hast du kein Bein.“

„Bein“, flüsterte das Graffiti und schielte an sich herunter.

Glenn nickte und hob einen Daumen. „Ich werde dich dorthin bringen, wo du zwei gute Beine haben wirst. Aber dafür musst du mir dort auch einen Gefallen tun!“

„Nellafeg?“, fragte Aargh. „Nellafeg?“

„Oh, ja!“ Glenn wirkte beinahe liebevoll, so ruhig sah er Aargh an. „Denn dann kann Glenn alles tun, was du dir wünschst.“

„Oh, ja!“, rief Aargh.

Mit voller Konzentration schaute Glenn in die rotierenden Augen des kleinen Graffiti. „Oh, ja! Gut, Aargh! Dann sieh mich an und sag mir, wer macht Aargh schöne Beine?“

„Glenn!“, rief Aargh.

Glenn lächelte zufrieden. „Genau! Und wenn du mir hilfst, dann helfe ich dir. Glenn Single Despott hilft Aargh!“

„Nnelg Elgnis!“, rief Aargh. „Nnelg Elgnis Ttopsed!“

Glenns Lächeln wurde breiter. „Oh ja, aber sag es mal so rum: Glenn Single Despott!“

„Glenn Elgnis Ttopsed!“

„Oh ja, gut! Und jetzt mach es noch besser. Glenn Single Despott!“

Das Graffiti holte tief Luft. Dann platzte es raus: „Single Despott!“

Glenn blieb gelassen: „Und jetzt noch mal alles, den ganzen Namen. Glenn Single Despott!“

Aargh lachte jetzt auch. Er konzentrierte sich mit kreuzweise verdrehten Augen, schluckte, holte Luft, stieß sie wieder aus und rief dann: „Nnelg … Nein! Glenn! Glenn, ja! Glenn Single Despott!“

„Oh, ja, Aargh“, lachte Glenn das Graffiti an. „Glenn Single Despott!“

„Oh, ja! Glenn Single Despott!”, schrie Aargh erfreut. „Glenn Single Despott!“

„Genau, Glenn Single Despott. Glenn Single Despott! Und ich muss dir noch etwas sehr Wichtiges sagen. Ein Geheimnis. So wie dir, Aargh, geht es allen Bildern. Allen fehlt etwas. Ein Bein oder ein Arm oder ein Körper. Oder ein Auge. Oder ein kleiner Strich zur Vollendung.“

„Alle!“, rief Aargh.

„Ja, oh, ja. Alle sind unvollkommen, dort, wo du jetzt hinkommst!“, bestätigte Glenn mit betrübter Mine. „Alle deine Brüder und Schwestern. Schau es dir an! Glenn sagt immer die Wahrheit.“ Er schaltete einen Projektor an und ließ an der Decke Bilder über Aargh von kaputten Graffiti ablaufen.

* * *

Vor der Scheibe keuchte Celfie auf. „Das sind Graffiti, die Glenn in der Stadt hat wegputzen lassen.“

„Ja“, murmelte Kyle. „Und zwar im erbärmlichsten Zustand. Das sind nur noch Teile.“

* * *

Aargh stieß ein Wimmern aus. „Nein, nein, nien!“

„Doch!“, sagte Glenn. „Aber Glenn kann es so machen!“ Mit einem Knopfdruck ersetzte er die Bilder durch andere, auf denen die Graffiti wieder vollständig waren. „Glenn Single Despott macht alles, was du willst! Extra für dich, Aarghilein!“

Das Graffiti wollte aufspringen und Glenn umarmen.

Aber der kniete sich nieder und drückte es zurück. „Vorsicht Aarghi, noch ist es nicht so weit. Aber bald macht Glenn Single Despott die Welt gut!“

„Gut!“ Aargh starrte Glenn erfreut an. „Glenn Single Despott macht die Welt gut.“

„Mit Glenn you can!“, sagte Glenn.

„Mit Glenn you can!“, wiederholte Aargh.

„Glenn macht den Unterschied!“, flötete Glenn.

Aargh stieß jubelnd seine Augen in die Luft. „Oh ja! Glenn macht Unterschied! Glenn macht Unterschied!“

„Liebst du dein neues Bein?“ Glenn Despott deutete darauf.

„Oh, ja!“, jubelte Aargh.

„Und wirst du Glenn dafür dankbar sein?“

„Gefallen, ja, ja, oh ja!“ rief Aargh. „Aj, aj, aj! Und danke Glenn, danke!“

Glenn lachte: „Tja, Glenn macht die Welt gut! Denn Glenn ist der Erschaffer!“

Als Aargh den letzten Satz hörte, leuchteten seine gestreiften Augen wonnevoll auf. „Glenn der Erschaffer!“, rief Aargh. „Glenn der Erschaffer macht die Welt gut!“

„Glenn der Erschaffer macht die Welt gut!“, nickte Glenn gelassen. Das war es. Das war der Satz, der zündete. Und das war das Geheimnis der wahren Beeinflussung. Man musste die Dinge selbst ihren Leitspruch finden lassen.

„Glenn der Erschaffer macht die Welt gut!“ Hingebungsvoll wiederholte das Graffiti den Satz immer wieder. Es hörte gar nicht mehr auf.

„Ja! Glenn der Erschaffer macht die Welt gut!“, flüsterte Glenn Single Despott. Er ging langsam zum Schreibtisch und ergriff die Phiole. Das Gift leuchtete nun sehr hell.

„Und nun mach die Augen zu, Aarghilein! Schlafe und vertrau mir.“

Aargh gehorchte sofort. Er zog seine Augen in den Körper und sah Glenn glücklich an. Dazu sang er leise: „Glenn der Erschaffer macht die Welt gut.“

Dann schloss das Graffiti seine Augen.

„Ich werde jetzt für dich sterben, Aarghilein“, sagte Glenn Despott. „Und ich nehme dich mit. Denn nur in mir kannst du die Reise bestehen und wirst wiederauferstehen.“

Glenn Despott nahm die Phiole mit der leuchtenden Substanz auf, die unter der Bewegung langsam hin und her schwappte, und stellte sie neben Aargh. Er blickte das Graffiti an.

„Sag es mir noch einmal, Aargh, ganz leise!“

Aarghs geschlossene Augen zuckten. Dann murmelte er: „Glenn der Erschaffer macht die Welt gut!“

Glenn Single Despott lachte leise. Dann nahm er die Phiole, setzte sie an die Lippen und trank ohne zu zögern bis zum letzten Tropfen.

Das Leuchten im Büro mit den goldenen Wänden erlosch.

Im selben Augenblick machte Glenn den Mund auf und das blaue Leuchten war nun in seinem Rachen.

Er zog das goldene Papier mit Aargh darauf zu sich heran, knüllte es zusammen und begann, es in sich hineinzustopfen. In wenigen Sekunden war Aargh in ihm verschwunden. Genau so, wie er Celfies Bild in sich aufgenommen hatte.

Sofort sank Glenn vornüber.

Er wurde von Minute zu Minute schwächer, aber seine Augen hielt er unverwandt auf. Sie erstrahlten in eisigem Glanz. Sein Blick fiel auf den alten Turm an der Tür. Über diesem öffnete sich wie ein schwarzer Mond ein schwarzes Loch. Glenn kicherte. Das schwarze Loch weitete sich zu einem dunkel wabernden schwarzen Tunnel. Dann wurde Glenn wie von Geisterhand in diesen hineingesogen.

* * *

Kyle schrie auf. Doch gegen das dicke Glas prallte seine Stimme nutzlos zurück in die Nacht.

„Der Weg nach Farbek! Der schwarze Tunnel, das ist er!“, schrie nun auch Celfie. „Ich muss mit hinein!“ Sie hämmerte gegen die riesige Scheibe. „Er will alles vernichten. Er will, dass alle glauben, er sei der wahre Erschaffer. Wenn Aargh in Farbek so fest daran glaubt, wie er es eben getan hat, werden es alle in Farbek glauben. Wir sind so! Wir wissen alles, was die anderen wissen, nur hat uns noch niemand gesagt, was wir glauben sollen. Versteht ihr denn nicht?“

„Doch!“, rief Kopfhörerdrache. „Haltet euch sehr fest! Haydn, Sinfonie mit dem Paukenschlag!“

Kyle und Celfie klammerten sich mit aller Kraft fest. Das riesige Graffiti streckte sich so weit es konnte nach außen und warf sich brüllend gegen die Scheibe. „Glenn wird böse und gut für immer nach Farbek bringen und alle glauben machen, dass nur er das Gute ist. Aargh ist sein Instrument.“

Wieder ließ Kopfhörerdrache seinen dreißig Meter langen Körper gegen die Panoramascheibe krachen, aber sie hielt.

Dahinter flog Glenn nun deutlich sichtbar tiefer in den dunklen Tunnel.

„Alle zusammen!“ Schwarzmann begann sich mit Weißhund wie ein Wilder zu drehen und schleuderte sich mit zusammengebissenen Zähnen gegen das Glas.

Doch das zitterte kaum.

Fenstermädchen riss ihre Augen auf und stieß die Stirn gegen die Scheibe. Adlerstirn und Adlerkopf schlugen, hackten und pickten, der Goldgefesselte ließ seine goldenen Ketten an die Scheibe donnern und selbst Fluschfummel sprang mit ihrem kleinen grünen Körper gegen das Hindernis. Aber die große Panoramascheibe hielt, sie schien unzerstörbar.

„Das darf nicht sein!“ Spraydog holte aus und knallte seine Dose an die Scheibe. Es war, als explodierte die Spraydose. Hunderte Farben rasten auf einmal in alle Richtungen davon. Doch gleichzeitig prallte die Dose vom Glas ab, fiel in die Tiefe und riss Spraydog viele Meter mit sich, ehe er wieder Halt fand.

Kyle trommelte gegen die Scheibe. „Aargh! Aargh!“

Zittermesser stieß seinen bebenden Körper gegen das Glas.

Celfie wurde schwarz vor Augen. War es das, was Glenn Despott auch mit ihrem Bild gemacht hatte? Hatte er es gezeichnet, um es dann zu zerknüllen, aufzuessen und so nach Farbek zu gelangen? Um sie von dort entführen zu können?

Im selben Augenblick begann die Scheibe des Turms unter Zittermessers Körper zu zittern.

Celfie riss die Augen auf. „Zittermesser!“ Celfie deutete auf das Glas. „Du kannst das Glas erschüttern. Nicht mit roher Gewalt müssen wir es versuchen, sondern mit Schwingungen.“

Das Graffiti legte zusätzlich seine Messer an die Scheibe. Das Glas begann zu summen und zu klirren. Zittermesser legte an Geschwindigkeit zu. Sein Gesicht und seine Messer wurden ein einziges Schwingen. Immer stärker fiel die Scheibe in den Rhythmus ein. Aber sie hielt. Sie schwang hin und her, sie sirrte und gab einen Ton von sich. Aber sie hielt.

„Fluschfummel!", rief Weißhund. „Mach mit! Deine Schnauze ist auch verwaschen und zittrig. Sie ist viele Schnauzen auf einmal. Lass sie alle gegen das Glas trommeln!"

Fluschfummel nickte nur. Wieder und wieder schlug sie so schnell sie nur konnte ihre verwaschene Nase gegen das Glas. Plötzlich gab dieses nur noch einen einzigen hohen singenden Ton von sich. Er klang wie ein feines Sirren aus weiter Ferne. Der singende Ton wurde immer höher – und hörte plötzlich auf.

Celfie blickte erschrocken zu Fluschfummel. Die grüne Spraymaus saß reglos und erschöpft auf der Scheibe. Doch im selben Moment breitete sich unter ihr ein dicker Riss durch das Glas aus. Er wurde breiter und breiter – und das Glas zerbrach. Sofort regnete es Scherben. Die Bilder stoben zur Seite.

„Zittermesser, Flusch, passt auf!", schrie Celfie.

Zittermesser packte die grüne Spraymaus und zog sie mit sich zur Seite.

Fenstermädchen wandte sich dem Inneren des Turms zu. Durch ihre Augenhöhlen konnte Celfie die goldene Tür sehen, in der das blaue Glühen im dunklen Tunnel fast nicht mehr zu sehen war. Der Tunnel war noch da, aber Glenn Despott und Aargh waren darin verschwunden.

Zwischen Schwarzmann und Weißhund hindurch, sprang Celfie auf die Stirnplatte von Kopfhörerdrache und von dort in den Raum und lief auf den wabernden schwarzen Tunnel zu.

Die Wände darin schienen sich leicht zu drehen, wie die Linse einer Kamera, die sich langsam schloss.

Ganz hinten, in weiter Ferne konnte Celfie Glenn Single Despott tiefer ins Dunkel verschwinden sehen. Kleiner und kleiner wurde die Gestalt. Glenn bemerkte Celfie nicht. Er hatte die Augen zwar geöffnet, aber sein Blick war auf etwas gerichtet, das nur er sah.

Celfie nahm all ihre Kraft zusammen und konzentrierte sich auf Farbek. Was geschieht?, dachte sie. Was kann ich tun?

Im nächsten Moment drang das Licht ihrer Augen in den schwarzen Tunnel. Für einen Augenblick hörten die Wände auf, sich zu bewegen.

Ja, dachte Celfie, hört auf, haltet inne!

Sie streckte den Arm aus und wollte in den Tunnel steigen, um Glenn nachzueilen.

„Nicht, Celfie!“, hörte sie eine Stimme hinter sich.

Es war Adlerstirn, die vorsprang und Celfie packte.

„Das ist Glenns Tod, du kannst ihm nicht folgen. Es ist sein Tod, nicht deiner! Es könnte dich für immer von uns reißen.“

„Aber er ist auf dem Weg nach Farbek!“

„Auf seinem Weg!“

Celfie spürte einen stechenden Schmerz und schrie auf. Ihr Zeigefinger, der den Raum des dunklen Lochs berührt hatte, brannte sengend. Automatisch zog sie ihn zurück. Neben dem Fingernagel saß eine dunkel schimmernde Wunde, die Celfie anstarrte wie ein blindes Auge.

Adlerstirn und Adlerkopf hatten recht. Sie würde sterben, wenn sie in den Tunnel ging.

„Nein!“, rief Celfie und blickte zu Glenn. „Das darf nicht sein!“

Sie nahm alle ihre Kraft zusammen und schickte ihm ihren Blick hinterher. Ihre Augen begannen heller zu leuchten. Celfie dachte an Farbek, an alle, die sie dort getroffen hatte, an alle Spiele und jeden Moment, den sie erlebt hatte. Die Welt, ihre Welt, die Farben und die Freiheit breiteten sich vor ihr aus.

Das Licht ihrer Augen begann den schwarzen wabernden Tunnel auszufüllen wie das Leuchten in einer Gletscherhöhle. Zuerst langsam, dann immer schneller bewegte es sich vorwärts, breitete sich aus, folgte Glenn und strömte voran.

„Ja, ich bin schneller als du!“, jubelte Celfie. „Ich fange dich!“

„Hellaugenkind!“, hörte sie da Adlerstirns Stimme. „Pass auf! Du verirrst dich! Es ist gefährlich.“

„Ich muss es tun!“, rief Celfie.

„Gib acht auf dich! Geh nicht zu weit. Sieh, was du sehen musst, aber geh nicht zu weit!“

Celfie hielt inne. Sie ließ ihr Licht über Glenn schweben und konzentrierte sich.

In diesem Moment blieb Glenn stehen und verschwand plötzlich in einem weiteren Tunnel zu seiner Rechten.

DIE STIMME VON FARBEK

Die dritte Ankunft war die schönste für Glenn.

Nicht, dass die Wesen in Farbek ihn diesmal dort erwarteten, nein. Aber er wusste genau, was er zu tun hatte. Er wollte sie auf den richtigen Pfad bringen. Und damit begann er sofort.

Glenn öffnete den Mund und spie Aargh aus.

Dank der Wirkung des Giftes entfaltete sich das Wesen sofort wieder dreidimensional. Und jetzt, angekommen in der Welt der Vorstellungen, hatte es tatsächlich zwei Beine.

Für einen Augenblick taumelte Aargh. Aber dann fing er sich und entdeckte, was mit ihm geschehen war.

Mit einem Freudenschrei hüpfte das Wesen auf beiden Beinen umher und jubelte: „Zwei Bein! Zwei Bein! Nieb Iewz!" Aargh hörte überhaupt nicht mehr auf zu springen.

Sofort versammelten sich andere Wesen aus Farbek um ihn. Sie sahen ihn unsicher an, weil er aus der Finsternis gekommen war.

Glenn lächelte vergnügt. Jetzt sollten sie sich um sein Wesen scharen und seine frohe Botschaft empfangen.

Gelassen schaute er sich um. Neben Aargh tauchte ein Graffiti auf, dessen Arme in goldenen Ketten hingen. Es sah Glenn an, als würde es ihn kennen, und wirkte ein wenig misstrauisch. Aber das machte Glenn nichts aus. Celfie hatte ihm erzählt, dass die Wesen in Farbek sowieso jeden akzeptierten. Und auch, wenn durch ihn die Angst hier Einzug gehalten hatte, gleich würde sein Aargh diese ja wieder zerstreuen. Gleich würden alle in Farbek die Welt wieder rosig sehen.

Leutselig nickte Glenn dem goldgefesselten Wesen zu und winkte. „Ich weiß, du denkst, ich hätte Celfie entführt. Aber mach dir keine Sorgen, sie ist nur ein bisschen verrückt. Es geht ihr gut in der anderen Welt. Aargh kann dir sagen, dass sie etwas durcheinander ist. Sei ohne Sorge! Jetzt wird alles wieder gut. Aargh wird es dir erklären."

Und wirklich, Glenn hatte sich nicht geirrt. Aarghs Jubel entzündete die Freude der anderen. Wie ein Gummiball hüpfte er in die Höhe und jauchzte. Er war glücklich und voller Spiellust. Seine neuen Kumpane umringten ihn immer dichter und folgten ihm. Und auch der Goldgefesselte wandte sich ihm zu.

Freude war eben der beste aller Botschafter. Genau, wie Glenn es sich überlegt hatte.

Sein neues Leben schien dem Graffiti zu gefallen. Und natürlich merkte es nicht, dass es hier viele unvollkommene Wesen gab, die nur einen halben Flügel, ein übermaltes Auge, einen schiefen Kopf oder Beine hatten, die so dünn waren wie Streichhölzer oder abgeknickt waren oder abgeschnitten. Aargh merkte nur, dass er sich hier frei bewegen konnte, wie er es auf der Erde nie gekonnt hatte. Und das ließ ihn springen und sich freuen, dass einem das Herz übergehen konnte.

Aber Glenn Single Despott gestand sich schon lange keine liebevollen Gefühle mehr zu. Ja, da war dieses seltsame Bauchgrimmen ab und zu, wenn er an Celfie dachte. Aber sonst? Nichts!

Stattdessen erfüllte ihn ein berauschendes Wissen. Sein Plan ging auf und niemand konnte ihn mehr stoppen.

Ja, Aargh merkte gar nicht, dass die Freiheit hier in Farbek jedem vergönnt war, dass sie einfach da war. Er dachte, er spränge und flöge nur so zwischen den anderen umher, weil Glenn ihm ein dämliches Krickelkrakelbein gemalt hatte. Die Täuschung war perfekt.

„Aargh!“, rief Glenn dem Graffiti leise zu. „Erinnere dich an die Erde!“

Aargh fuhr herum und starrte Glenn an.

Schnell lächelte er Aargh gütig zu. Seinem Aargh! Denn in einem unterschied sich das Graffiti von allen hier. Es kam von der Erde. Es hatte die Angst am eigenen Leib kennengelernt und konnte sie nun in Farbek größer und mächtiger verbreiten als je zuvor.

Aargh schnaufte.

„Nein!“, rief er. „Gut hier!“

„Doch!“, sagte Glenn noch einmal streng. „Erinnere dich!“

Und dann geschah es. Glenn konnte es dem kleinen Graffiti ansehen.

Das Bild mit den bunten Streifenaugen sah wieder all die Schrecken vor sich, die es auf der Erde ereilt hatten. Es erinnerte sich. Es sah sich im dunklen Kanal davonlaufen. Es sah sich ins Wasser fallen und hörte sich um Hilfe schreien. Es sah sich einsam durch die Dunkelheit irren. Es sah Hugo Gelbstift, der ihm ein Mondbein malte, das nicht hielt. Es sah die ganze Dunkelheit und Einsamkeit und Angst und Wut.

Glenn Despott blickte umher. Ja, da war es! Im selben Moment, als der kleine Aargh an all diese Schrecken dachte, drangen sie auch schon wie eine Welle in die anderen Wesen Farbeks ein. Die Angst des Wesens, das eben noch alle mit seinem Jubel angesteckt hatte, breitete sich aus wie eine Wolke der Finsternis, die alle und alles durchdrang und erfüllte.

Ja, nichts war mächtiger als die Angst für den, der sie zum ersten Mal leibhaftig spürte. Und die Angst, die Glenn in Aargh gesät hatte, eroberte das Leben.

Aargh brüllte laut auf.

Doch da trat Glenn hinter ihn und flüsterte. „Aarghi, Glenn ist da! Jetzt hast du zwei Beine. Die Angst ist vorbei! Und wenn sie wiederkommt, denk einfach nur an Glenn. Glenn macht die Welt gut! Glenn der Erschaffer macht die Welt gut!"

Das Graffiti hatte gut gelernt.

„Glenn der Erschaffer macht die Welt gut!", fing es mit rollenden Augen an zu brüllen. „Glenn der Erschaffer macht die Welt gut!" Seine Streifenaugen begannen erlöst zu funkeln und es rief weiter: „Glenn der Erschaffer macht die Welt gut!"

Die Worte hallten in Farbek wider wie die Glockenschläge einer Kirche, sie ertönten wie die Rufe eines Muezzins. Sie hallten wie Donnerschläge und raschelten wie Blätter im Wind. Sie klimperten wie Münzen auf einem Tresen. Sie klackerten wie Computertasten und schimmerten wie alle Fernsehapparate auf der ganzen Welt. Sie raschelten wie Zeitungspapier und summten wie Smartphones. Sie klangen wie alle Erkennungsmelodien aller Fernsehsendungen auf einmal. Mächtig und unüberwindbar.

Und dann wandten sich die Wesen Farbeks Aargh zu und riefen: „Glenn der Erschaffer macht die Welt gut!"

Alle taten es, sogar das Bild mit den Goldfesseln.

Glenn Single Despott lächelte entzückt. Auf einmal dachten alle an ihn.

Er war angekommen im Herzen aller Ideen! Und der kleine, ängstliche Aargh würde seine Botschaft für immer weiter verbreiten.

Glenn spürte, wie die Wirkung des Gifts nachließ. Gleich würde er gehen müssen. „Aarghi, alles Gute!", rief er.

„Papa Glenn, immer da?", rief Aargh.

„Immer da, Aarghilein!", antwortete Glenn.

Jetzt war es an der Zeit zurückzukehren. Sein Werk war vollbracht. Es fehlte nur noch die letzte Tat.

Glenn konzentrierte sich. Im selben Moment half ihm die Kraft Farbeks. Kaum dachte er an ihn, fand sich Glenn vor dem alten Aargh mit nur einem Bein.

Nett, dachte Glenn. Dann packte er ihn. „Du musst hier weg! Du stehst im Widerspruch! Niemand darf dich jemals wieder sehen."

Er zog das kleine Wesen mit sich und riss es wie damals Celfie in den Tunnel. Dann ließ er sich fallen.

* * *

Celfie konnte den Weg vor sich nicht genau erkennen, aber es war ein dunkles Labyrinth, das sich da vor ihr erstreckte.

War sie im Totenreich?

Celfie wandte den Blick von den vielen möglichen Wegen ab und suchte nach Glenn. Weit hinten in einem der Tunnel erblickte sie ihn. Und fast im selben Augenblick erblickte sie Farbek. Glenn flog direkt darauf zu. Ihre Heimat! Ihr Herz begann so schnell zu schlagen, dass Celfie es überall spürte. Ihre Brust bebte, wie es sonst nur Zittermesser tat. Ihre Augen sandten all ihr Licht aus. Doch im selben Augenblick schoss Glenn davon. Celfie spürte, dass sie ihn nicht mehr lange würde sehen können.

Tatsächlich begann der Tunnel sich wieder zu schließen und das Licht nahm ab.

„Farbek", flüsterte Celfie. „Farbek, was soll ich tun?"

Im selben Moment sah Celfie, wie Glenn zurückkehrte. Er hielt den ohnmächtigen Aargh in den Armen. Aargh mit einem Bein. Was hatte er getan?

Sie schaute an Glenn vorbei. Ganz schwach und nur undeutlich sah sie einen zweiten Aargh mit zwei Beinen, der in Farbek zwischen vielen anderen Wesen herumtanzte. Er schien etwas zu rufen, aber Celfie konnte ihn nicht verstehen. Und plötzlich begriff sie. Glenn hatte seinen Aargh gegen diesen Aargh ausgetauscht.

Das kleine Graffiti in seinen Armen schleuderte umher wie ein Gummiball, prallte gegen die Wände des dunklen Tunnels. Aber was passierte in Farbek?

Noch einmal gelang es Celfie, ihren Blick in die Weite zu schicken. Noch einmal erhaschte sie den zweibeinigen Aargh. Sie sah, dass er jubelte. Er hüpfte umher wie ein Pingpongball, der auf einer Welle tanzte. Er war schneller als ein Blitz und plötzlich sah es für einen Augenblick so aus, als trüge er einen goldenen Heiligenschein. Aber vielleicht waren das auch nur die Ketten des Goldgefesselten, der neben ihm mittanzte.

Und dann vernahm Celfie auch Aarghs Stimme: „Glenn der Erschaffer macht die Welt gut! Glenn der Erschaffer macht die Welt gut! Glenn der Erschaffer macht die Welt gut!"

Der seltsame, nicht mehr enden wollende Satz drang aus der Ferne an ihre Ohren wie das Rauschen des Bluts und das Herzschlagen in ihrem Inneren, das Celfie hörte, seit sie auf der Erde war. Und sie hörte, wie mehr Graffiti in Aarghs Rufe einfielen, lauter und lauter.

„Celfie Madison Hellaugenkind!“, gellte plötzlich Adlerkopfs Stimme in ihren Ohren. „Komm zurück!“

Aber Celfie musste sehen. Noch einmal warf sie ihr Augenlicht in den Tunnel.

Plötzlich wurde es still.

Alles schien auf einmal weit fort. Raum und Zeit standen still und Celfie fühlte sich schwach. So schwach, dass ihr zumute war, als hätte ihr Herz aufgehört zu schlagen.

So still war es um sie herum, als hätte die Welt aufgehört zu sein. Und in diese Stille hinein hörte sie wie aus weiter Ferne und zugleich tief aus ihrem Inneren, eine Stimme.

Es war eine Stimme, die Celfie noch nie zuvor gehört hatte. Und gleichzeitig war es, als könnte sie diese Stimme nicht nur mit ihren Ohren, sondern vielmehr mit ihren Augen hören. Als dränge sie von dort bis in ihr Herz.

„Was brauchst du?“

Celfie lauschte. Die Stimme war kraftvoll und schön, sie war liebevoll und ergriff Celfie ungeheuer sanft. Celfie lächelte, ohne zu wissen, warum. Dann lauschte sie wieder mit dem Licht ihrer Augen. Die Stimme sprach nicht weiter.

Natürlich, dachte Celfie, sie hat mich etwas gefragt. Nun muss ich antworten.

„Wer bist du?“, fragte Celfie.

Celfie kam sich vor wie in einem Traum. Sie wusste nicht mehr, wo sie sich befand und warum sie hier war. Und gleichzeitig spürte sie, dass etwas sehr Wichtiges geschah.

„Ich bin die Stimme von Farbek. Die niemand zuvor gedacht hat. Die niemand rief und die niemand inspirierte. Ich bin die Stimme ohne Körper, der Gedanke ohne Leib. Ich bin weder das eine noch das andere, nicht das Hin und das Her, nicht das Oben oder Unten. Ich bin, wo ich bin, und ich bin Farbek."

Celfie spürte, wie sich unter dieser sanften Stimme ein tiefes Glück in ihr ausbreitete. „Was macht Glenn mit Farbek?", fragte sie.

Die Stimme hallte wie ein fernes Blau. „Das weiß ich nicht. Ich weiß nur, die Menschen denken, es sei der Tod, der die Dinge fortträgt. Aber es ist nicht der Tod. Es ist das Leben, das sie weiterbewegt. Da sind die Wege der Veränderung, die Wege des Vergessens, die Wege des Versuchens, die Wege des Verwerfens, die Wege des Weiteren. In mir sammelt es sich und reist weiter. Alles, was ausprobiert wird, alles, was jemand verwirft, alles, was war, kommt und geht, kommt aus mir und führt durch mich. Alles, was einer vergisst, verschenkt, verschmäht oder vermisst. All die großen vergessenen Ideen, all die kleinen Schnipsel, jedes durchgestrichene Wort, jedes Strichmännchen, jedes gekritzelte Bild, jede verworfene und jede vollkommene Idee. Jedes unfertige und jedes zukünftige Wesen. Alle sind lebendig in Farbek. Glenn hat davon gehört. Auch das ist in mir. Und Glenn will es zu einem Ende bringen. Aber es ist nicht zu Ende! Nichts ist zu Ende. Und nun sag mir, was du brauchst, Celfie Madison Hellaugenkind."

Celfie spürte den Nachhall der Stimme in sich schwingen und

schwieg. Sie wusste nicht, was sie sagen sollte. Sie wusste nicht, was sie brauchte. Sie spürte nur ihre Angst.

Unvermittelt fragte sie: „Aber bin ich denn nicht nur von Glenn gemacht?"

Die Stimme klang, als durchzöge sie ein Lachen.

„Du, Celfie, bist, was Glenn gefunden hat. Du bist nicht, weil er dich geschaffen hätte. Du bist die glücklichste Seite, die es je in ihm gab. Du bist aus dem Nichts zu ihm gekommen, als er glücklich war. Aus mir. Du bist die Seite, die er nicht wollte und die er doch liebt. Er hat diesen Teil seines Seins verdrängt und vergessen. Und doch bist du da. Denn du bist nicht aus ihm. Du bist der eine glückliche Moment seines Lebens, den er empfunden hat. Du hast ihn erfüllt. Du bist das letzte Geschenk, das Glenn aus dem Herzen der Welt empfangen hat, ehe er sein Herz verschloss."

Celfie hörte die Worte und spürte eine große Kraft. Gleichzeitig begann der Tunnel sich zu schließen.

„Aber was soll ich denn nur tun?", rief Celfie der Stimme zu.

„Du weißt es schon, Celfie", antwortete die Stimme. „Und nun folge ihm nicht weiter. Verlier dich nicht. Du stammst aus Farbek. Du bist von selbst gekommen. Alle kommen von selbst. Und hier finden alle ihr Leben. Farbek ist das Land der Lebenden. Vertrau dir!"

Celfie spürte, wie das Licht ihrer Augen in sie zurückkehrte und der Tunnel sich weiter schloss. „Kannst du mein Herz beschützen?", fragte sie dann plötzlich. „Und die Herzen meiner Freunde?"

„Ja!", antwortete die Stimme. „Und jetzt, Celfie, hilf dieser Erde und hilf ihren Kindern."

Im nächsten Moment erlosch die Stimme und der schwarze Tunnel schloss sich.

* * *

Celfie stand wieder vor der goldenen Tür mit dem ersten Moonson Tower darauf. Sie fühlte sich unendlich schwach. Ihr war, als käme sie aus einem Traum, der mit jeder Sekunde blasser wurde.

Alles in Celfie bewegte sich langsam und schwer. Alles war unklar und doch von einem seltsamen Zauber.

Celfie spürte, dass etwas an ihr zupfte. Sie schrak auf und bemerkte erst jetzt, dass sie wieder zurückgekehrt war. Sie sah an sich herab. Sie war unversehrt.

Die Bürotür schimmerte matt und golden.Das schwarze Loch darin war verschwunden und hatte kein Zeichen hinterlassen.

„Ist alles in Ordnung?“ Fluschfummel stupste Celfie mit ihrer rosa Nasenspitze an.

„Ja, ich glaube schon.“ Celfie schüttelte den Kopf und drehte sich herum. Vor ihr auf dem Boden lag Glenn Single Despott.

Er war ohnmächtig und rührte sich nicht. In seinen Armen hielt er den kleinen Aargh mit einem Bein.

„Celfie! Was hat er getan?“ Kyle stand breitbeinig inmitten des Zimmers und sah Celfie mit glühenden Augen an: „Was soll ich tun? Wir könnten das Gift suchen und ich trinke es auch und wir gehen da zusammen hin. Nun sag doch schon was, Celfie! Du warst doch da drin …“

„Nein, Kyle“, entgegnete Celfie. „Das ist nicht unser Weg.“ Sie hob den Kopf und versuchte, sich zu orientieren. Dabei fiel ihr

Blick auf einige Graffiti, die vorher noch nicht im Turm gewesen waren. Und auch ihre Begleiter hatten sich versammelt. Aber Celfie drehte zu sehr der Kopf, um sie alle zu erkennen.

„Ihr seid hier? Alle?“, fragte Celfie deswegen.

„Ja“, brummte die Fliege mit Schmetterlingsflügeln im Supermannkostüm. „Fast alle. Ein paar sind noch unterwegs.“

„Aber was sollen wir denn tun? Was war drinnen los? Du kennst doch jetzt den Weg!“ Kyle sah sie forschend an. Er wirkte wütend und zugleich enttäuscht.

Celfie sank auf die Knie und blickte auf den ohnmächtigen Glenn. Ihr Blick fiel auf das Bild, das er umschlungen hielt.

In ihrem Kopf tobten wirre Gedanken. So wie Aargh jetzt musste auch sie in Glenns Armen dagelegen haben.

Sie versuchte, sich zu erinnern.

Alles in Celfie purzelte durcheinander wie in einem Kaleidoskop. Aargh hatte gerufen. Aargh mit zwei Beinen. Alle in Farbek hatten ihm zugejubelt. Ein goldener Heiligenschein … Und dann hörte sie es: „Glenn der Erschaffer macht die Welt gut!“

Celfie hob den Blick und schaute ihre Freunde an.

Weißhund blickte unsicher zu ihr auf.

„Unser Weg liegt hier!“, sagte Celfie. „Glenn hat den zweibeinigen Aargh nach Farbek gebracht und ihn gelehrt, allen Wesen dort immer wieder dieselbe Geschichte zu erzählen. Und zwar genau das, was er ihm hier eingetrichtert hat.“

„Seine Botschaft soll Wirkung zeigen“, murmelte der Goldgefesselte. „Er hat also gerufen, was Glenn von ihm wollte?!“

Celfie nickte.

„Aber was hat Glenn davon, wenn die Wesen in Farbek glauben, er sei der Erfinder von allem?“ Spraydog schob sein zähnebleckendes Gesicht durch die zerbrochene Scheibe.

„Es hat mit der Angst zu tun“, erklärte Celfie. Sie schüttelte den Kopf und ihre Augen leuchteten dunkel. „Sie reißt schwarze Löcher in die Herzen der Menschen, die nur allzu leicht mit Lügen gefüllt werden können.“ Celfie hielt inne. Je länger sie wieder hier war, desto mehr verblasste das, was eben noch stark und bedeutungsvoll in ihr gewesen war.

„Wir kannten früher keine Angst in Farbek“, flüsterte Adlerstirn. „Jetzt hat Glenn sie nach Farbek gebracht und für seine Pläne ausgenutzt.“

„Ich verstehe das nicht. Wozu soll es ihm dienen?“ Adlerkopf schüttelte verwirrt den Schnabel.

Celfie blickte auf. Es war das erste Mal, dass Adlerstirn und Adlerkopf nicht einer Meinung waren und nicht sofort wussten, was der andere dachte und sagte.

Das hatte sie noch nie erlebt! Das war ein Widerspruch …

Und plötzlich schoss es ihr wieder in den Kopf.

„Glenn Despott hat mich nicht erfunden!“, rief Celfie. „Sondern er hat mich nur in Farbek entdeckt. Ich habe es gehört! Und das heißt, wir sind nicht in Farbek, weil wir auf der Erde gemalt worden sind, sondern wir stammen aus Farbek und dort finden uns die, die sich etwas ausdenken. Wir sind die Fantasie, die sich in ihren Köpfen manifestiert und in ihre Werke fließt. Wir sind frei! Von Beginn an und für immer.“

Celfies Augen begannen wieder heller zu leuchten.

„Aber wenn Glenn jetzt in Farbek verbreitet, dass alle Ideen von ihm stammen, dann heißt das, wenn die Menschen nach Ideen suchen, dann finden sie in Farbek nur Glenn! Und das ist sein Plan! Er will, dass alle Menschen dasselbe glauben, wenn sie nach einer Idee suchen. Er will den Ideen die Freiheit nehmen und dasselbe will er mit den Menschen tun. Nur unfreie Menschen kann man lenken."

Die Graffiti erstarrten.

„Bist du dir sicher?" Der Goldgefesselte sah Celfie verwirrt an. „Das habe ich noch nie gehört."

„Ich bin mir sicher", entgegnete Celfie. „Ich habe jemanden getroffen, gehört … eine Stimme. Es war, als spräche Farbek selbst zu mir. Es ist verschwommen. Aber ich bin mir sicher."

Adlerstirn zuckte zusammen. „Die Stimme von Farbek hat zu dir gesprochen?"

Adlerkopf bewegte sich heftig hin und her, sodass seine Federn aufflatterten. „Bist du dir da ganz sicher, Celfie?"

„Ja, das bin ich." Celfie schaute die beiden an. „Wieso?"

„Weil das bedeutet, dass Farbek nicht mehr existiert!", flüsterte Adlerstirn. „Die Stimme von Farbek, erzählen die Bilder, die keiner mehr kennt, ist der Beginn und das Ende. Und da es Farbek schon immer gegeben hat, kann dies nur bedeuten, dass du jetzt sein Ende getroffen hast."

„Wollt ihr damit sagen, dass Glenn Despott Farbek vernichtet hat?" Kyle sah die Graffiti fassungslos an.

„Nicht vernichtet", entgegnete Celfie. „Farbek ist da. Aber es ist nicht mehr das Farbek, das wir kennen. Es ist Glenn Despotts Farbek. Wenn die Menschen ihre Ideen in Farbek finden, dann finden sie dort jetzt nur noch Glenn Single Despott. Und das bedeutet, er will sich von dort aus auch die Erde untertan machen."

„Wir müssen also von hier aus weiterkämpfen", murmelte Fenstermädchen. „Es ist die einzige Möglichkeit."

„Ja", sagte Celfie. „Unser Weg liegt hier! Wir müssen Farbek von hier aus befreien!"

Und plötzlich war ihr klar, dass sie zum ersten Mal in ihrem Leben doch vor Sieg oder Niederlage stand.

* * *

In diesem Moment klopfte es von außen an die goldene Tür.

„Glenn, bist du da? Hallo Glenn!", rief eine dienstbeflissene Stimme.

„Da kommt jemand!", Fluschfummel sprang hinter Kopfhörerdrache und ein blauer Farbspritzer flog aus ihrem moosgrünen Fell auf den goldenen Teppich.

Doch Celfie hob beruhigend eine Hand. „Ich kenne diese Stimme, das ist Hugo."

„Genau", zischte Kyle.

„Gle-henn!", rief es in diesem Moment wieder. „Ich bin's, Hugo. Ich habe die ganze Zeit gearbeitet und bin einen wichtigen Schritt weitergekommen." Noch einmal klopfte es an die Tür.

Dann wurde sie vorsichtig aufgestoßen.

„Gle-henn! Hallo?" Hugo Gelbstift steckte vorsichtig seinen Glatzkopf mit den Segelohren durch den Spalt. Sein Blick fiel auf die am Boden liegenden Gestalten.

„Glenn? Was machst du denn da? Hast du …? Ist das …?" Der kleine Maler schluckte schwer. „Das ist doch das Graffiti."

Hugo beugte sich mit rot glühenden Ohren herab, als auch schon Spraydog und Kyle neben ihn sprangen und ihn packten.

„Wer bist du und was willst du hier?“, stieß Spraydog drohend hervor.

Hugo rollte mit den Augen. „Ich …“ Ängstlich starrte er auf Spraydogs gebleckte Zähne. „Ich bin hier wegen … Aber wer seid ihr überhaupt?“

Celfie trat vor Hugo. „Du hast also Aargh hierher gebracht!“

„Ich?“ Hugo wollte zurückweichen, dann erkannte er sie. „Du?“

Er starrte Celfie an. Für einen Augenblick sah es aus, als versuche er, seine Augen ganz weit aufzureißen, und hoffe, aus ihnen würde ein Leuchten hervordringen, das Celfie wie ein Laserstrahl entzwei teilen würde. Aber dann schnappte er nur hilflos nach Luft. „Aber, nein! Ich doch nicht! Warum sollte ich ein so schreckliches Krickelkrakel hierher bringen? Ich habe bessere Bilder zu bieten. Da draußen steht eins! Direkt vor der Tür. Und außerdem war das Glenn. Er hat dich beobachtet und wusste immer, wo du bist. Und dieses grüne Ding da auch.“

Er nickte zu Fluschfummel.

„Du hast Aargh zu Glenn gebracht“, wiederholte Celfie. „Und wegen dir ist dieser Junge beinahe ertrunken.“

Hugo drehte mühsam den Kopf und schaute zu Kyle. „Ach was!“, sagte er dann empört. „Unkraut vergeht nicht!“

„Ich bin kein Unkraut!“, rief Kyle.

„Er hat es nur dank Fluschfummel und mir überlebt“, sagte Celfie. „Nur deswegen bist du nicht zum Mörder geworden, Hugo. Was willst du hier?“

„Das geht dich nichts an!“, schrie Hugo plötzlich. „Dieser Turm gehört dir nicht. Das ist Glenns Tower. Glenn Single Despotts!“

„Ich bin trotzdem hier“, entgegnete Celfie. „Mit meinen Freunden. Und es geht mich etwas an, weil auch ich ein zum Leben erwecktes Bild bin, genau wie Aargh.“

Hugo Gelbstift lächelte dreist. Seinem Gesicht war anzusehen, dass er gerade etwas Größeres verstanden hatte. Doch sofort versuchte er wieder, seinen Vorteil daraus zu ziehen.

„Na, klar bist du nur ein zum Leben erwecktes Bild. Ich habe Glenn das Malen beigebracht. Er hat gedacht, ich merke das nicht, wenn er bei mir im Atelier rumschnüffeln kam und mir scheinheilige Fragen stellt. Aber natürlich wusste ich genau, dass er nur bei mir abguckt. Ich bin sehr wichtig für ihn. Ich bin sein Mallehrer. Mir verdankte er es, dass er dich überhaupt malen konnte. Und deswegen verdankst du es mir, dass du überhaupt auf der Welt bist! Und außerdem bin ich es auch, der die Nanoschrift erfunden hat. Und genau deswegen bin ich hier. Ich habe es geschafft, noch einen Buchstaben mehr auf jedem Quadratzentimeter unterzubringen. Jetzt sind es schon 18! Jetzt ist sie reif. Und niemand braucht mehr lebendige Bildchen wie euch. Wenn Glenn nämlich aufwacht und ich ihm das sage, wird er euch alle ausradieren.“

Hugo war ganz rot im Gesicht geworden. Er sprang in Kyles und Spraydogs unnachgiebigem Griff hin und her und lachte dabei wie ein Kobold.

Der zähnefletschende Hund mit der Spraydose in der Pfote schaute durch die geöffnete Tür auf ein riesiges Bild, auf dem ein paar graue Autobahnen zu sehen waren, über deren Fahrbahnen goldene Butterstreusel schwebten. „Hast du das gemalt? Das sind ja tolle Autobahnen. Und mit Butterstreuseln drauf! Wie lecker!“

Hugo fuhr auf. Hochmütig sah er Spraydog an. „Das sind keine Butterstreusel, das sind goldene Monde!“, fauchte er. „Und darum geht es hier überhaupt nicht. Es geht nur um die Nanoschrift. Nur deswegen bin ich hergekommen. Aber davon versteht ihr Machwerke doch nichts, das ist viel zu filigran. Oder könnt ihr etwa lesen?“

Ein listiges Funkeln trat in Hugos Augen.

„Wieso?“, fragte der Goldgefesselte. Er blickte zu Zittermesser und Fenstermädchen. Durch die Fensterhöhlen von Fenstermädchen leuchtete das nächtliche Stadtbild hinter der zerbrochenen Panoramascheibe. Zittermesser stellte sich dicht vor Hugo. Angespannt sah der kleine Maler auf die zitternde Klinge, die nur wenige Zentimeter vor seiner großen Nase schwebte.

„He! Vorsichtig mit dem Dolch! Komm mir damit nicht zu nah!“

Zittermesser rührte sich nicht von der Stelle, aber Spraydog ließ Hugo los und zog die goldene Tür ganz auf. Dann schob er seine Schnauze vor und betrachtete Hugos Bild.

„Ich seh nur Butterstreusel! Warum malst du so viele Butterstreusel? Kannst du mir das erklären?“

„Das sind keine Butterstreusel, das sind Monde“, rief Hugo. „Goldene Monde!“

„Die sehen aber aus wie Kuchenstreusel!“, widersprach der Goldgefesselte. „Sollten Monde nicht mondförmiger sein?“

„Ja“, fuhr Spraydog fort, „was hältst du davon, Malermann, wenn wir den Monden zusammen eine etwas mondförmigere Form geben? Und auch eine etwas mondigere Farbe? So golden ist der Mond doch gar nicht. Er ist doch viel blauer und roter und sternenlichtverhangen und manchmal sogar grün oder lila …“ Er hob seine Spraydose.

„Um Himmels willen!“ Hugo schüttelte wild den Kopf. „Das Bild ist kostbar. Kann denn keiner von euch lesen?“

Spraydog sah sich das Bild von noch näher an. „Natürlich können wir alle lesen. Aber warum muss man deiner Meinung nach lesen können, um sich ein Bild anzuschauen?“

„Ach, das ist nicht so wichtig“, rief Hugo. „Aber wie gut! Dann seht doch einmal genau hin. Die Goldmonde! Sie sind aus echtem Blattgold!“

„Ja“, sagte Spraydog. „Das sehe ich. Echt goldene Butterstreusel.“

Fenstermädchen kicherte.

Hugo sah die seltsamen Wesen wütend an. Schlimm genug, dass seine Leuchtaugenkraft immer noch einfach nicht wirken wollte, jetzt drangen diese seltsamen Gestalten auch noch in Glenns und sein Reich ein. Und offenbar hatte Glenn sie nicht daran gehindert. Im Gegenteil, sie hatten ihn irgendwie in ihre Gewalt gebracht. Das alles machte Hugo sehr wütend. Sehr wütend und sehr hilflos. Aber noch hatte er einen Trumpf im Ärmel. Nur, warum reagierten diese Wesen nicht darauf? Wütend schrie er: „Ihr könnt überhaupt nicht lesen!“

Fenstermädchen klapperte amüsiert mit ihren Fensteröffnungen. „Ja, das glaube ich dir natürlich, dass du das glaubst. Aber warum arbeitest du für Glenn Single Despott?“

Hugo richtete sich auf. „Weil ich malen kann wie niemand sonst! Und auf meinen Bildern sind wunderbar goldene Monde. Seht doch nur hin!“

Fenstermädchen kicherte wieder. „Klar! Und da sind auch Buchstaben in den Goldmonden."

Hugo sah sie angespannt an. „Ach, ja?" Endlich war es so weit. „Du kannst sie also sehen? Schön!"

„Klar", antwortete Spraydog anstelle von Fenstermädchen. „Das sieht doch ein Blinder mit dem Krückstock."

Hugo ballte begeistert die Fäuste. „Und könnt ihr auch lesen, was da steht?"

„Klar", antwortete Fenstermädchen wieder. „Man kann sie gut lesen."

„Ja!", rief Hugo. „Ja? Aber dann lies doch mal!"

Der kleine Maler schloss die Augen. Jetzt kam sein Moment. Er hatte es geschafft. Es war ein Meisterwerk. Jetzt endlich würde die Nanoschrift ihre einmalige Wirkung entfalten.

„Na!", rief Hugo laut. „Na, was steht denn da?"

Spraydog seufzte. „Derselbe Mist wie überall: Glenn der Erschaffer macht die Welt gut! Das ist ja wirklich süß."

„Was?" keuchte Hugo. „Das habe ich nie geschrieben! Ich habe geschrieben: Gelbstift dein Boss …"

„Nein!" Spraydog beugte sich vor. „Da steht: Glenn der Erschaffer macht die Welt gut!"

„Nein, nein!", rief Hugo. „Das war ich nicht! Nein!"

Celfie trat vor. „Doch! Das ist Glenns Botschaft in Farbek, die Aargh gerade verbreitet. Sie ist jetzt in allen Bildern. Und auch in deiner Schrift. Weißt du, Hugo, Glenn will, dass alle ihn lieben! Er hat dich benutzt."

„Ja?", murmelte Hugo mit gesenktem Blick. Er konnte diesem Mädchen einfach nicht in die Augen sehen.

„Liebst du Glenn?“, fragte Celfie sanft.

Weinend ließ Hugo Gelbstift den Kopf sinken. Es war wirklich alles aus und vorbei. „Ich dachte, ich soll ihm die Nanoschrift machen. Aber er hat mich nur benutzt …“

Celfie nickte Spraydog und Kyle zu. „Lassen wir ihn frei. Er ist selbst verloren.“

Spraydog und Kyle ließen den weinenden Maler los und traten zurück. Dabei fiel Kyles Blick durch Fenstermädchens Fensterhöhlen auf eine rot leuchtende Werbeschrift auf dem Dach eines Hochhauses.

„Da!“ Kyle streckte den Arm aus und deutete darauf.

Celfie drehte sich um. In hohen Buchstaben stand dort zu lesen:

GLENN DER ERSCHAFFER MACHT DIE WELT GUT!

„Die Welt hat begonnen, sich zu verändern.“ Celfie schaute ihre Freunde an. „Wir bringen Hugo von hier fort. Glenn soll allein sein, wenn er aufwacht. Wir nehmen auch Aargh mit.“

„Sollen wir denn nicht hierbleiben und ihn bewachen?“ Kyle schüttelte verständnislos den Kopf.

„Nein“, entgegnete Celfie sanft. „Was bringt es, hier darauf zu warten, dass Glenn wieder aufwacht? Es geht nicht um ihn, er hat sein Ziel erreicht. Was sollten wir mit ihm anstellen? Versuchen, ihn umzustimmen? Ihn bitten, ein besserer Mensch zu werden?“

„Und was sollen wir stattdessen tun?“, rief Kyle.

Celfie sah hinaus auf die Stadt. „Wir gehen zu den Menschen.

Sie sind Glenns Opfer. Sie brauchen unsere Hilfe. Nur die Menschen können Farbek befreien und sich selbst!"

„He, Hellaugenkind!" Es war die Fliege mit Schmetterlingsflügeln im Supermannkostüm, die sich zu Wort meldete. „Was ist mit den anderen? Wenn sie hier ankommen und auf Glenn treffen, wer weiß, was dann passiert?"

„Du hast recht!" Celfie fasste sich an die Stirn. „Wir bleiben in unseren Gruppen, das ist das Sicherste! Geht hinaus auf die Fenster des Moonson Tower und macht euch dort flach. Dort wird Glenn euch nicht bemerken. Wenn die übrigen ankommen, strömt in die Straßen der Stadt und folgt uns. Mein Licht wird euch zeigen, wo wir sind."

„Gut", brummte die Fliege mit Schmetterlingsflügeln im Supermannkostüm. Sie ließ sich aus dem Fenster fallen und saß gleich darauf flach und bunt an einer der Scheiben des Moonson Towers. Die Gefährten aus ihrer Gruppe folgten ihr.

Celfie sah ihnen nach, dann wandte sie sich Kopfhörerdrache und den anderen zu. „Bevor wir zu den Menschen gehen, gibt es noch etwas. Wir sollten Hugo von hier weg und zu seiner Mutter bringen."

„Ihr wisst, wo meine Mutter ist?" Mit einem Hoffnungsschimmer in den Augen blickte Hugo Gelbstift auf.

„Ja", sagte Celfie.

Sie nickte Kyle zu und der trat zu dem ohnmächtigen Glenn und zog ihm vorsichtig den kleinen Aargh aus den Armen. Liebevoll drückte Kyle das einbeinige Graffiti mit der Krone auf dem Kopf an sich.

„Fluschfummel, Goldgefesselter, Fenstermädchen, Spraydog,

Kopfhörerdrache, Zittermesser, Schwarzmann und Weißhund, Adlerstirn und Adlerkopf." Nacheinander blickte Celfie ihre Freunde an. „Es ist Zeit, die Erde auf den Kopf zu stellen."

EIN LANGER WEG

Als Glenn Single Despott erwachte, war es kalt in seinem Turm.

Er sah sich um. Er war allein in seinem Arbeitszimmer, genau wie beim letzten Mal. Doch nun pfiff ein seltsamer Wind um ihn herum.

Mühsam richtete Glenn sich auf. Die große Panoramascheibe war zerbrochen. Und dazu fehlte das Graffiti. Das war beunruhigend. Die kleine Celfie hatte damals viel länger geschlafen als er.

Glenn erhob sich. Die Totenstarre hatte ihn auf seiner Reise ins verbotene Reich schon gepackt und er musste sich rekeln, dass es knirschte und knackte. Doch bald fühlte er das Blut zurück in seine Adern fließen und lachte. Es klang starr und klapprig, wie das Lachen eines sehr alten Mannes.

Nachwirkungen, beruhigte sich Glenn Single.

Außerdem würde er nie wieder sterben müssen. Jetzt nicht mehr. Außer ein allerletztes Mal, irgendwann, ganz am Ende. Jetzt aber gehörte ihm Farbek und damit auch die Erde. Mit der Erde gehörten ihm die Menschen. Sie würden nichts mehr verändern, nur noch reglos gehorchen.

Sie würden keine Bilder malen, außer die, die Glenn ihnen vorgab. Niemand würde ihm widersprechen, jeder würde nur an ihn glauben. Er würde das Licht sein, hell wie die Sonne. Die einzigen Buchstaben des Alphabets, die man von nun an noch brauchte, waren diese zehn: D E G I L N O P S und T.

Glenn Single Despott trat an das kaputte Fenster und sah hinab. Der kleine Aargh musste es irgendwie geschafft haben, es zu zerbrechen und zu fliehen. Das war seltsam, schließlich hatte es sich um Sicherheitsglas der allerhöchsten Stufe gehandelt. Aber das war im Grunde genommen auch egal.

Denn auf den Hausdächern gegenüber leuchteten neue Werbeschriften, wie Glenn jetzt sehen konnte. Beweise seines Erfolgs. Und das hieß, nichts ließ sich mehr ändern. Alle Stufen des Plans waren vollzogen. Es war vollbracht.

Er hob den Blick und schaute hinaus über die Dächer. Alles war, wie es sein sollte.

Glenn schaltete seinen Computer ein. Auch die Schlagzeilen waren jetzt richtig:

GESCHICHTSFORSCHER ENTDECKEN WAHRHEIT: ERFINDER DER GLÜHBIRNE
NICHT EDISON, SONDERN GLENN SINGLE DESPOTT ...
MUSIKGENIE GLENN SINGLE DESPOTT LANDET NEUEN WELTHIT ...
GLENN SINGLE DESPOTTS FLOTTE KREUZT AUF ALLEN WELTMEEREN ...
DER BERÜHMTE MENSCHENFREUND GLENN SINGLE DESPOTT ...

Glenn wandte sich ab und trat an die goldene Tür. Der schwarze Tunnel hatte sich wieder geschlossen. Nie wieder würde er sich öffnen müssen. Das Gift war auch verbraucht. Es war genau abgestimmt gewesen auf den großen Plan.

Morgen früh würde er sich zum Herrscher krönen lassen, wenn er Lust dazu hatte. Der Gedanke an eine goldene Krone und ein

Pferdegespann, mit dem er durch die Stadt fuhr, brachten ihn zum Lächeln. Ein bisschen Jubel, das war es vielleicht, was ihm noch fehlte.

Glenn nahm seinen schwarzen Füller und ging hinüber zu seinem Plan. Es war Zeit, den letzten Punkt auszustreichen.

Er zog die Kappe vom Füller und setzte zum Strich an.

Dann vollendete er sein Werk.

~~1. Erschaffung~~

~~2. Entführung~~

~~3. Augenschein~~

~~4. Glenns Schule~~

~~5. Todestunnel III~~

~~6. Blick ins Licht~~

Die neue Welt hatte begonnen.

AM ENDE DER WELT

„Da sind wir!“

Kopfhörerdrache schob sich aus der Baustelle des Moonson-Wohnparks hervor und machte seinen Körper dreidimensional.

Niemand war zu sehen.

Celfie sprang von seiner Stirnplatte. Auf ihrer Schulter saß Fluschfummel. Zittermesser und Spraydog hielten Hugo Gelbstift zwischen sich. Der Maler hatte sich auf ihrem Weg durch die Stadt auf der Stirnplatte von Kopfhörerdrache so sehr gefürchtet, dass die beiden ihn fest umklammert gehalten hatten.

Neben ihnen stand Kyle, der Aargh im Arm hielt. Das Graffiti schlief noch immer. Während sie abstiegen, kamen auch Schwarzmann und Weißhund, der Goldgefesselte, Adlerstirn und Adlerkopf und Fenstermädchen aus den Betonwänden des Rohbaus.

Die Sonne ging auf und warf einen rötlich-goldenen Schein über die Bäume, die tiefer in den angrenzenden Wald hinein den alten Moonson Tower umstanden. Die schwarze Ruine warf einen langen Schatten über den Friedhof und seine immer noch von Spraydogs Farbe bunten Grabsteine.

In diesem Moment regte sich das kleine Graffiti in Kyles Armen: „Was los ist?“

Kyle blickte sein Graffiti an. „Aargh!“, sagt er. „Du bist auf der Erde.“

„Erde?" Die Augen des unfertigen Wesens drehten sich vorsichtig. Dann sah es Kyle an. „Edre! Bist du Maler Aargh?"

Kyle nickte. „Willkommen, mein Freund. Ich habe dich gesprüht. Ich war damals sehr unglücklich und habe vergessen, dir ein zweites Bein zu machen. Aber dafür hast du einen Kronenflügel auf dem Kopf."

„Kyle!", sagte Aargh. Er kuschelte sich an den Jungen. „Der komische Mann hat Aargh mitgenommen."

„Ich weiß", sagte Kyle sanft. „Das war Glenn. Aber jetzt bist du bei mir. Und bei Celfie und den anderen. Wir sind deine Freunde."

Vorsichtig sah das kleine Graffiti sich um. Dann schloss es die Augen und kuschelte sich wieder an Kyle. „Edüm."

„Du kannst schlafen, Aargh. Ich passe auf!", flüsterte Kyle fürsorglich.

Hugo hatte Kyle zugesehen. Er schnaufte unwillig und schaute grimmig auf die Ruine vor ihnen. „Was ist das hier überhaupt? In dem Ding soll meine Mutter leben? Wollt ihr mich für dumm verkaufen?"

Celfie schüttelte den Kopf. „Das ist nicht unsere Art, Hugo Gelbstift. Komm mit!"

Das Mädchen aus Farbek ging voran in den Waldweg und winkte Zittermesser und Spraydog zu, den Maler loszulassen. „Er kann jetzt sicher wieder allein gehen."

„Allerdings!", fauchte Hugo.

Nach einigen Minuten erreichten sie die hohe Mauer und die Wachhütte.

Da drang die Stimme der alten Frau aus dem verfallenen Gemäuer: „Ich höre euch! Wer seid ihr? Das Tor ist verschlossen. Ich darf niemandem Eintritt gewähren. Kennt ihr meinen Sohn?“

Celfie trat an die Türöffnung. Hinter ihr sammelten sich die Graffiti und Kyle. Celfie sah in das Wachhäuschen. Die alte Frau saß auf ihrem Stuhl und hielt den Kopf lauschend emporgereckt.

„Ich bin es, Celfie Madison“, sagte Celfie.

„Du?“ Die Blinde nickte. „Ich erkenne deine Stimme. Seid ihr tatsächlich wiedergekommen … Ich habe davon geträumt. Aber dann haben sich meine Träume verändert. Jetzt will ich nicht mehr schlafen und warte nur noch. Hast du getan, was du versprochen hast?“

„Das habe ich“, antwortete Celfie. „Du bist frei, dein Sohn ist hier.“

Über das Gesicht der alten Frau lief ein hoffnungsvoller Schimmer. „Mein Sohn ist hier? Ist das wahr?“

Celfie wandte sich zu dem Maler um. Er stand dicht hinter ihr und starrte stumm auf seine Mutter. Seinen Ohren glühten rötlich im ersten Sonnenlicht und plötzlich standen Tränen in seinen Augen.

„Mutter!“, flüsterte er dann. „Ich bin da! Diese Wesen …“ Er schwieg, wandte sich plötzlich Celfie zu, kniff die Augen zusammen und ächzte mühsam: „Ihr habt nicht gelogen.“

Celfie sah Hugo an. Er konnte es offenbar nicht fassen, nicht betrogen worden zu sein. Sie seufzte und trat zur Seite.

Die blinde Frau streckte die Arme aus. „Bist du wirklich da?“

„Ja!“ Der Maler ging auf sie zu. Zitternd sank er in die Knie und fasste ihre Hände. Seine Mutter zog ihn in ihre Arme.

„Ich habe dich so vermisst, Mama“, sagte Hugo Gelbstift leise.

Die blinde Frau bewegte den Kopf wie ein alter Vogel. Ganz langsam streichelte sie ihrem Sohn über den Kopf. „Ich dich auch", sagte sie dann.

„Erinnerst du dich noch an deinen Lieblingskuchen. Den mit den großen Butterstreuseln?" Sie lächelte. „Das ist das gute Rezept von Glenn Single Despott."

Hugos Körper versteifte sich.

„Aber nein! Es war dein Rezept, Mama!"

Seine Mutter lächelte noch breiter. „Ja, das gute Rezept von Glenn, mein Sohn. Ich weiß, dass du deswegen gekommen bist."

„Kannst du den Kuchen denn noch backen?"

„Aber ja, mir muss nur jemand zur Hand gehen. Die Zutaten weiß ich noch alle."

Hugo strich seiner Mutter über die Hand. „Dann hole ich sie und wir backen den Kuchen zusammen."

„Ja!", sagte seine Mutter. „Das machen wir. Ach, mein Glenn, es ist so schön, dass du zu mir gekommen bist."

Hugo erstarrte. „Ich bin nicht Glenn, ich bin Hugo."

„Aber du bist doch mein Sohn!", lächelte die blinde Frau. „Glenn Single, mein Sohn. Ich habe so lange auf dich gewartet. Ich habe hier Wache gehalten, damit du wieder zu mir kommst. Jetzt bist du da. Und jetzt machen wir dir deinen Glennkuchen."

Hugo Gelbstift sank in sich zusammen. „Was habe ich getan?", flüsterte er tonlos.

Seine Mutter streckte die Hand aus und fuhr ihm über den Kopf. „Ach, Glenn, sei nicht traurig. Es wird alles gut werden."

„Ich bin Hugo", sagte er. „Fühl doch mal, Mama!" Hugo nahm die Hand seiner Mutter und legte sie auf sein Gesicht.

Seine Mutter ließ sie langsam über die große Nase des kleines Malers gleiten und zupfte dann vorsichtig an seinen Segelohren. „Ja, Glenn!“, nickte sie. „Genau so hast du dich immer angefühlt. Du hast die Nase und die Ohren deines Vaters. Ihr wart euch schon immer ähnlich.“

„Aber, Mama!“, fuhr Hugo auf. „Glenn hat eine schmales Gesicht und ich bin ganz rund. Glenn ist groß und ich bin klein!“

„Ja!“, lachte seine Mutter. „Du bist mein kleiner Glenn!“

„Aber der Kuchen!“, begehrte Hugo auf.

„Ja, Glenns Kuchen war immer für Glenn“, sagte seine Mutter streng und strich Hugo über die Wange.

„Oh, Mama …“ Über Hugo Gelbstifts Wangen flossen langsam zwei dicke Tränen. Er senkte den Kopf. Dann wanderte sein Blick durch die verfallene Hütte. „Das also ist das Superheim, von dem Glenn mir weisgemacht hat, er habe dich darin untergebracht. Mit dieser Hütte hat er mich die ganze Zeit erpresst.“

„Aber Glenn!“, lächelte die alte Frau. „Es geht mir doch gut. Und jetzt, da du gekommen bist, mein Sohn, kann ich endlich wieder ruhig schlafen!“ Sie lachte mit offenem Mund tonlos vor sich hin.

„Ja, Mama, ich weiß.“ Hugo zog die Schultern zusammen. Seine Wangen bebten. „Es tut mir so leid. Ich habe mir etwas vorgemacht. Ich kann nicht, was ich behauptet habe. Ich habe alle immer nur angelogen. Mich und dich und …“ Hugo sprach nicht weiter. Er weinte leise vor sich hin: „Ich wollte nur sein wie Glenn!“

„Glenn!“, lächelte seine Mutter. „Mein lieber Glenn!“ Sie streichelte Hugo über den Kopf.

„Hoffen wir, dass das nicht so bleibt“, murmelte Kyle. „Das kann man ja nicht ertragen. Nicht mal bei so einem Lügner wie diesem Hugo.“

Er wandte sich Celfie zu.

„Es wird noch schlimmer werden“, sagte Celfie. „Die Vergangenheit ist voller Glenn und damit auch die Zukunft. Wir müssen jetzt weiter.“

Kyle schaute Celfie an. „Aber wo führt das hin?“

Celfie erwiderte seinen Blick und überlegte. „Alles wird voller Glenn sein“, überlegte sie. Sie sah zu den Graffiti. „Aber was ist, wenn alles nur noch Glenn ist? Was erwartet uns dann?“

„Das Nichts“, antwortete der Goldgefesselte dumpf. „Das hier ist nur der Anfang. Wenn alles Glenn ist, löst sich alles ins Nichts auf. Das ganze Weltall wird zusammenstürzen. Was soll einander Halt geben, wenn alles dasselbe ist?!“

Kyle fuhr sich mit einer Hand an den Mund und blickte Aargh an. „Aber das darf nicht sein. Ich bin Kyle, der Glenn wird doch sicher dafür sorgen …“ Er hielt erschrocken inne.

Fenstermädchen sah Kyle an. „Du bist auch schon befallen!“

Kyle schüttelte den Kopf. „Niemals!“

„Doch, Kyle ohne Krone“, sagte Celfie. Sie ließ ihre Augen aufleuchten und tauchte Kyle in ihr Licht. „Wer bist du?“

Kyles Gesicht glomm auf und der Junge holte Luft. „Ich bin Kyle, der Keil! Kommt mir einfach nach. Ich bin so schmutzig, dass die Leute mir ausweichen. Scheiß verdammter Hungerleider! Aus dem Weg, ihr Halsabschneider. Dummbeutel, Angsthase, Käsefuß!“

Fluschfummel lachte. „Klingst wieder wie du!“

„Ja, das finde ich auch." Celfie hüllte Kyle noch einmal in ihr Licht ein, dann wandte sie sich ihren Gefährten zu. „Lasst uns aufbrechen. Wir müssen zu den Menschen und sie retten. Dann retten wir auch Hugo und seine Mutter. Ich will keinen Kyle, der zu Glenn wird."

Kyle fasste sich an den Kopf und stöhnte. „Und ich erst recht nicht!"

„Gut!" Celfie drehte sich zu Hugos Mutter, die ihren weinenden Sohn zärtlich im Arm hielt und seinen Kopf streichelte.

„Alles Gute Ihnen und Ihrem Sohn!"

„Aber es geht uns doch gut!", lächelte die blinde Frau. „Sag den netten Leuten auf Wiedersehen, Glenn!"

Hugo Gelbstift hob die Hand. In seinen Augen stand ein seltsamer Glanz. „Glenn hat euch lieb!", sagte er dann fröhlich.

Celfie Madison Hellaugenkind schaute ihn an. Dann verließ sie die Hütte.

Celfie, Kyle und die Graffiti ließen Hugo Gelbstift und seine blinde Mutter am alten Moonson Tower zurück und machten sich auf den Weg in die Stadt.

Am Moonson-Wohnpark drangen sie in die Flächen ein und bewegten sich von dort rasch immer näher auf die Stadt zu. Celfie und Kyle reisten wieder auf der Schildplatte von Kopfhörerdrache. Zunächst folgten sie einigen verlassenen Straßen, glitten über den Asphalt und erreichten schließlich die ersten Häuser.

Inzwischen stand die Sonne über den Dächern.

Fluschfummel blinzelte ins Licht. „Aber Celfie, wir können bei Tageslicht nicht in die Stadt eindringen, ohne gesehen zu werden", rief die grüne Spraymaus. „Wie sollen wir uns denn da verstecken?"

Celfie schüttelte den Kopf. „Wenn mich nicht alles täuscht, können wir davon ausgehen, dass die Menschen uns keine besondere Aufmerksamkeit schenken werden. Ich glaube sogar, dass nur wir ihnen unsere Aufmerksamkeit schenken müssen."

„Das verstehe ich nicht", rief Fluschfummel.

Celfie seufzte. „Du hast doch gesehen, wie Hugos Mutter war. Und wie Kyle geworden wäre, wenn ich ihn nicht angeschaut hätte. Alles war Glenn! Wenn alles Glenn ist, dann bist auch du und sind Fenstermädchen oder Spraydog Glenn."

„Mann, Celfie!", ächzte Kyle. „Du hast recht. Das ist der totale Brei. In meinem Kopf hat sich das angefühlt wie eine Gehirnwäsche. Als könnte ich gar nichts anderes mehr denken. Aber wenn das so stark ist, was sollen wir denn dann überhaupt dagegen tun?"

„Zuerst müssen wir herausfinden, ob es wirklich überall so ist", entgegnete der Goldgefesselte. „Wir wissen nicht, wie schnell Glenn Despotts Plan aufgeht."

„Und wenn er so schnell aufgeht wie die Sonne?" Weißhund sprang aus der Fläche und sprang wild kreiselnd um Schwarzmann. „Was machen wir dann?"

„Ich weiß es noch nicht", sagte Celfie. „Aber die einzige Chance, etwas zu verändern, sind die Menschen. Wir können nur versuchen, ihnen Mut zu machen, etwas anderes zu denken."

„Das hat nicht mal Hugo bei seiner Mutter geschafft", murmelte Kopfhörerdrache. „Und ich höre inzwischen auch schon so komische Dinge in meinem Kopfhörer. Da läuft gerade ein Lied, das war früher von einer englischen Band und jetzt ist es von Glenn Single Despott."

„Das ist wie ein Tsunami, der alles überspült. Wir müssen uns beeilen. Lasst uns schauen, wie es bei den Menschen steht", bat Fenstermädchen. „Davor können wir nichts entscheiden."

Die Graffiti setzten ihren Weg fort. Bald darauf erreichten sie die ersten belebten Straßen.

Was sie dort sahen, bestätigte ihre schlimmsten Befürchtungen. Die Menschen waren vollkommen damit beschäftigt, sich ihren neuen Gedanken anzupassen.

Hoch oben in den Videobildschirmen an den Hochhäusern flammten die Botschaften und verkündeten:

SEI BRILLANT: GLENNKRISTALLE GLITZERN HELLER ...
WENN GEHEN ZUM GENUSS WIRD: GLENN DESPOTT BOOTS ...
DEIN DRINK! DEINE GLENN SINGLE DESPOTT SUPER-BUBBLE! ...

Und so ging es weiter. Alles auf der Welt schien von Glenn zu sein und alles war Glenn.

„Merkt das denn niemand, dass überall nur ein Name steht?" Kyle sah sich furchtsam um. „Wie hat er denn das so schnell geschafft? Gestern war es doch noch anders."

„In Farbek gibt es keine Zeit, Kyle!", sagte Celfie. „Wenn ein Gedanke dort alle anderen beherrscht, dann erinnern sich jetzt auch viele Menschen so daran, als wäre es schon immer so gewesen. Dann wird alles ein Gedanke."

In diesem Moment erschien auf der Leinwand ein Bild vom zweibeinigen Aargh. Dazu verkündete ein Werbespruch:

DAS BESTE SPIELZEUG – DER AARGHI. KINDER LIEBEN IHN!
AARGHI KANN ALLES, WAS DU WILLST. NATÜRLICH VON GLENN!

Kyle keuchte wütend auf. „Dieses fiese …“ Er verschluckte den Rest des Satzes, denn in diesem Moment erwachte Aargh in seinen Armen: „Saw Tsi?“

Kyle sah ihn an. Das Graffiti streckte seine Augen in die Höhe und ließ sie vor Kyles Gesicht schweben. „Von dir geträumt!“, flüsterte es. „Kyle viel an mich gedacht.“

„Äh, ja!“, sagte Kyle. Er sah verlegen aus und lächelte glücklich. „Hey, Aarghi!“

„Gut, Kyle!“

Aargh sprang aus Kyles Armen. Er landete sicher auf seinem Bein und benutzte seinen Kamm wie eine Katze ihren Schwanz dazu, das Gleichgewicht zu halten. „Aargh weiß, andere Welt.“ Nacheinander blickte er Celfie und die übrigen Graffiti an. „Hier Widerstand negeg Glenn!“

„Ja!“, sagte Kyle erstaunt. „Aber woher weißt du das?“

„Glenn mich trhüftne dnu anderen Aargh gebracht. Alles Glenn! Ich ehes! Schlimm!“

„Das ist wirklich beängstigend.“ Hinter Fenstermädchens Fensterhöhlen leuchteten Buchstaben auf einem Hochhausdach auf, die ebenfalls Glenn Despotts Namen verkündeten.

Adlerstirn sah Celfie aus grauen Augen an. „Wenn das so weitergeht, werden wir auch bald Bilder von Glenn sein. Es bleibt uns nicht mehr viel Zeit.“

„Aber ich bin ein Bild von ihm und ich bin trotzdem frei!“ Celfie Madison Hellaugenkind sah ihre Gefährten an. „Wir dürfen nicht denken, wir seien von Glenn. Wenn wir das tun, werden wir nichts mehr gegen ihn unternehmen können."

„Das ist nicht leicht, Hellaugenkind!", knurrte Adlerkopf. „In meinem Kopf höre ich schon auf, Fragen zu stellen!"

Fluschfummel sah Celfie unsicher an. „Bin ich auch von Glenn?"

„Nein!" Spraydog hob seine Dose und ließ einen wütenden roten Farbschwall in die Luft sausen. „Nein, das bist du nicht! Denn du bist …" Im selben Moment schwieg er, denn plötzlich formte die Farbe aus seiner Spraydose das Wort Glenn. „Verdammte Kacke!", brüllte Spraydog. „Wieso kommt das da einfach raus?"

„Farbek ist jetzt Glenn!", verkündete der Goldgefesselte. „Und ich bin Ge… Geglenn … Gefess… Geglennt!"

Kyle stampfte mit den Füßen auf. „Wir müssen was tun!" Der Junge rang plötzlich nach Luft. „Tun wir Glenn! Wir …" Er lief dunkel an. „Glenn …" Mit hervorquellenden Augen sah er Celfie an. „Mann, Celfie, Mann, Glenn … in meinem Kopf taucht dauernd Glenn auf. Es ist wie Hypnose, oder als ob … nichts anderes mehr gibt …"

Celfie Madison holte Luft. „Lasst euch nicht davon überwältigen!" Sie trat dicht vor Kyle und sah ihn eindringlich an. „Kyle!"

Mühsam richtete Kyle seine Augen auf Celfies Gesicht und schaute in das Licht ihrer Augen. Er schwitzte, als hätte er Fieber. Dann wurde sein Blick plötzlich wieder klarer.

„Du bist Kyle!", sagte Celfie sanft.

„Ja", Kyle sah erleichtert aus. „Ich bin Kyle! Danke, Celfie! Ohne dich …!"

Das Mädchen aus Farbek fuhr wütend auf. „Nein!", rief sie.

„Ihr seid mir nicht zu Dank verpflichtet. Wir sind freie Wesen und das werden wir auch bleiben! Jeder ist, wer er ist aus freiem Geist." Sie drehte sich um und ließ das Licht ihrer Augen über ihre Freunde fahren. „Glenn Despott glaubt, dass Gedanken aus Angst stärker und dauerhafter seien als Gedanken, die aus Freude und Liebe entstehen. Er hat versucht, mir Angst zu machen, aber ich habe euch getroffen und dann habe ich keine Angst mehr gehabt. Und ich bin immer noch hier, zusammen mit euch. Habt keine Angst!"

Celfies Augen leuchteten hell und ruhten auf den Gesichtern ihrer Gefährten.

„Lasst euch nicht unterkriegen! Ihr könnt stolz darauf sein, wer ihr seid. Alle sollen uns anschauen und wissen, ein Leben in Freiheit ist nicht leicht und die Fantasie ist nicht vollkommen. Aber wir Wesen aus Farbek hatten es nie nötig, andere zu entführen und dunkle Türme zu bauen und andere daran zu hindern, zu sein, wer sie sind. Bitte, Freunde ..."

Die Graffiti schüttelten sich.

„Es ist nicht leicht, Hellaugenkind ..." Der Goldgefesselte ließ seine Ketten klirren und hob dann die Arme. „Es dringt immer tiefer in uns ein."

„Es ist verwirrend." Fenstermädchen wandte ihre großen Fensterhöhlen hin und her. „Es ist, als ob überall nur noch eins ist."

„Es ist schrecklich!" Fluschfummels rosa Punkt zitterte hin und her. „Man will gehorchen."

Zittermesser dagegen stand ganz still. „Die Bewegung verschwindet und mein Herz will mit ihr aufhören zu schlagen, so wie mein Messer erstarrt."

Celfie tauchte ihn in das Licht ihrer Augen. „Dann werden wir jetzt für neue Bewegung sorgen und dafür, dass wieder Vielfalt herrscht.“

Fluschfummel sah Celfie hoffnungsvoll aus ihren kupferfarbenen Augen an. Ihre verwaschene Schnauze zitterte.

„Wir werden spielen!“, verkündete Celfie Madison Hellaugenkind. „Und zwar mitten in der Stadt und mit den Menschen. Wir alle!“

DAS WILDE SPIEL

Tatsächlich waren die Menschen in den Straßen anders, als Celfie sie bisher erlebt hatte.

Sie liefen mit großen, lichtlosen Augen umher und sahen nur stumpf auf, wenn sie einander begegneten und sich etwas sagten. Immer wieder fielen die Worte ‚Glenn', ‚Glenn Despott' und ‚Glenn Single Despott'.

„Sie haben sich in Zombies verwandelt, in echte Glenn-Single-Despott-Zombies", fluchte Kyle.

„Nein", widersprach Celfie. „Es sind immer noch Menschen, nur ihre Fantasie ist eingeschränkt. Man muss sie aufwecken. Genau, wie ich die Graffiti aufgeweckt habe."

„Aber Menschen lassen sich nicht aufwecken wie Bilder", rief Kyle.

„Da bin ich mir nicht so sicher!" Celfie beobachtete die Menschen genau. Sie liefen durch die Straßen, gingen zur Arbeit und erledigten ihre Einkäufe. Gleichzeitig aber waren sie abwesend und zeigten keine Neugier. Und noch etwas hatte sich verändert, wie Celfie feststellte. Die Haut der Menschen wirkte teigig und blass und ihren Augen fehlte das Licht, das Menschenaugen an und für sich besaßen.

Wie sie richtig vermutet hatte, reagierte kein Einziger von ihnen auf die Graffiti, die sich zwischen ihnen durch die Straße bewegten. Sie nahmen einfach alles hin, was um sie herum geschah, als wäre nichts außergewöhnlich.

„Wir können nicht mal ihre Aufmerksamkeit erregen“, quiekte Fluschfummel. „Wie sollen wir da mit ihnen spielen?“

Celfie deutete auf eine Hauswand neben einem Supermarkt. „Könntet ihr euch bitte dorthin begeben?! Macht euch einfach flach und seid ganz normale Graffiti.“

„Und dann?“ Spraydog schüttelte verwirrt seine Hundeschnauze. „Sie werden genauso an uns vorbeigehen, wie sie es jetzt schon tun.“

„Zunächst ja“, antwortete Celfie. „Aber ich bin auch noch da. Und dann werden wir mit ihnen spielen.“

Die Graffiti bewegten sich weiter durch die stumpfe Menschenmasse.

Ab und zu blieb ein Augenpaar auf den Bildern hängen und man konnte sehen, dass sich irgendwo hinter einer Stirn eine Frage zu formen begann.

Aber dann kam die Antwort sehr schnell, und da sie in jedem der Köpfe einfach nur ‚Glenn‘ lautete, blieb sie nicht länger im Kopf, sondern verhallte.

Als Celfies Gefährten, zu denen sich jetzt auch Aargh gesellt hatte, als ein einziges großes buntes Graffiti nebeneinander auf der Wandfläche neben dem Supermarkt saßen, wandte sich Celfie Kyle zu. Sie konnte in seinen Augen sein Mitgefühl und seine Furcht lesen, seine Kraft sehen und seine Einsamkeit. Kyle war ihr wirklich ans Herz gewachsen. Sie liebte Kyle. Und sie spürte, dass er diese Freundschaft mit ihr teilte.

„Kyle ohne Krone, kannst du bitte den Keil machen. Immer

wenn ich es dir sage, hindere die Menschen daran, an dir vorbei in den Supermarkt zu gehen."

„Die werden sich kaum um mich kümmern, so wie die drauf sind." Trotzdem nickte Kyle. Er stellte sich vor die Tür und wartete.

Celfie musterte die vorbeigehenden Menschen genau. Schließlich kam eine Mutter mit einem Kind an der Hand auf den Supermarkteingang zu. Unauffällig gab Celfie Kyle ein Zeichen. Sofort begann dieser, mitten vor der Tür des Supermarktes auf und ab zu hüpfen. Dabei schimpfte er: „Aggro, alles! Fresst mir die Haare vom Kopf! Mistkerle! Euch gebe ich Saures. Finster, finster, finster! Bitter, bitter, bitter!"

Die Verwandlung des Jungen in sein anderes Selbst vollzog sich so schnell wie ein Wimpernschlag. Und sie hatte den Effekt, den Celfie sich gewünscht hatte. Die Mutter wich Kyle aus. Dabei aber ließ sie für einen kurzen Augenblick die Hand des Mädchens los.

Das war es, worauf Celfie gewartet hatte.

Sofort gab sie Fluschfummel ein Zeichen. „Spiel mit dem Kind!", rief sie der Spraymaus zu.

Gleichzeitig richtete Celfie ihren Blick auf das Mädchen. Sie dachte an alles, was sie in ihrer Heimat erlebt hatte und was sie liebte. Das Licht in ihren Augen glomm auf. Fluschfummel begann sich auf der Mauer zu bewegen. Und Celfies Lichtblick hüllte das Mädchen ein.

Das Kind drehte den Kopf und sah Celfie an.

Das Mädchen aus Farbek lächelte dem Mädchen von der Erde zu. Dann streckte Celfie die Hand aus und wies auf Flusch. Ohne zu zögern, folgte das Kind der Bewegung und seine Augen blieben auf der kleinen Maus haften, die plötzlich den rosa Punkt auf ihrer moosgrünen Schnauze wie einen Flummi nach oben warf.

Das Kind riss den Mund auf. „Das Bild hat sich bewegt!"

Die Mutter drehte sich kurz um. Über die Schulter rief sie: „Jetzt komm schon! Wir müssen noch unsere Glennies holen." Sie trat an eine Schlange von Einkaufswagen.

„Glennies", sagte das Mädchen.

Schnell gab Celfie Aargh ein Zeichen.

Das kleine Graffiti zögerte nicht. Es reckte eines seiner Augen nach vorn und ließ es auf das Gesicht des Mädchens zufahren. Dann trat der Rest des Graffitis hinterher. Stolz baute es sich vor dem Mädchen auf: „Ich bin nicht Glenn", sagte Aargh. „Ich bin Aargh."

„Aargh!", sagte das Mädchen. Dann rief es: „Mama, das ist nicht Glennie, das ist Aarghi!"

Celfie öffnete ihre Augen weiter und das eisgletscherblaue Licht begann die gesamte Wand zu umspielen. Es prallte von dieser ab, tanzte um das Mädchen herum, wanderte weiter bis zu seiner Mutter, erfasste Kyle und glitt wieder zurück über die Graffiti.

„Was redest du denn da?" Die Mutter des Mädchens zog einen Einkaufswagen ab und schüttelte den Kopf. „Ich muss auch noch das neue Glenn Despott Haarspray holen. Komm jetzt, mach schon." Sie warf Kyle, der immer noch vor der Tür stand, einen empörten Blick zu und streckte eine Hand nach ihrer Tochter aus. Dabei allerdings drehte sie sich um und sah nun genau in Celfies Augen.

Celfie lächelte und schaute die Mutter schweigend an. Das Licht ihrer Augen erfasste die Frau und drang bis in ihr Inneres.

„Ach!“, seufzte diese. „Glenn ist auch nicht alles, oder?“ Dann deutete sie mit ausgestrecktem Arm auf Aargh.

Kyle sah es ebenfalls. Es war, als erwachte die Mutter aus einem seltsamen Schlaf. Ihre Haut, die eben noch fahl und blass gewirkt hatte, nahm wieder Farbe an und in ihren Augen begann ein lebendiges Funkeln zu spielen.

„Was ist das denn, Püppi? Hast du das gemalt?“, fragte sie.

„Aargh!“, sagte das Mädchen. „Aarghi!“

„Aargh!“, rief nun auch Aargh. „Ich bin Aargh!“ Er stellte sich vor das Mädchen und lächelte es und dann die Mutter an. „Mich nicht Glenn gemacht. Mich Kyle! Und da, hat ein Bein vergessen. Aber guuuut!“ Aargh hüpfte auf seinem einen Bein umher und flog dabei immer höher. „Kannst du auch?“

Das Mädchen lachte laut auf. Er zog ein Bein an wie ein Flamingo und hüpfte auf dem anderen hinter Aargh her. „Mami, das ist lustig!“

Die Mutter grinste. Ihr Blick ruhte auf ihrer Tochter und Stolz und Liebe lagen darin. „Ach, was soll's. Es geht auch ohne Haarspray“, rief sie und begann, hinter ihrer Tochter her zu hüpfen.

Kyle stieß ein ungläubiges Schnauben aus. „Das ist ja! Unglaublich! Boom boom, bäng bäng!“

Schnell rollte sich Aargh auf den Bauch. „Bauchroll! Bauchroll! Llorhcuab! Llorhcuab!“, lachte er und rollte vor dem Kind und seiner Mutter über den Boden.

Bei diesen Lauten und Bewegungen schrie das Kind vor Freude auf.

„Mama, Mama! Lorhub, Lorbub, Lochlorr!“, kreischte es, warf sich auf die Erde und rollte Aargh hinterher.

Celfie gluckste vergnügt. Sie sah Fluschfummel an und vergaß für einen Augenblick, ihren gletscherfarbenen Augenschein auf die beiden Menschen zu richten.

Augenblicklich hielt die Mutter inne. „Samira“, rief sie. „Das ist aber nicht Glenn, was du da machst.“

Sofort drehte Celfie den Kopf und schickte ihr Licht wieder in die richtige Richtung. Es war noch nicht zu spät. Die Mutter kicherte und legte sich neben ihre Tochter auf den Boden. „Bauchroll! Bauchroll!“, rief sie und schleuderte ihre Arme über den Kopf.

Sie rief es so laut und ausgelassen, dass andere Menschen aus dem Supermarkt gelaufen kamen und die beiden seltsamen Gestalten verwundert beobachteten.

„Sollen wir die Polizei holen? Oder die Feuerwehr benachrichtigen?“ Ein paar Verkäufer verzogen die Münder. „So glennt sich das doch wirklich nicht!“

Kyle fuhr herum. „Celfie, beleuchte sie! Ich kann das nicht mehr aufhalten! Es sind zu viele.“

Er musste nicht weitersprechen. Celfie Madison Hellaugenkind richtete ihren Blick auf die nächste hohe Hauswand und ließ ihn von dort zurück in die Straße fließen. Das eisblaue Gletscherleuchten füllte rasch die gesamte Straße.

Es war, als breite sich ein beruhigender Windschleier aus. Die Menschen hoben die Köpfe und lauschten. Ihre Gesichter entspannten sich und in ihren bis eben noch stumpfen Augen spiegelte sich auf einmal wieder die Welt um sie herum.

Jetzt lösten sich auch die anderen Graffiti von der Wand.

Ein kleiner Mann mit Schnauzbart und Glatze, der aus dem Supermarkt gerannt kam und den Kittel eines Verkaufsleiters trug, sah mit großen Augen Schwarzmann und Weißhund an. „Was?", begann er wütend, vollendete seinen Satz dann aber in Celfies Licht aufgeweckt: „… für ein schönes Paar! Geht ihr jeden Abend zusammen spazieren?"

„Wir bemühen uns darum", entgegnete Weißhund ihm freundlich. „Hätten Sie Lust, uns einmal zu begleiten?"

Der Mann mit dem Schnauzbart nickte glücklich. „Ja! Und entschuldigt, wenn ich das laut ausspreche, aber ihr wirkt so, als wärt ihr nicht von Glenn …"

„Das sind wir auch nicht!", entgegnete Schwarzmann. „Darf ich vorstellen, Weißhund und Schwarzmann. Und wie ist Ihr werter Name?"

„Ich bin der Wilmar", lächelte der kleine Mann mit dem Schnauzbart. „Und ich würde sehr gerne mit euch beiden einen Abendspaziergang unternehmen."

„Dem steht nichts im Wege", entgegnete Weißhund. „Wir müssen dann nur zu dritt Schleudern üben!"

Immer mehr Menschen begannen miteinander zu reden.

Fenstermädchen spielte mit drei dicken Männern Fangen. Immer wieder hüpften die drei durch ihre großen Fensterhöhlen.

Der Goldgefesselte und ein paar junge Männer verglichen ihre Uhren. Beeindruckt prüften die Männer die goldenen Ketten von Goldgefesselter und überlegten, ob sie sich solche auch anschaffen sollten. Doch der Goldgefesselte zeigte ihnen einen Vogel und lachte bloß.

„Als Graffiti ist es leicht, aber als Mensch könntet ihr niemals mehr jemanden umarmen, so viel wie der Klunker wiegt."

Überall redeten die Menschen miteinander.

Immer mehr Kinder tanzten. Adlerstirn und Adlerkopf malten mit Kreide Kindern bunte Bilder auf die Stirn.

„Ich will einen Löwenkopf", rief ein Junge.

„Und ich ein Stachelschwein", jubelte ein Mädchen.

„Gibt es keinen Glenn?", fragten ein blauäugiger Jungen mit Pausbacken und ein Mädchen mit einer Stupsnase zugleich.

„Nein Nnelg", rief Aargh glücklich. „Iebrov!"

„Dann nehme ich eine Ameise", sagte das Mädchen. „Die ist auch schön."

Adlerstirn und Adlerkopf lachten. Der Junge aber schwieg. Unglücklich trottete er davon.

Er würde es später begreifen, hoffte Celfie und sandte ihm einen hellen Blick nach.

Fluschfummel zeigte einigen Kindern, wie sie mit Kreide eigene Bilder auf den Boden malen konnten. Die Kinder waren erstaunt, wie unter der Bewegung ihrer Hände bunte Linien und Kreise entstanden. Sie malten einen Regenbogen und Tiere und ihre Familie als kleine Strichmännchen. Celfie richtete ihren Blick auf die Strichmännchen und die Bilder erwachten zum Leben.

Die beiden Kinder kreischten vor Freude. „Die habe ich gemalt!", rief ein Junge. „Die kitzeln, wenn sie einem über den Arm laufen!"

Vergnügt hüpften die Strichmännchen herum. Celfie spürte, dass ihre Kraft mit jeder freien Idee der Menschen wuchs. Sie spürte es in ihrem Herzen.

Spraydog malte mit zwei alten Frauen. Er sprühte alles, was sie sich wünschten. Celfie trat zu ihnen.

„Einen stattlichen jungen Kerl bitte, mit Muskeln und viel Anstand“, verlangte die eine Dame.

Spraydog sprühte ihnen ein Wesen, das Celfie an Hugo erinnerte.

„Und jetzt soll er uns die Tüten tragen“, forderte die Zweite.

Spraydog verlieh dem Hugo vier Arme.

„Geben Sie ihm ruhig noch zwei mehr, wir kaufen gerne viel ein!“, erklärte die erste Dame eifrig.

Plötzlich stand der pausbäckige Junge neben Celfie, der einen Glenn gewollt hatte.

Er drückte sich ein Bild an die Brust und sah Celfie an. „Kannst du mir meins auch lebendig machen?“

„Was ist es?“ Celfie hob den Blick.

Der Junge drehte das Bild um. Es zeigte einen Elefanten mit einem Rüssel am Kopf und vier Rüsselbeinen am Körper. Celfie sah ihn an und im selben Moment galoppierte der Elefant los.

„Oh!“ Staunend rannte der Junge ihm nach. „Glennofant! Glennofant auf Rüsselbeinen! Er kann wirklich laufen!“

Und dann brach der Bann.

„Glenn, das ist doch nur ein ganz normaler Jungenname“, rief eine dicke Frau.

„Und ich glaube auch nicht, dass ein Glenn die Glühbirne erfunden hat“, rief einer der Männer, der Fangen spielte. „Mein Großvater hat mir erzählt, dass das ein Pommes di Sonnen war.“

„Nein, die hießen anders, das war eine ganze Familie!“ Eine der alten Damen winkte heftig. „Tom, Eddi and Sons nämlich!“

Die Menschen lachten über all diese Namen und nach und nach kamen immer weitere Fragen auf. Celfie hörte sie sich fragen, ob Glenn Single Despott nicht eine ganz besonders feine Klopapiermarke gewesen war oder eine schon lange vergessene Automarke oder eine viel zu süße Limonade ohne Luftblasen.

Noch immer ließ Celfie Madison Hellaugenkind ihr Gletscheraugenlicht scheinen. Darin sprangen Männer auf Autodächer und sangen, spielten Mütter mit Graffiti Fangen und tanzten Kinder mit ihren eigenen Bildern wilde Tänze.

Und je wilder sie tanzten, desto mehr begann sich das blaue, zuckende Licht, das sich in ihren schütteren, langen und glänzenden Haaren fing und von dort aus wie elektrisches Knistern und Radiowellen ausbreitete, in die Welt zu verteilen.

Aus allen Richtungen schwebte und stieg, waberte und sprang es weiter. Es erfüllte die Erde, genauso wie den Himmel.

BLICK INS LICHT

Glenn Single Despott flanierte durch die Straßen.

Jetzt gehörte die Welt ihm. Jeder Meter Asphalt, jedes Geschäft, jedes Gesicht, in das er blickte. Niemand würde jemals wieder wagen, ihm zu widersprechen.

Zufrieden sah Glenn sich um. Er hatte seinen Turm verlassen und war auf dem Weg durch seine Stadt.

Um den Kopf trug er eine Kapuze, die sein Gesicht verbarg, wie es sich für einen wahren Herrscher gehörte, der unerkannt bleiben wollte. Vielleicht würden sie ihn ja vor Liebe auffressen wollen. Aber dann schüttelte er den Kopf. Wahrscheinlich würden sie ihm eher vor Begeisterung nachlaufen und Glenn hatte keine Lust darauf, einen solchen Rattenschwanz an Leuten hinter sich herziehen zu müssen.

Genüsslich ließ er seinen Blick schweifen. Die Werbebanner auf den Hochhäusern, die Leuchtbuchstaben, die Videowände, sie alle verhießen dasselbe. Glenn Single Despott war der Herr der Welt.

Und es gab keinen Widersacher. Es gab keinen Konkurrenten.

Jede Straße der Stadt lag wie ein hingeworfener Untertan vor ihm. Jeder Mensch, dem er begegnete, hatte seinen Namen auf der Zunge.

Glenn bog um eine Ecke und lauschte in die nächste Straße.

Und stutzte.

„Dein Glenn ist blöd, ich spiele lieber mit Aargh!“

„Mein Glenn ist super!“

„Nein, mein Aargh ist viel stärker! Aargh, Aargh, Aargh! Aarghiiii!“

Glenn horchte auf. Das waren eindeutig zwei Kinderstimmen. Aber worüber stritten sie sich?

„Glenn ist blöd! Aargh, aarghi, aargh!“

Dann klang es, als würden zwei Plastikpuppen gegeneinandergeschlagen.

Er blickte um die nächste Hausecke.

Vor ihm saßen zwei Jungen, die ihre Monsterpuppen gegeneinander kämpfen ließen. Eine von ihnen war ein Aargh mit zwei Beinen. Die andere ein Aargh mit einem Bein.

Glenn überlegte. Die wahre Idee war sein Aargh mit zwei Beinen. Aber wieso konnte sein richtiger Aargh mit einem falschen Aargh kämpfen, in Kinderhänden? Wie kam ein einbeiniger Aargh als Puppe hierher?

Hatte er etwas nicht bedacht?

Glenn ging näher auf die beiden Jungen zu. Plötzlich wurde er sich gewahr, dass ein seltsames blaues Licht die Luft um ihn herum erfüllte. Im ersten Moment schien es nur über der Straße zu stehen. Aber dann sah er, dass es sich auch darüber ausgebreitet hatte. Wie eine Lichtwolke hing es über den Dächern der Stadt. Glenn hielt den Atem an. Das Licht erschien ihm irgendwie kalt, ja, eiskalt beinahe, gefährlich kalt! Und es erinnerte ihn an Celfie Madisons Augen. Hatte dieses Licht etwa mit der falschen Puppe zu tun?

Aber von wo kam es?

Wieder ließen die Jungen ihre Puppen aneinanderkrachen.

„Aargh, Aarghi, Aargh!"

Wütend herrschte er die Kinder an. „Könnt ihr nicht still sein?!"

Erschrocken sahen die Jungen ihn an und schwiegen.

„So ist es gut! Und so schön still bleibt ihr jetzt auch." Glenn ging an ihnen vorbei und versuchte, den Ursprung des Leuchtens ausfindig zu machen.

Jedes Licht hatte eine Quelle.

Vorsichtig schritt er auf die nächste Straßenecke zu. Dahinter schien das Licht heller zu sein. Glenn bog um die Ecke.

Im selben Augenblick sah er sich Celfie Madison gegenüber.

Das Mädchen aus Farbek sah ihn aus ihren Gletscheraugen an. Sie strahlten taghell.

„Glenn!", sagte Celfie so ruhig, als hätte sie ihn erwartet.

„Celfie?" Glenn kam sich wie überrumpelt vor. Wie hatte sein Wesen es aus der Kanalisation hier hoch geschafft? Wieso blickte sein Wesen ihn so geringschätzig an? War es sich nicht bewusst, dass er ihm das Leben geschenkt hatte?

„Was machst du hier?", stieß Glenn hervor.

Celfie Madison schwieg. Sie sah an ihm vorbei die Straße hinab und schien zu überlegen.

„Sieh dir an, was ich erreicht habe!" Glenn lächelte kühl.

Warum auch immer sie hier war, er musste sie einfach nur in ihre Schranken weisen. „Dies alles ist jetzt meins."

Celfie schüttelte einmal kurz den Kopf. „Niemandem kann die Welt gehören oder auch nur ein Teil davon."

„Du bist ein dummes Ding.“ In seinem Blick standen Stolz und Verachtung. „Das muss ich leider sagen, auch wenn ich dich selbst erschaffen habe. Aber es ist ganz einfach, ich erkläre es dir. Wenn ich mir einen Vollbart wachsen lasse, werden alle Männer in kurzer Zeit auch einen tragen. Denn ich bin Glenn, das große Vorbild in allen Köpfen! Und soll ich dir etwas sagen? Selbst die Frauen werden versuchen, sich einen stehen zu lassen.“

Celfie verdrehte die Augen. „Und was hast du davon?“

„Verstehst du das wirklich nicht, mein kleines Geschöpf?“ Glenn schüttelte amüsiert den Kopf. „Mich wird nie jemand angreifen. Ich bin unbesiegbar. Alle lieben mich.“

Celfie zuckte zusammen.

Glenn lächelte. Wahrscheinlich erinnerte sie sich an den Schmerz, den er ihr zugefügt hatte mit seiner wunderschönen kleinen Stecknadel. Er verkniff sich ein Grinsen. Wahrscheinlich würde sie ihn gleich darum bitten, nicht mehr böse mit ihr zu sein oder ihn fragen, ob er sie auch wirklich liebte.

Doch stattdessen sagte sie: „Ich wusste es. Es ist deine Angst, die dich antreibt.“

Glenn schnaubte verächtlich. Wie kam sie auf so etwas?

Das Leuchten in Celfies Augen wurde stärker. „Ich würde dir nie etwas zuleide tun, Glenn Single Despott.“

Glenn lachte laut auf. „Spinnst du?“ Die einfältigen Worte waren ihm einfach so rausgerutscht. Rasch fügte er hinzu: „Willst du mir etwa drohen?“

Celfie schüttelte den Kopf. „Ich lasse nur nicht zu, dass du das anderen antust.“

Sie hob den Blick und sah Glenn direkt in die Augen.

Fasziniert schaute Glenn in das von ihm gemalte Türkis, das diamanten und kristallklar schimmerte. Es waren die schönsten Augen, die er sich vorstellen konnte. Sie leuchteten unter Celfies schwarzem Haar wie Gletscherhöhlen. Und natürlich liebte er sie. Aber das würde er niemals laut aussprechen.

„Du kannst mir nichts tun!“, sagte Glenn. „Ich habe dich erschaffen. Und darum werde ich dich jetzt auslöschen.“ Er konnte keine Aufmüpfigkeit gebrauchen. Nicht in seiner Welt.

„Das kannst du nicht“, sagte Celfie.

„Wie kommst du denn darauf?“, rief Glenn.

„Du hast mich nicht erschaffen“, sagte Celfie. „Ich war schon immer da. Du hast mich nur gefunden.“

„So ein Unsinn!“ Glenn sah das Ding vor sich an.

„Du hast nach dem gesucht, was du liebst“, sagte Celfie. „Und dann hast du mich gefunden.“

„Ich habe dich weder gesucht noch habe ich dich gefunden!“, rief Glenn, fast ein wenig ärgerlich. „Ich habe dich erschaffen! Du bist mir nur nützlich gewesen.“

Unverwandt schaute Celfie ihn an. Ihre Augen waren wunderschön. So schön, dass Glenn sich für einen Augenblick in ihnen verlor.

Plötzlich loderte Wut in ihm auf.

Celfie sah es ganz deutlich. Sie sah seine Angst und seinen Zorn auf die Welt.

„Du hast mir gut gedient. Aber nun ist es vorbei! Ich hätte dich gleich auslöschen sollen. Ich habe einfach ein zu großes Herz.“

Celfie schwieg. Dann machte sie einen Schritt auf Glenn zu. „Ich gehöre dir nicht und du hast mich nicht erschaffen."

„Ich habe dich erschaffen", sagte Glenn kalt. „Ich allein."

Celfie schüttelte den Kopf und das türkisfarbene Licht ihrer Augen wanderte über Glenn Despotts Stirn wie ein ferner Sternennebel. „Die Wahrheit ist, du wolltest gerne ein Bild malen, das dir gefällt. Du hast nach etwas gesucht, das du lieben kannst. Und dann hast du mich gesehen."

„Das ist nicht wahr!", rief Glenn. Aber seine Stimme klang plötzlich unsicher.

„Du kannst die Liebe in deinem Herzen auslöschen", sagte Celfie. „Und dann verletzt du dich selbst. Aber mich kannst du nicht auslöschen. Denn ich bin und ich werde sein. So wie jedes Bild aus Farbek. Ein neuer Gedanke in der Welt genügt und alle sind wieder frei. Du hast meine Welt in Angst versetzt, Glenn Single, das ist dir gelungen. Aber wahrscheinlich warst du nicht der Erste und auch nicht der Letzte, der so etwas versucht hat. Nur musst du wissen, am Ende ist das Leben doch immer stärker als die Angst."

„Du gehörst mir!", rief Glenn.

Seine Stimme glich jetzt einem Kreischen, sie klang wie die Stimme eines kleinen Jungen, der sich fürchtete.

„Glenn", sagte sie und das Licht in ihren Augen strahlte kristallklar und leuchtete wie die Sonne, die Eisberge durchdrang und kalte Herzen wieder erweckte. „Weißt du noch, wie du mich gemalt hast?"

Glenn schüttelte wütend den Kopf. „Nein, und es ist mir auch gleichgültig."

Celfie ließ ihr Licht über ihn streichen. „Kannst du dich noch an dein Kindermädchen erinnern?“

In Glenns Blick flackerte es kurz. Er biss sich auf die Lippen. Dann rief er: „Der Schmerz, Celfie Madison! Erinnere dich! Das Blut aus deinem Finger! Ich kann dir unermessliche Schmerzen zufügen … Denk an den Schmerz!“

„Er ist vergangen, Glenn.“ Celfies Licht ließ Glenn nicht mehr los. „Vermisst du Mademoiselle Madison, Glenn? Hättest du sie gerne zurück?“

„Sie ist tot“, sagte Glenn. „Und ich nicht! Und wieso weißt du überhaupt von ihr?“

„Weil ich ihren Namen trage“, antwortete Celfie.

Sie machte ihren Blick größer und das Licht wurde noch heller. Es fiel jetzt direkt in Glenns Gesicht und strahlte darüber hinaus. „Und ich trage noch einen Namen. Hellaugenkind.“

Celfie öffnete ihre Augen weiter.

Glenn hob abwehrend eine Hand. „Nicht!“, sagte er.

Doch Celfie hörte nicht auf ihn. „Glenn“, sagte sie. „Es ist vorbei. Die Erde ist wieder die Erde und Farbek wird wieder Farbek sein. Auch, wenn die Erde ein bisschen anders ist.“

Glenn wandte den Blick ab. „Hör auf damit! Das kann gar nicht sein. Mein Plan ist perfekt.“

Celfie dachte an Farbek, sie dachte an den Tunnel und sie hörte eine leise Stimme in sich, aus weiter Ferne.

Sie ließ ihren Blick wachsen. Sie richtete ihn über die Stadt und ließ ihn bis auf den Moonson Tower wandern.

Im selben Moment regten sich dort hunderte von Bildern auf den Glasscheiben. Sie begannen umeinander zu wimmeln wie

Bienen in einem Bienenkorb und Ameisen in einem Ameisenhaufen und Menschen in einer Stadt.

Celfie sah, dass die Fliege mit Schmetterlingsflügeln im Supermannkostüm losschwirrte und die bunte Maske mit der Doppelhelix hinter einem Auge mit sich zog. Sie sah das blassblaue Baby, das auf dem Kopf stand, sich die Augen zuhielt und mit einem Fuß in die Ferne deutete, sie sah sie alle am Moonson Tower herabgleiten und einen kleinen Jungen anstupsen, dem dicke Tränen aus den Augen liefen, der jetzt in ein fröhliches Glucksen ausbrach.

Celfie wurde leicht ums Herz.

Sie ließ ihren Blick weiterwandern und erblickte das Graffiti der Frau, die auf einer zerbrochenen Grabplatte lag. Ausgestreckt wie eine vom Wind verwehte Blüte trug sie mitten in ihrer Brust ein Herz, das leuchtend blaue Strahlen aussandte, und auch sie wanderte das Hochhaus hinab in die Stadt.

Ein Stück weiter stand der Astronaut im Weltall auf den Glasscheiben. Auf seinem Helm saßen fremdartige Wesen in verschiedenen Farben und spielten Karten.

Alle sahen sie Glenn Single Despott an.

„Verzeih mir, Glenn", sagte Celfie, „aber es geht nicht anders."

Sie nahm ihren Blick von der übrigen Welt und richtete ihn ganz zurück auf Glenn Single Despott.

Glenn konnte nicht mehr ausweichen. Celfies Licht traf seine Augen.

„Was tust du?", rief er.

Celfie Madison Hellaugenkind schwieg. Sie ließ das Licht auf ihm ruhen.

Glenn wurde jünger. Er veränderte sich von Minute zu Minute. Sein Gesicht legte die Qual ab, aus seinen Zügen schwanden Furcht und Aggression und aus seinem Körper Anspannung und Härte. Gleichzeitig wurde er kleiner. Er verlor das Gesicht eines Mannes und bekam die Züge eines Jungen. Sein Bartwuchs verschwand, sein Haar wurde heller und dichter, seine Augen verloren an Kälte und gewannen an Glanz.

Einen Augenblick später schaute er Celfie als der Junge an, der er vor Jahren gewesen war. Seine Augen leuchteten neugierig.

„Wer bist du?", fragte er.

Celfie wartete ab und schwieg. In ihr klangen Farbek und die Stimmen und Farben all ihrer Freunde. Sie sah Fluschfummel und Kyle, Kopfhörerdrache, Adlerstirn und Adlerkopf, Schwarzmann und Weißhund, Spraydog, Goldgefesselter, Zittermesser und Fenstermädchen und all die anderen, die nun in der Straße erschienen. Sie sah auch den dunklen Tunnel. Sie sah Glenn durch die goldene Tür seines Arbeitszimmers in den Tunnel verschwinden.

Celfie ließ ihren Blick auf die Erde und zu Glenn zurückkehren.

Glenn war immer ein raffinierter Dieb gewesen, ein Täuscher und Wiedertäuscher. Ein Wesen, dem man besser nicht zu viel verriet, weil Glenn es sich skrupellos zunutze machte.

Sie sah ihn an.

Vor ihr stand jetzt ein kleiner Junge von neun oder zehn Jahren, der sie fragend ansah. Aber sie wusste nicht, wie viel alter Glenn in ihm steckte und wie bereit er immer noch war, sie zu betrügen.

Sie musterte ihn ausführlich.

„Deine Augen leuchten“, sagte der kleine Glenn.

Seine Stimme war hell geworden.

„Deine auch!“, entgegnete Celfie.

Der alte Glenn Single Despott hätte sich jetzt sicher zu einem Spiegel umgedreht, um sich anzusehen. Aber der Junge lachte nur.

„Deine sind ganz …“ Er überlegte. Er dachte nach. Er nahm sich Zeit. „Wassereisblau!“, rief er dann. „Du hast schöne Augen.“

Celfie sah ihn an. Er wirkte freundlich, ehrlich und offen. Er wirkte nicht wie ein Betrüger, der die Welt an sich reißen wollte.

„Ich werde bei dir sein“, sagte Celfie. „Du bist nicht länger alleine. Du heißt übrigens Glenn.“

Der Junge streckte die Arme aus. „Kann ich dich umarmen?“

Celfie spürte, wie das Misstrauen nach ihr griff. Waren es wieder nur Worte der Manipulation?

Der Junge fasste sie am Arm, sprang auf sie zu und schlang ein Bein um ihres. Wollte er ihr ein Bein stellen?

Dann spürte sie, dass er nur ihre Nähe suchte. Sie legte ihm einen Arm um die Schultern.

„Ich komme aus einer Welt, die Farbek heißt“, sagte sie. „Als du ein erwachsener Mann warst, wolltest du sie vernichten und die Welt beherrschen. Aber jetzt bist du wieder ein Kind und hast dich verändert.“

Der Junge sah sie an. „Haben wir uns so kennengelernt?“

„Ja, genau so war es“, entgegnete ihm Celfie Madison. Ihr Licht lag auf seinem Gesicht.

„Erzählst du mir die ganze Geschichte?“, fragte Glenn.

Celfie nickte sacht. „Ja, später. Es ist noch zu früh. Jetzt ist es Zeit, dass wir spielen.“

Sie wandte den Kopf ab und suchte Kyle und die Graffiti.

„Aber mein Plan!", rief der Junge plötzlich und Celfie erkannte deutlich Glenns alte Stimme. „Was wird aus meinem Plan? Mein Plan war so gut."

Celfie wandte ihm wieder den Kopf zu und schaute ihm in die Augen. In ihrem Licht wurde der Junge wieder das Kind.

„Dein Plan ist gescheitert, Glenn. Es war auch ein dummer Plan. Wer denkt, er könne allein über alles herrschen und die Zeit besiegen, der wird untergehen."

Neben Celfie kam Kopfhörerdrache an.

Mit großen Augen sah der Junge ihn an. „Wer ist das?"

„Ich bin Kopfhörerdrache", antwortete das Graffiti. Er machte ein paar wilde Tanzsprünge. „Punx not dead!"

Glenn lachte und wurde noch etwas jünger. Er war jetzt vielleicht sieben oder sechs.

Nun erschien auch Fluschfummel. Die grüne Spraymaus kam zusammen mit Goldgefesselter und Spraydog. Ihnen folgten Kyle und Adlerstirn und Adlerkopf, Schwarzmann und Weißhund und Fenstermädchen. Celfie ergriff Glenns Hand.

„Wollen wir jetzt spielen, Glennie?"

„Ja!" Der Junge lachte wieder. Er war sechs oder fünf Jahre alt. „Was spielen wir?"

„Malen", sagte Celfie. Sie winkte Spraydog zu. Das Graffiti hielt dem Jungen seine Dose hin. „Ich kann sie nicht loslassen, aber du kannst auf den Sprühknopf drücken."

Vorsichtig streckte der kleine Glenn die Hand aus und legte sie in Spraydogs Pfote. Zusammen führten sie die Dose in die Luft. Mit langsamen Bewegungen, die Zunge zwischen die Zähne gelegt, begann Glenn, auf den Asphalt zu sprühen. Er malte sehr langsam. Es war, als müsse er sich erinnern, was er tat, oder als müsse er eine neue Welt kennenlernen. Als er fertig war, sah er auf.

Vor ihm auf dem Boden erkannte Celfie ein eiförmiges Wesen mit zwei großen runden Augen. Sein Mund war ein schmaler Strich. Es hatte drei Haare und zwei stockdünne Beine und Arme, die direkt aus dem Kopf kamen.

„Papa!“, sagte der Junge. „Er ist Papa.“

Er sah jetzt noch jünger aus.

„Möchtest du den Papa sehen?“, fragte Celfie.

Der kleine Glenn nickte.

Celfie erweckte das Bild zum Leben.

„Wie heißt denn der Papa?“ fragte Celfie.

Der kleine Kopffüßler vor ihr hüpfte in die Höhe und sprang auf ein Autodach, von dem er wie ein Vogel umheräugte.

„Papa“, sagte der kleine Glenn und zeigte zu seinem Bild.

Celfie hob ihn hoch und setzte ihn neben das Bild auf das Auto. Der kleine Glenn ließ die Füße baumeln. Er und der Kopffüßler lachten.

Kyle trat neben Celfie. „Wird er nicht wieder alles auf den Kopf stellen wollen, wenn er größer wird?“

„Ich weiß es nicht“, antwortete Celfie. „Das werden wir sehen. Er hat seine Chance verdient, wie jeder.“

Glenn sah sie an. Er war jetzt noch ungefähr vier Jahre alt. „Was sagt ihr?“, rief er.

„Es ist Zeit, nach Hause zu gehen“, sagte Celfie. „Komm!“ Sie streckte die Arme aus und Glenn sprang ihr entgegen.

„Papa auch!“, rief der kleine Glenn.

Celfie nickte. Sie nickte dem Kopffüßler zu und er sprang Kyle auf die Schuler. Dann sah sie Kyle an. „Kommst du auch mit?“

Kyle schaute in Celfies Augen. „Ja.“

„Dann gehen wir in den Bilderturm“, sagte Celfie.

„Zu Hause!“, rief der kleine Glenn.

Celfie streichelte ihn. „Zu Hause“, sagte sie.

„Esuahuz!“, rief Aargh.

„Vergiss mich nicht, Celfie!“ Fluschfummel sprang ihrer Freundin aufs T-Shirt.

„Niemals“, gab Celfie zurück. „Das gilt für alle. Und jetzt kommt. Wir beleben den Moonson Tower neu. Jede Nacht werden die Bilder auf ihm schlafen.“

Und so begann Glenn Single Despotts zweites Leben.

EPILOG

Am alten Moonson Tower saßen Hugo Gelbstift und seine Mutter in der Hütte vor dem Tor. Zwischen ihnen auf einem alten Küchentisch lagen zwei leere Tüten Mehl und Zucker, ein Paket Butter, ein leeres Tütchen Hefe und ein Milchkarton.

Hugo hielt eine Plastikschüssel auf den Knien und knetete Teig.

Seine Mutter hielt den Kopf leicht geneigt. Sie lauschte.

„Hugo!", sagte sie dann. „Kannst du dich noch erinnern, welches Lied du immer gerne gesungen hast, wenn ich dir Streuselkuchen gemacht habe?"

Der kleine Maler bekam rote Ohren. „Klar, Mama."

„Und, kannst du es noch?"

Hugo überlegte. „Ja", sagte er dann.

„Singst du es mir vor?"

„Wenn ich nach dem Backen auch gleich ein paar warme Streusel naschen darf", sagte der kleine Maler.

„Aber natürlich!" Seine Mutter lachte. „Das ist ja wie früher."

Hugo räusperte sich und holte Luft. Dann sang er langsam und ein bisschen schwerfällig, aber sehr zufrieden: „Backe, backe Kuchen! Der Bäcker hat gerufen … Wer will guten Kuchen backen, der muss haben sieben Sachen …"

* * *

Es war spät am Abend.

Im Turm der lebenden Bilder, wie Fluschfummel den Moonson Tower kurzerhand umbenannt hatte, hatte Celfie Madison Hellaugenkind Glenn ins Bett gebracht.

Auf dem goldenen Teppich saßen Kopfhörerdrache, Fenstermädchen, Schwarzmann und Weißhund, der Goldgefesselte, Adlerstirn und Adlerkopf, Spraydog, Fluschfummel, Zittermesser, Aargh, Kyle, der kleine Kopffüßler und Celfie nun alle versammelt. Sie schauten hinaus über die Dächer und Videowände der Stadt, auf denen wieder allerlei verschiedene Werbebotschaften leuchteten.

„Die Welt atmet auf!“, sagte der Goldgefesselte. „Es geht wieder besser.“

„Wir werden viel Stille brauchen“, sagte Celfie. „Und ich werde auf Glenn aufpassen.“

„Wie alt ist er denn jetzt?“, fragte Kyle. Aargh kuschelte sich an ihn. Kopfhörerdrache rekelte sich genüßlich.

„Drei“, antwortete Celfie. „Vor dem Einschlafen hat er mich gefragt: ‚Von wo bist du zu mir gekommen?‘“

„Und?“, frage Kyle.

Celfie lächelte. „Ich habe ihm gesagt, dass ich ihn liebe und bei ihm sein werde.“

„Du liebst ihn?“, fragte Kyle.

„So wie er mich“, sagte Celfie. „So wie du Aargh liebst.“

„Aargh!“, sagte Aargh.

Spraydog lachte.

„Es wird ein langes Leben werden“, flüsterte Adlerstirn.

„Anders geht es nicht“, nickte Adlerkopf.

„Und du musst es begleiten, Celfie Madison“, fügte der Goldgefesselte hinzu.

Weißhund schüttelte sich. „Ob wir Farbek je wiedersehen werden?“

Schwarzmann tätschelte ihn. „Warum denn nicht?“

Alle lachten.

„Na ja“, brummte Schwarzmann. „Andererseits gibt es uns ja auch in Farbek.“

Fluschfummel quiekte auf. „Stimmt! Aber ich bleibe hier. Mit euch.“

„Ich glaube, alle Wege führen nach Farbek“, murmelte Kopfhörerdrache. „Man muss sie nur finden.“

Er wiegte sich mächtig hin und her. „Sacred Spirit“, sagte er. „Heal the soul!“

Fenstermädchen richtete ihre Fensterhöhlen hinaus auf die Stadt. „Werden wir uns den Menschen weiter zeigen?“

Celfie nickte. „Jetzt leben die Bilder hier. So wird es bleiben.“ Sie deutete auf einige Scheiben des Turms, auf denen sich die anderen Graffiti bunt wimmelnd umhertrieben.

„Dann ist die Erde vielleicht unser neues Farbek“, flüsterte Zittermesser. Er saß an den Schwanz von Kopfhörerdrache gelehnt in einer dunklen Ecke des Raums und ließ seine Messerspitze hin und her sausen. „Bleiben wir also hier, Celfie Madison, und sorgen wir dafür, dass Glenn niemandem mehr Angst macht.“

Celfie nickte. „Glenn oder wer auch immer es sonst noch versuchen will.“

Sie schaute in den Himmel. Irgendwo dort musste Farbek liegen, ihre Heimat. Dort tobte jetzt das Leben. Oder es war ganz still. In Farbek war man sofort alleine, wenn man die Augen schloss. Und wenn man sie öffnete, war man umgeben von anderen Wesen. Man konnte die Augen aber auch öffnen und nichts um sich herum haben als reine Weite. Wenn man sich wünschte, weit weg zu sein, dann war man weit weg. Und wenn man sich wünschte, mitten unter den anderen Bilderwesen zu sein, dann war man mitten unter ihnen.

Einsamkeit und Zusammensein waren keine getrennten Begriffe, denn es war immer so, wie man es wollte.

Alles war da und alles konnte weit fort sein. Und nichts davon war gut oder schlecht.

Und genauso war es auch jetzt wieder.

Celfie lauschte in den hohen Turm.

Sobald der kleine Glenn größer war und sie sicher war, dass er es gut meinte und es auch sonst auf der Erde friedlich blieb, würde sie nach Farbek zurückkehren können. Sie und die Graffiti würden sicher einen Weg finden. Es war alles nichts weiter als eine Frage der Zeit. Aber vielleicht hatte sie jetzt ja auch Freunde auf der Erde?

Celfie blickte zu Kyle, der den kleinen Aargh in seinen Armen hielt. Vielleicht war ihr Platz jetzt ja auch hier?

Der Gedanke trieb ihr die Freude ins Gesicht und strahlte in ihren Augen. Hell leuchteten sie auf.

„Hellaugenkind!“, sagte Kyle.

Celfie Madison sah ihn an und lächelte.

BORIS PFEIFFER ist 1964 in Berlin geboren worden. In der Stadt, die eine Mauer teilte, wurde er Buchhändler, studierte Sprachwissenschaften und Landschaftsplanung und arbeitete als Regieassistent und Regisseur. Mit 13 begann er Gedichte zu schreiben. Aus den Gedichten wurden Theaterstücke. 1994 wurde sein erstes Stück für Kinder am Berliner GRIPS Theater uraufgeführt.
2003 erschien sein erstes Kinderbuch. Inzwischen hat er über 100 Werke verfasst, die in viele Sprachen übersetzt wurden und in tausenden von Kinderzimmern stehen.
Er erfand die Krimiserie ‚Unsichtbar und trotzdem da!', die Zeitreisengeschichten ‚Akademie der Abenteuer' und gemeinsam mit André Marx ‚Das Wilde Pack' und die Erstlesereihe ‚Die Wilden Freunde'.
Über 70 Bände, der mittlerweile fast 150 Bücher umfassenden Kult-Reihe ‚Die drei ??? Kids', stammen aus seiner Feder. Genauso wie die Jugendromane ‚Baby im Bauch?', ‚One Night Stand' und die Musicals ‚Das Wilde Pack' und ‚Die drei ??? Kids – Musikdiebe'.
Die Idee zu ‚Celfie und die Unvollkommenen' packte ihn eines Morgens bei einem Gang durch Frankfurt am Main. Ein asiatisches Mädchen mit strahlend türkisblauen Augen kam ihm entgegen und schenkte ihm einen Blick. Dieser Blick brachte Boris auf die Idee, dass es ein Mädchen geben wird, die Dinge mit ihrem Blick zum Leben erwecken kann. Und als großer Liebhaber von Graffiti, erkannte er, dass es genau diese unvollkommenen und von vielen Menschen ungeliebten Wesen sein sollten, die zum Leben erweckt werden würden, um die Welt zu verändern.
Boris Pfeiffer arbeitet zusammen mit den DFL Kids-Clubs der Fußballbundesliga für das Lesen und die Lesefähigkeiten von Kindern in Deutschland. Sein Buch ‚Die drei ??? Kids – Bundesliga-Alarm' ist seit dem Erscheinen zu einem der meistgelesenen Bücher der letzten Jahre geworden und hat viele Jungen mit Spaß und Freunde zum Lesen gebracht.

DIESE GRAFFITI INSPIRIERTEN BORIS:

‚Celfie und die Unvollkommen' ist Boris Pfeiffers neuestes Buch für Kinder. Jede Leserzuschrift, Meinung zum Buch, Frage an Boris Pfeiffer und weiterführende Idee zu ‚Celfie und die Unvollkommenen' wird gezeigt und beantwortet unter:
www.borispfeiffer.de
oder www.kosmos.de

Ich hoffe, dass alle Leserinnen und Lesern viel Freude und gute Ideen bei ‚Celfie und die Unvollkommenen' hatten …

Euer Boris Pfeiffer